解梦大师

羽笙烟_著

THE DREAM INTERPRETER

百花洲文艺出版社
BAIHUAZHOU LITERATURE AND ART PRESS

夫奇异之梦，多有收而少无为者矣。

所有的梦，总有原因可寻。

目　录

序　章

长长的青砖胡同里，有一家不起眼的店，大门和牌匾都是白色的，总是擦得一尘不染，门口不伦不类地挂着一串灯笼，红彤彤的灯笼上写着几个毛笔字——梦境研究室。

周围的居民并不明白这个研究室究竟是干吗的，从没见有人白天光顾这里，直到晚上，才会有一些人陆陆续续上门。研究室总是静悄悄的，一点儿动静都没有。

这里的一切都让人不寒而栗，就算是清扫阿姨，也不愿意过多地停留。这天，胡同口来了一个女孩，她剪着时尚的BOBO头，身穿一件白色T恤，一条格子长裙，脚上是一双精致漂亮的低跟凉鞋，但是细看就会发现鞋面上已经有了些许磨损，看来已经穿了很久了。

“阿姨。”女孩叫住一旁在马路边做清洁的保洁阿姨，拿着一张纸条问，“这里是XX路24号梦境研究室吗？”

保洁阿姨猛地抬起头来，用惊恐诧异的眼神看着女孩。女孩被看得懵了，以为自己脸上有什么，在脸上擦了好几把，手还没放下，就被保洁阿姨一把拉到一边低声说起话来。

“姑娘……你来这里干什么？”阿姨的脸色变得阴森恐怖。

“我面试啊，找工作。”女孩被阿姨的反应吓着了。这个地方有点儿偏僻，她一路问过来，基本上被她问过的人反应都不太正常，阿姨是最吓人的一个。

“你可别来这里上班，这里只有晚上有人，神神秘秘的，肯定不是什么正经地方！”

“啊？不会是传销吧？！”女孩目瞪口呆。

“我进去过一次，里面就有一个穿白衣服的人在屋里晃晃悠悠，自己跟自己说话，吓死人了。我劝你还是别来了。”保洁阿姨说完，转身走了。

女孩站在门口有点儿茫然，她不知道自己该不该进去，一路打听过来，她已经被弄得胆战心惊了。她徘徊了好一会儿，最终还是推门进去了。

两分钟之后，门里传出了一声惊天动地的惨叫声，之后又安静了下来，巷子里只剩下保洁阿姨扫地的背影。

半个小时之后，女孩出来了，目光呆滞，动作僵硬，保洁阿姨忙迎上去：“怎么样？姑娘，我没骗你吧？”

女孩嘴角勾出一抹浅浅的神秘微笑：“我以后就在这里工作了……”

一个人的婚礼

我走过长长的街道，走过静谧的山谷，走过流淌的小溪。

一切都很美，但是我只有一个人。

那个爱我的人，她拒绝陪同我。

我一直都是一个人。

——邱凝

1

“叮——”，萧婉扬把最后一只咖啡杯放在托盘里，擦了擦头上的汗。来这里已经两个月了，每天的工作就是各种各样的杂活，这让她觉得尤为无聊，而她印象最深的是那个神神叨叨的老板万东阳。

万东阳长得不错，个子高高的，偏瘦，皮肤很白，一副电视剧里当红小鲜肉的模样，但是有一张面瘫脸和时不时脱线的脑回路。

那天萧婉扬一进门，先看到一个种满花草的小院子，穿过院子就是咨询室的门，她慢慢走到门口，想推门进去，突然发现有个白衣人正站在咨询室的窗户前面无表情地盯着她，苍白的肤色跟死人一样。她之所以留下来是因为一个月八千的工资，还有一周两天的休假，而且这里白天不用上班，晚上来就行。

萧婉扬要做的工作只是收拾房间，给客人冲好咖啡端上去，然后洗洗咖啡杯。她很纳闷儿，只做这些工作，怎么会有这么高的月薪？而且这老板怎么会要她这么一个没有任何工作经验，除了咖啡泡得不错以外，什么都不会的笨蛋？可既然已经答应在此工作，她觉得做好自己的事就可以了。

咨询室里装修得很简单：办公桌和书架是原木色，客厅沙发是浅灰色，墙壁和天花板都被白色填充——很干净的现代风格，给人一种轻松的静谧感，让人不忍破坏。地板上铺了一整块毛茸茸的地毯，有很多次，萧婉扬都想躺在上面。老板万东阳喜欢在里面点檀香，放一些古典音乐，还喜欢穿一身唐装在屋里来回走动，像是在思考一些很深奥的问题，有时候也会泡一壶龙井茶，幽幽的茶香会弥漫整个屋子。

晚上八点半，萧婉扬准时打开研究室的门，这是邱凝每日固定来的时间。她是这里的常客，最近来得很勤。

今天下了一天的雨，胡同里到处都是积水，现在也还在下着小雨。空气潮湿得有点儿闷，整个青砖胡同都笼罩在蒙蒙的夜雨中。

萧婉扬在门口站了一会儿，看了看手表——八点二十九分。胡同果然出现她走来的身影。邱凝穿着一条白色的连衣裙，打着一把红伞，踩着积水款款而来，进门时正好是八点三十分，半分不差，每天都是如此。

“来了。”万东阳始终平静且专业地说道。

“嗯。”邱凝面无表情地回道。

一样的时间，一样的对话，已经重复了很多遍了。

萧婉扬依然记得邱凝第一次来这里的时候，那也是一个雨天，她穿着得体的职业套装，手里拿着精致的名牌包，在屋檐下略显狼狈地躲雨。

坐在窗边发呆的万东阳突然站了起来，指着摄像头里的邱凝说："有客人来了。"

萧婉扬瞟了一眼闭路电视里的邱凝，然后很淡定地把咖啡放在万东阳面前："那只是个躲雨的人。"

万东阳没有说话，从墙角拿起一把伞就出去了。

邱凝正对着外面的雨发呆，目光呆滞，脑子里一片空白。万东阳突然出现，在她肩膀上一拍，邱凝吓得一哆嗦，然后萧婉扬就在闭路电视里看到两人一句句交谈起来，她虽然听不到他们说的是什么，但能感觉出万东阳是个交际高手，只用了十分钟，他就将邱凝请进了屋。于是邱凝就成了为数不多的客人之一。

邱凝是一家外贸公司的高管，性格有点儿孤僻。她做事一板一眼，非常正经。她的强迫症十分严重，尽管她本人不承认，拒绝去看任何心理医生，但是任何与她相处的人都能感觉到这一点。在国人的眼里，心理医生跟精神病医生的区别大概是前者听起来比较好听，性质是一样的。

万东阳有着心理咨询师的从业资格证，他是名牌大学毕业的，似乎只对虚无缥缈的梦感兴趣，尤其对人的噩梦有近乎偏执的喜欢。他曾在毕业论文里提出一个观点——噩梦能够摧毁一个人的一生。可惜他的观点太过偏激，以至于他的论文写了三次才勉强拿到学位证。但他还是对噩梦情有独钟，倾尽资产开了这么一家研究室。客人不多，但像邱凝这样的人很常见，他们都有三个共同点：多金、繁忙、要面子。

邱凝长得很有味道，身材修长，有些瘦削；一头柔软的长发，不烫不染，长度正好到她的锁骨；她的锁骨很漂亮，骨窝深浅适度，线条清晰圆润，在光洁细滑的肌肤映衬下更显诱惑。然而拥有这般美好身形的女人，却有着一张平凡的脸；她皮肤很好，白而细腻。不过万东阳似乎对她的外貌没什么兴趣，他只喜欢邱凝的噩梦。

“万先生，上次我说的故事你还记得吗？”邱凝坐在沙发上，坐姿很拘谨，是标准的礼仪姿势——她是一个自律又守规矩的人，而她的梦却和她的个性截然相反。

万东阳点了点头，脑海中很快浮现她说过的梦：“最近还在做噩梦吗？”

“嗯，还像以前一样，我梦到了世界末日，街上一个人都没有，天空是红色的，高楼大厦全都变成了废墟，只剩下游乐场的摩天轮。我走在街上，身边空无一人，整个城市好像只剩我一个人还活着，我就这么往摩天轮的方向走去。”

“为什么要去那里？”

“我不知道，但是我觉得那里有什么东西在召唤我，我穿一件婚纱，长尾拖地，拿着捧花……捧花是洁白的百合……”邱凝的脸上露出一丝陶醉。她无数次地做那样的梦，殷红如血的天空飞舞着白色的花瓣，她穿着一件缀满珍珠和钻石的洁白婚纱，脚踩着水晶鞋，一步步走向婚礼殿堂。那是多少女孩梦寐以求的场景。女人最喜欢陶醉在无边的美梦里，一旦梦破碎，她们就会对现实发泄自己的不满。邱凝觉得自己早就明白什么是现实了，可她的梦还是带着她走向了最极致的浪漫。

邱凝一步一步走到教堂门口，教堂的一切都是纯白的，包括脚下的台阶。她轻轻推开门，缀满蕾丝的手套精巧漂亮，她痴迷地看着自己的手指，直到教堂里响起歌声。她抬起头，看到一个穿着白色礼服的男子站在教堂中间对着她微笑，然后伸出了自己的手。

邱凝记得他手上的戒指，那是她拿到第一笔工资想给自己买项链时在首饰店里看到的。极简洁的戒托，围成花瓣状的碎钻衬托着中间的大颗钻石，十分漂亮，内侧可以刻上心爱的人的名字。

邱凝笑着向那个男人跑去，期盼着她这一辈子最幸福的时刻。但是那个男人却掏出一把匕首，一边笑着唱歌一边往自己身上捅……

邱凝大惊失色，她想扑过去阻止他，却被裙子绊住了脚，动不了。

“然后我就醒了……”邱凝每次提起这个梦都心有余悸，“万先生，你觉得这个梦有什么含义吗？”

万东阳沉默了一会儿，问她：“那个男人你认识吗？”

邱凝陷入沉思，慢慢低下头，而后又摇了摇头：“我不记得。”

万东阳想了想，刚想开口说话，却被邱凝阻止：“你只讲梦就好。别的就别问了。”

“好，”万东阳点点头，“从梦里来看，你渴望爱情和婚姻，却又不相信自己会得到幸福，总觉得幸福会在你以为完全得到的时候消失。”

邱凝没有说话。过了一会儿，她站起身，说道：“今天就这样吧，我先回去了。”

邱凝离开后，萧婉扬进来收拾，邱凝面前的咖啡一口未喝，茶几上的东西什么都没动，就像没人来过。萧婉扬见过很多客人走后一片狼藉的桌面，有时候上面满是撕碎的纸屑，有时候上面是泼洒的咖啡，有时候沙发上有很多头发……但是邱凝待过的地方都很干净。

“你猜她有没有洁癖？”萧婉扬好奇地问道，她本人生活很随意，一直想知道那些有洁癖的人都是怎么想的，“一般像她这样对自己要求严格的人，应该都会有洁癖。”

“没兴趣。”万东阳一直在看着自己手里的笔记本，没有抬头。笔记本里密密麻麻地记录着各种梦境，以前萧婉扬好奇，拿来翻过，刚开始还看得很入迷，但越往后越觉得心惊胆战，尤其是最后那几个，简直吓死她了。

笔记本里各种风格的噩梦都有，邱凝的梦属于浪漫诡异型的。有讲坠入无尽地狱，饱受各种酷刑而痛不欲生的；有讲无时无刻不被人窥探的；还有讲身边的人全都有另一张面孔，背着人的时候都是另外一张嘴脸的……看到一个变态杀手的梦时，萧婉扬脸都青了。她立即把本子丢在桌子上，心情久久无法平复，转身想逃离时，却发现万东阳就站在她背后，跟她贴得很近。

“好看吗？”万东阳问。

萧婉扬怒骂：“竟然收集这种东西，变态！”

万东阳丝毫无视萧婉扬的无礼，晃晃悠悠地坐在自己的办公桌后，修长的手指玩弄着自己的唐装扣子：“你缺乏对衣食父母的基本尊重。”

萧婉扬吐了吐舌头，转身要走。

“倒杯咖啡来。”万东阳低头翻着手里的笔记本，顺手拿笔做个标注。

“装模作样！”

但她还是转身去倒咖啡了，她太需要这份工作了。

2

邱凝坐在办公桌后，把一份资料丢在桌上，面色一如既往的冰冷。她面前站着一个战战兢兢的刚毕业的小姑娘，低着头不敢说话。

“这资料我让你什么时候给我的？”

“……今天十点以前……”

“你会看表吗？”邱凝指指大厅里挂着的时钟，上面显示的时间是十点十分。

“我……”小姑娘低着头，半天说不出话来，一直绞着自己的手指，刚刚做好的美甲格外显眼，不过现在她倒是希望用手上的美甲换取领导的不责骂。

“美甲、化妆、发型做得一样比一样好，花了多长时间啊？除了打扮你还会干吗？你应聘时走错大门了吧，我们这里可没有美容部门。”

“对不起，对不起……”

“除了对不起你还能说点儿有营养的话吗？”

小姑娘的齐刘海儿已经湿透了，贴在她的额头上；劣质的睫毛膏也晕染到眼角，看着有点儿滑稽。可尽管化着略夸张的妆容，她却依旧光鲜美丽，像颗嫩生生的小白菜——她们有着邱凝不再有的年轻和朝气。她伸手在眼角抹了一下，一道浅浅的黑色痕迹出现在脸上，加上泪汪汪的双眼，显得更加楚楚可怜。

“再有第二次，以后不用来上班了。”邱凝说完，看都不看她一眼，打开了自己的电脑，过了一会儿，发现对方还没走，“在这儿等着我给你擦眼泪呢？”

“对不起，邱总。”小姑娘擦着眼泪转身出去了，睫毛膏已经晕成一片，眼泪怎么也止不住。

邱凝起身去倒了一杯水，回来时就看到几个男职工在安慰她，正在愤愤地说着什么，满脸义愤填膺，而在她回来的瞬间，又一哄而散。

大龄未婚的女人在单位，又是管理层，稍微苛刻点儿总会被人骂变态，即使在和她同级的主管中有一个四十多岁的男人比她还难缠，大家还是乐于攻击她的尖酸刻薄。这些邱凝已经习惯了。

晚上七点，邱凝结束了一天的工作。如果不是因为加班，她会在六点准时离开，然后一个人去周围的花园里散步，直到很晚才会回家。今天她得赶紧回家，因为家里人给她安排了相亲。

邱凝今年三十三岁，相亲次数几乎是岁数的十倍。从二十八岁开始，只要有空闲的时间，她都要去见形形色色的男人，不管是身高、外貌还是职业，都能够分出十几种类型，让她这个毕业后除了上班基本与世隔绝的女人开了眼。

那些男人，身高一米六到一米八五的她都见过，光是长相就让她感叹大千世界无奇不有，职业从清洁工人到公司高管、暴发户，囊括了社会各个阶层。她在这些形形色色的男人中奔波，听着各种各样的对比得来的冷冰冰的数据，觉得自己像一个等待配件的机器，找不到那个配件就永远无法运转。

她父亲早逝，现在和母亲住在一起。有一个弟弟，五岁的时候车祸死了，于是她成了母亲生活的全部，母亲对她的依赖到了病态的地步，她的人生必须按母亲的要求一步一步地走下去，不容丝毫差错。

每天相亲回到家，她还未来得及脱下高跟鞋，老太太就赶紧跑过来看着她，眼神里放着光："怎么样啊？喜欢吗？条件怎么样啊？啥时候结婚啊？"

邱凝每次想发脾气，但是看看母亲头上的白发，她还是默默闭上了嘴。

她在高中的时候谈过一次恋爱，是瞒着母亲偷偷摸摸谈的，可最后还是被母亲知道了。母亲跑到学校，把学校闹得天翻地覆，人尽皆知，那个男生甚至要求转学。这算是邱凝人生中唯一的一次反抗，从此她的性格变得更加怪异，余下的高中生活都是独来独往。

大学期间，母亲又严防死守，阻止她有任何感情萌芽，因为母亲觉得她在大学期间更得把精力放在学习上，这样才能找到一个好工作。因为高中的事，她对此变得敏感，对每一个求爱者都关闭了大门。

但她毕业之后，母亲又开始拼命催着她找男朋友，最好马上结婚生子。这样的转变让她不知所措，就像是一种技能，本来就不熟练，以至于荒废了，现在迫切需要，她却无可奈何。

于是她就一直单身，刚开始还有些人对她表示好感，但那些人都因为某个缺点被母亲拒绝，这样的情况在之前还能接受，后来随着时间推移，母亲当初所看重的条件被逐一去除，可是符合条件的人都已经各为其主。身边合适的人越来越少，女儿却一直单身。

邱凝看了看时间，觉得差不多了，就起身离开单位，步行到了单位楼下的咖啡厅，坐了一会儿。对方打来电话，好像信号不太好，说话断断续续的，不停发出电流的刺啦声，让邱凝仅剩的一点儿耐心都消失了。

“你到底在说什么？！”她气冲冲地问，然后就把电话挂断了。

对方发来微信表示歉意，说堵车了，要晚到。邱凝直接回复不用来了，然后拖黑了对方的微信和电话。

她起身到外面站了一会儿，雨已经停了，空气湿润润的，让人感觉很舒服。她停下了往停车场走的脚步，转身向家的方向走去——她想一个人走走。

她觉得自己欢快了起来，于是松开一直梳得很紧的头发，让它们自然散下来，然后伸手细细地用手指梳理。

“好累……”她喃喃道。

她静静地走在大街上，身边车来车往，灯光璀璨，远处的星空却黯淡无光，看不出一丝生气。

平时开车二十分钟就到家的距离，邱凝走了一个多小时。当她进门时，母亲已经坐在了饭桌前，脸色很难看。她脱下外套走过去跟母亲说话，母亲却完全无视她，一动不动坐在那里，一脸冷漠。

“妈，我回来了。”她小心翼翼地说，心里有点儿忐忑。

母亲不说话，眼睛瞄着墙上的挂钟，比她规定女儿的回家时间晚了很多。邱凝看着母亲苍老又冷漠的脸，想到自己整天面对的永无止境的相亲，像一颗冬天的大白菜一样被坐在餐桌对面的男人挑来拣去，心情濒临崩溃。

就在这时，她的手机响了——是那个相亲对象。

“我在你家楼下，下来见个面吧。”

粗犷的男人声音，听着脾气就不好，邱凝想，她走到阳台上往下看。

楼下确实站着一个男人，但是天已经黑了，男人又站在阴影里，根本看不清脸。只能看到他的身形很高大健壮，站在那里让人有距离感。

邱凝心里突然“咯噔”一下，他是怎么知道自己家的地址的？身后的母亲也跟着扑了过来，刚才的低气压气氛荡然无存，转变之快让她咋舌。

“是刘川吧，快让他上来啊。”

刘川很快就上了楼，进了屋，她才看清他的长相：剪着板寸，皮肤有点儿黑，像是经常去健身房或者旅行；身上的深蓝色 T 恤干净整洁，定是被熨烫过的；脚下的皮鞋在灯光的照射下泛着光。倒是脸上始终严肃，没有笑意。长得不算难看，五官端正。这肯定是母亲非常喜欢的类型——老实憨厚。

邱凝在刘川进来之后简单地寒暄了几句，转身进屋。刘川的脸上没有丝毫不快，在客厅里和邱凝的母亲聊了起来。

3

“二婚，带个儿子！一个月才挣三千块，他是找老婆还是找保姆啊！我妈让我就这么嫁了？！”邱凝坐在万东阳的办公室里，罕见的情绪激动，脸色通红，但还是保持着完美坐姿。在隔壁茶水间待着的萧婉扬虽然听不清她在说什么，但还是被她高分贝的充满哀怨的声响惊到。她还从未见过邱凝这么失态。

万东阳笑笑："之后你的梦有变化吗？"

邱凝摇摇头："没有。"

"没有变化就没有研究价值，你可以再想想细节。"

"我只想找个地方倾诉一下，不需要你给我专业的意见。"邱凝直截了当地说，"我为什么找你们这家没有名气的心理咨询室，外面多少好医生我约不到？我不觉得我有心理问题，你不用白费功夫帮我，我不需要。"

"可你明显活得很压抑，一直生活在你母亲的阴影下，这是个很常见的心理问题。中国的母亲们本来就在孩子身上放了过多的精力和心理寄托，越是强势的母亲越喜欢干涉儿女的事情，而家里的女儿经常会对强势的母亲产生无条件认同的心理，母亲的行为习惯也会逐渐出现在女儿身上，也就是说你身上是可以看到你母亲的缩影的。"

"我不这么觉得，你别再分析我的心理了。"邱凝有些不耐烦。

"好。"万东阳表示，"我尊重你的想法。你还有什么想说的，都一块儿说说吧。"

"她还偷看我短信，去我房间翻我的日记！我每天做什么都要跟她一一汇报，凭什么？就凭她是我妈？"邱凝继续发泄着自己的不满，萧婉扬进来的时候，她马上就闭嘴了，低头去喝咖啡。

萧婉扬离开后，她又喋喋不休地说了起来。和平时一样，她准点离去，临走前，她突然犹豫了一下，转头问万东阳。

"万先生，你听过这首歌吗？"她轻轻地哼出了一首曲子，万东阳摇头，两人沉默片刻，邱凝起身告辞。

万东阳在她走后一直沉浸在音乐中，他闭着眼睛轻轻地哼着，很是陶醉的样子。萧婉扬进屋收拾杯子，觉得他哼得蛮好听的。

“这是什么歌？”

“The Bells - Stay A while，一首男女对唱的情歌。”万东阳打开电脑，找到那首歌放了出来。

“好听。”萧婉扬称赞道。

这首歌的歌词是这样的：

Into my room he creeps,

他潜入我的房间，

Without making a sound,

没有发出半点儿声响，

Into my dreams he peeps,

他窥视我的梦境，

With his hair all long and hanging down.

透过他那披垂的发。

How he makes me quiver,

他不禁使我颤抖，

I guess I' m gonna stay with him awhile.

我想我会留下来陪他一会儿。

She brushes the curls from my eyes,

她拨开我眼前卷曲的长发，

She drops her robe on the floor.

她褪去长袍，掉落在地板上。

And she reaches for the light on the bureau,

她的手伸向桌上的灯，

And the darkness is her pillow once more.

枕上又陷入一片黑暗。

萧婉扬无语了：“这么色情吗？”

“我不觉得，如果是一人一鬼，还是挺有趣的。”万东阳挠挠下巴，然后闭上眼，又重新放了一遍歌曲。

“这样下去有客户来才怪，老神棍！”人家邱凝梦见首情歌，他给人弄个人鬼情未了，说他是神棍真是一点儿没冤枉他。

萧婉扬从第一次见到万东阳时起就觉得他是个古怪的人，后来她也慢慢适应了。可是有一次，他竟然将研究的矛头对准了她。

“你做过噩梦吗？”

萧婉扬摇头。

万东阳喝了口水：“你连噩梦都没做过？”

萧婉扬干脆地点头，万东阳表示不相信。

“我觉得什么梦都不如我现在面临的现实可怕，对我来说，没有什么是噩梦。”

萧婉扬出生在一个富足的家庭里，从小就是同学们眼中的“有钱人”，总是全身名牌，一直到大学毕业。父亲生意失败，一夜之间沦为欠债者，一家人搬出了别墅，搬进了单间。对于人情世故的变化，她感到寒心，同时又无计可施。所以尽管每天都要面对可能存在的各种不安全因素，她还是接受了，因为她已经明白钱对现在的自己而言有多重要了。

4

邱凝和刘川的第一次约会是在市中心最繁华的地带，邱凝穿着自己最喜欢的白色长裙，头发烫成大波浪，化着精致的妆，加上成熟女性所散发的魅力，让她更加迷人。

刘川今天的穿着和之前相比，变得很随意。一件花里胡哨的衬衫，肥大的休闲裤子，脖子上还挂着条大金链子。

邱凝撇了撇嘴，这男人，除了身高，没一项符合她的标准的。坐在哈根达斯冰激凌店里，邱凝拨弄着盘子里的冰激凌看着对方，刘川却是一脸愧疚的表情，眼睛一直看着面前的冰激凌。

“你为什么不吃？”邱凝的好奇远大于关心。

“我儿子都没吃过这么贵的冰激凌！”

“戴得起金链子吃不起哈根达斯啊？”邱凝不依不饶。

“这是假的，放水里就漂。”刘川更尴尬了，邱凝彻底无语了，这对话的发展完全对不上她的套路。

“戴上这个，显得家底还厚点儿……”刘川解释道。

……

邱凝低头看着盘子里的冰激凌，拿小勺一下一下戳着，直到冰激凌变成许多小块，慢慢融化成一摊流动的奶油。

邱凝本来是想让刘川明白两个人之间的差距，让他断了和自己结婚的念想。没想到他的态度让她很无奈，只能任其发展。不过既然出来了，就好好玩一天好了。

两个人波澜不惊地约会了一天，刘川把邱凝送到了家楼下。

邱凝刚想跟他说，两个人还是做朋友吧。可话刚在嘴边，突然就被刘川抱住了，他在她额头上亲了一口，摸了摸她的头。

邱凝整个人自始至终都是僵硬的，脑子一片空白。

“上楼去吧，我在这儿看着你。”刘川笑着看着她。

邱凝觉得自己的脸马上就要熊熊燃烧起来了，转头快步离开。进楼道的时候，她回头看了一眼，刘川还站在那里，高高大大的身影被遮在路边的树影里，看不清他的脸，但他应该是在笑吧。

随后的一切都变得很简单，这样的转变连邱凝自己都感到不可思议。她觉得跟刘川在一起的时候，似乎没有那么累。在他们第三次约会的时候，她见到了刘川的儿子。他叫刘南，今年九岁，长得白白净净，很安静，不太爱说话。邱凝对他没什么特别的感觉。但是刘南很快就吸引了她的注意力，她发现刘南的眼角下面青了一块，她伸手去摸，小男孩猛地站了起来，一把甩开她的手。

邱凝很尴尬，也很生气：“你就这么教儿子的？”

刘川说孩子怕生，并把刘南搂在怀里安抚，但是邱凝却觉得刘南的眼睛里满是惊恐不安。邱凝的直觉告诉她，刘川这个人不像看上去那么简单。

她装作漫不经心地问道：“你是因为什么离婚的？”

刘川还是那副笑脸：“感情不和啊。”

“你脾气那么好，怎么会感情不和。”

“她是这么说的，我也没办法。”

邱凝不再说话，看样子是问不出来什么。

随后两人的交往顺利进行着，只是从那天开始，邱凝就再没见过刘南，刘川的解释是他去奶奶家住一段时间。

每次见到刘川，邱凝的母亲都很开心，脸上的笑容越来越多。给邱凝规定的回家时间也后延了不少，而且看刘川的眼神也是一副看准女婿的样子。

每次邱凝想跟母亲谈谈刘川孩子的问题时，母亲总是说，是个人都能挑出毛病，你这个年龄就不要再挑三拣四的了。邱凝只得闭嘴。

邱凝对刘川一直没有喜欢的感觉，更不要提以后结婚生活在一块儿了。她还是决定和刘川分手。

她带他去了一家昂贵的西餐厅，开了瓶红酒，刘川很开心，喝了不少。在吃饭的过程中，邱凝始终都没有勇气说那些话，而关于刘南的疑问也没有问出口。回家的时候，刘川说想去公园逛逛，邱凝答应了。路过小卖部的时候，刘川又买了几罐啤酒喝了起来。

邱凝不吭声，跟着他走，过了一会儿，她走累了，停下来转身对刘川说："我想了很久，我们不合适，所以还是算了吧。"

她以为刘川会遗憾地笑笑，说一句"好吧"，没想他竟然狠狠地甩了她一个耳光，本来已经微醉的邱凝瞬间清醒，那个总是温柔地笑着说话的男人在昏暗的灯光下面目狰狞。

"我为你花了这么多钱，你要我？！"

邱凝哪里受过这种气，回过神来的时候简直气疯了，直接扑了上去跟刘川厮打起来。她很轻易地被高大的刘川踹倒在地，刘川骑在她身上拳打脚踢。

5

邱凝再次出现在万东阳的办公室时，眼眶青紫了一大块，嘴角也裂了，她化着浓浓的妆，可惜再好的粉底也遮不住这一脸伤。她静静地坐在那里，眼神如死灰。

“我要结婚了。”邱凝平静地说，但依然能听到语气中的不甘心。

她和刘川厮打起来，最后闹进了派出所，紧接着她接到了医院的电话，说母亲心脏病发，在医院抢救，于是她不得不和刘川和解，然后匆匆跑去了医院。

母亲忽然之间变得很虚弱，她最大的心愿就是看着女儿披上婚纱嫁给刘川。邱凝想告诉母亲，她和刘川根本不可能在一起，但母亲极其渴望的目光又让她说不出来。

于是她带着那张受伤的脸找到刘川，请求他和自己演一场戏，刘川的表情很有趣。

“你们这些女人都是一样的。”刘川幽幽地说道，全然没有任何悔意。

刘川最后还是答应下来，紧接着，他以邱凝的未婚夫自居，强行闯入她的生活圈子，她的亲人同事统统知道了她要结婚，她百口莫辩。

看着她的样子，万东阳突然问她：“还做梦吗？”

邱凝摇摇头：“好几天没做了……”

她笑了笑，伸手摸了摸头发，沉默了很久才开口道：“其实有件事，我一直没说过。”

“哦？”

“我谈过一场恋爱……那个人，很爱我，然后他死了。”邱凝陷入回忆中，一向平静的脸上有了一丝波动，但是转瞬即逝，很快又恢复了平静，好像任何事都不会在她脸上停留。

邱凝说的就是被她母亲拆散的那次。那个男孩个子很高，干净秀气，总是腼腆地笑。那时候她住校，两个人约好下了晚自习就在操场上散步，但也不敢并排走在一起，一前一后距离两三米的样子。吃完饭，他们就在一个教室里学习，一左一右地坐，中间隔一个空位置，时不时相视而笑。

两人最亲密的动作也只有牵手，但他们依然觉得非常幸福。

两人相约要考同一所大学，毕了业就结婚。然而好景不长，一次假期回家，邱凝的日记被母亲发现了，母亲大半夜把她从床上拖起来，罚她跪在父亲的遗像前忏悔，并让她给男孩打电话说分手。但她趁着母亲不注意，打开门逃了出来，冰冷刺骨的冬天，她穿着单薄的上衣，跑到了男孩家门口敲门，男孩刚刚打开门，尾随而来的母亲就出现了。两个人吓坏了，就往楼上跑，一直跑到顶楼，男孩打开了通往天台的门。

天台上的风很冷，夹杂着母亲的叫骂声，她腰不好，天台的阶梯太陡了，她迟迟爬不上来，就大声地骂了起来。

“邱凝，早知道我就不该生下你！我和你爸的脸都让你丢尽了！赶紧滚下来！你这个没良心的！”

她听着这日日夜夜折磨她的叫骂声，心里一片凄凉，转头对男孩说：“跟我一起飞吧。”

男孩沉默了一会儿，点了点头。然后她拉着自己爱人的手，从六楼一跃而下。

当她再次醒来时，发现自己躺在医院里，腿和胳膊都打了石膏，全身席卷而来的痛让她整个人都麻木，母亲坐在一旁，竟然意外地很平静。她在极力回忆发生的一切，可是只能想到几个碎片场景和男孩的样子。

“那个人死了。”母亲平静地说，这样的平静让邱凝有一种莫名的害怕，她能从母亲的语气中感受到母亲获得这场女儿争夺战的胜利后的欣慰。

邱凝痛哭起来，眼泪顺着眼角一直侵入她的头发，她甚至无法用手去擦拭。嘶哑的嗓音在病房里久久回荡着，母亲转过头，一句话都没有说。之后母亲给她转了学，搬了家，复读了一年，考上了大学。大学不是他们约好的那所，她不敢接触和那个人有关的一切。

邱凝说完之后，发现万东阳站在她的面前，递给她一块纸巾，她这才发现自己又哭了。

“你记得那人的名字吗？”

……

邱凝沉默了一会儿，吐出一个名字。

“单翔。”

6

萧婉扬从外面回来时，万东阳窝在办公室里睡觉，他有一张很大的办公椅，每次都把椅子放下来躺在上面睡，而且一定是脸冲着墙。

不过萧婉扬已经习以为常了，万东阳的怪异她早就见识过了。万东阳睡得很熟，屋里安静得连呼吸声都听不到。虽然天气炎热，但是屋里开着空调，温度很低，萧婉扬怕他感冒，就拿了一条毯子走过去帮他盖上。当她的手无意中触及万东阳的皮肤时，她愣住了。他身上一点儿温度都没有，冰凉凉的。她刚想再确认一下，万东阳醒了，她一时也没反应过来，手僵硬在半空，倒是万东阳打了个哈欠。

“查到了吗？”

萧婉扬想起万东阳交给她的任务，忙点头：“我去了邱凝读过的高中和住过的小区，没有叫单翔的人，姓单的男生全校只有三个，都活得好好的。他们学校也没有发生过学生意外死亡事件。邱凝坠楼倒是真的，而且学校里传得沸沸扬扬，各种说法都有。校方的说法是因为升学压力，你说会不会是校方封锁了消息？”

“这么大的事怎么封锁得了？！”

“那是怎么回事？”

“难道说这个叫单翔的人，根本不存在？”万东阳有点儿纳闷。

“有可能是记错名字了吧。”

万东阳一皱眉：“你谈过恋爱吗？这是能让一个女生刻骨铭心的初恋，怎么可能会记错名字？”随后他不说话了，陷入沉思，很快又起身给邱凝打了一个电话，邱凝没说几句话，对面就传来一个男人催促的声音。

“电话讲完了吗？这几件婚纱你喜欢哪一件？”

“我打扰你了？”万东阳问。

“没什么，只是试婚纱而已，走个形式……”邱凝的声音满是疲惫，“晚上我会过去，先这样吧。”

电话就这样挂断了。

7

刘川站在婚纱店里，黝黑的皮肤及土气的打扮和高档的婚纱店格格不入。邱凝看着他的脸，满是虚伪和小人得志的表情，心里一阵恶心。他用这副嘴脸小心翼翼地拉拢了她所有的亲戚朋友，没有人相信她，这个向来尖酸刻薄的女人面对这个看似憨厚男人，完全败下阵来。邱凝觉得自己正坐在一个无底洞的边缘，跳或者不跳，都已经由不得自己，一切都只是时间问题。

“要不你都试试吧，不用怕贵，喜欢哪件买哪件。”刘川把手里那几件婚纱都堆在邱凝的手里，邱凝没动，身边的导购小姐一如既往地一脸笑容：“您爱人对您真好。”

“送你要不要？”邱凝回了一句，把手里的婚纱都丢回导购小姐怀里，自己去看其他的了。刘川则不停地给导购小姐赔不是，说她就是这脾气，没啥坏心眼儿之类的，邱凝在心里冷笑起来。反正她的未来就是这样的了，无论跟谁解释，他们都不会信的。

她突然想起了梦里那个穿着白色礼服对她唱着歌的人，他要是还活着，自己就不会变成这样了。

她随意拿了一件裹胸式的婚纱换下，看着镜子中被婚纱衬托得格外美丽的自己，心里竟然是柔软和悲痛并存。她沉浸在自己的情绪中无法自拔，完全没有注意到一旁的刘川。买下婚纱，两个人往首饰店里走，路过一个僻静的小胡同时，刘川突然一把拉住她。

“我觉得这件婚纱不好。”

“为什么？”邱凝很不耐烦。

“太露了，我给你挑的带袖子的难道不漂亮吗？”

邱凝冷笑一声：“那你就别说我喜欢哪件都可以买，我买了你又说三道四的，是不是男人？！”

刘川说不过她，张了半天嘴也没说出话来。他脸色越来越差，邱凝知道不好，转头想跑，结果被他一把抓住头发，拖到了小胡同里。刘川先抽了她几个耳光，然后扯着她头发问她：“你退还是不退？”

邱凝觉得自己嘴里弥漫着浓浓的血腥味，在她自己的世界里，她从来都是站在顶端的，除了她的母亲，没有人能让她卑微和妥协，而现在这个男人正想毁掉她引以为傲的一切。

邱凝突然嘶喊起来，她像疯子一样手脚乱挥起来。她要掐死眼前这个男人，抓烂他的脸，踢碎他伪善的笑容，让所有的人知道他的真面目，让所有人知道他就是一个疯子，他正在胁迫自己。但是她还未触碰到这个人，太阳穴上就挨了重重的一拳，邱凝眼前发黑，懵了一会儿就软软地倒了下去。

半晌，她回过神来，发现自己躺在地上，头脑还在眩晕，不远处刘川一言不发地跪在她面前。

“对不起，我不是故意的……我没想伤害你。”

上次打完她，在派出所，刘川也是这副样子，邱凝根本不想理他，她起身，摇摇晃晃地要走。刘川又走过来搀住她，她推开对方的手，身体却不听使唤，摇摇晃晃，根本走不稳。

“我送你去医院吧，顺便看看咱妈。”刘川在一旁轻声说。轻轻的一句话，就戳中了她的死穴，她无谓的反抗停止了，行尸走肉一般被刘川牵引着向外走去。

对邱凝来说，母亲是她的束缚，也是她的全部。

8

八岁那年的生日，是邱凝一生中最大的噩梦。她的父亲车祸去世了，肇事者逃逸，一直没有抓到。她那个时候不懂事，不知道母亲为什么会对着那张照片哭得撕心裂肺。她想去安慰她，却被母亲一把抓住双手。

“凝凝，以后妈妈只有你了，你一定要听妈妈的话！一定要听话！”

如果能让妈妈再次露出笑容，那就听她的话吧，邱凝想。每次她听话地放下玩具去认真学习时，每次她听话地拒绝小伙伴一起出去玩的要求时，母亲总是笑得格外灿烂。母亲总是抱着她说，妈妈只有你了，你绝对不能离开我。

她见过母亲一个人抱着父亲的遗像哭得全身抽搐：“老头子，以后我没人疼了……”

那时候邱凝就想，我来疼你吧，保证听你的话。

此时邱凝坐在母亲的病床前，母亲正在熟睡，干瘪而瘦小的身体在病床上躺着，如果盖住她苍老的脸，可能根本察觉不到里面还躺着人。

母亲什么时候变得这么虚弱、瘦小了？在她的记忆里，母亲总是非常要强的，街坊四邻没有人敢惹她。但是看着现在病床上的母亲，她只想哭。

要是母亲就这么走了，自己该怎么办？如何面对那个如噩梦般的男人？如何面对以后水深火热的生活？邱凝觉得，如果母亲就这么去了，自己的精神支柱也就没了。一直以来，不光是母亲依赖她，她也一直依赖着母亲。即使母亲的爱让她活得非常痛苦。

刘川跟她说了一会儿话，她没有理，刘川就回去了。万东阳给她打了几次电话，她也没有接。她静静地看着自己的母亲，有很多话要跟她说，却又根本说不出来。这么多年来，她们俩一直都是这样。

她陪了母亲一晚上，母亲醒了之后吃了点儿东西，两个人面对面坐着，半天没话说。最后母亲问她婚事准备得怎么样了，邱凝回答说很顺利。母亲就很安心地睡了。

第二天邱凝收到一个快递，里面是一本书。书很旧，看得出来有些年头了，封面是一个男孩抱着一个流泪的女孩，名字叫“我们在天堂再相遇”。她突然觉得这个封面很熟悉。

书里讲的是一对早恋的学生被双方父母发现后强行拆散，最后双双殉情。非常俗烂的故事，但是因为文笔很现实，男主角很有魅力，情窦初开的女孩子们应该会喜欢，而男主角的名字就叫单翔。

书是万东阳寄给她的，包裹里除了书，什么都没有。万东阳想说什么？

她匆匆地把那本书丢在了垃圾桶里，然后去吃饭了。她回来的时候，发现刘川坐在母亲身边，和母亲有说有笑，她已经很多年没见过母亲这么开心了。小学的时候，当她拿回年级第一的考试成绩，母亲还是会笑的，但是慢慢地，这种事情已经很难让她高兴起来了。邱凝觉得应该做更多的事情让母亲高兴，但是母亲的笑容越来越少了，也越来越挑剔。邱凝也越来越疯了一样地要求自己，给自己制定了近乎苛刻的要求。

到底是从什么时候开始变成这个样子的呢？邱凝自己也不知道。但是看着母亲这个样子，她怎么忍心破坏母亲那一脸幸福的表情？

三人默默吃完饭，直到很晚，刘川才离开。

刘川走后，邱凝问母亲："刘川都跟你说了什么？你知道他跟他前妻是怎么离婚的？"

母亲回答："我们说了他的家庭，他没有离婚。"

邱凝的心紧张地快速跳动起来，忙问道："那到底是……"

"死了，年纪轻轻就死了。说是去海边玩，不小心溺水了。天黑了，也没个人看见，捞出来时全身泡得发胀了……"

邱凝全身一阵冰凉——她是忍受不了折磨自杀的吧……

母亲看邱凝表情不对，忙伸手拉住她："你别介意，我看得出来刘川是个好人，他会对你好的。但凡前妻还在，妈也不会让你委屈的。她人都没了，那孩子以后只要你好好对他，不就跟你亲生的一样……"

母亲在絮絮叨叨地说着，邱凝心如死灰。

过了一会儿，母亲小心翼翼地问她："凝凝，你是不是在怨妈？"

邱凝机械地摇了摇头。

"那你幸福吗？"

邱凝觉得自己的身体不受控制了，她想扑过去告诉自己的母亲刘川是个什么样的人，告诉她自己害怕嫁给他，告诉她自己害怕她离开自己一个人在世界上。但她什么都不敢说，事情才会变成这样。

看着母亲期待的脸，她觉得自己的灵魂从身体里抽了出来，轻飘飘地站在一旁，而自己那形同枯木的躯壳干巴巴地挤出了两个字："幸福。"

9

邱凝的婚礼很快就举行了，所有的亲戚朋友们都来了。婚礼办得很隆重，花了邱凝不少钱。邱凝倒是不在乎钱，她比较在乎母亲的情绪。

母亲坐在人群中间，被亲人簇拥着，笑得很开心。

开心就好，邱凝悲哀地想。

整个婚礼现场，妆容精致、看起来美丽动人的邱凝都是面无表情，最后刘川不满意，把她拉进化妆间里去跟她理论："我亲戚朋友也都在，你就不能有点儿笑脸？你这样做让我很没面子。"

"要什么面子，里子都没有！"邱凝强硬地回应，"虚伪！"

刘川什么都没说，直接动手，先抽了她一个耳光，又一脚踹在她肚子上，邱凝默默地忍受着，不肯叫出声来。然后她被他一把推倒，撞在了桌子上，桌子上的东西噼里啪啦掉了一地。玻璃杯碎了，摔了满地的玻璃渣子，她的后背直接压在上面，钻心地疼。

她恶狠狠地看着刘川，眼睛里满是血丝，刘川根本无视她的眼神，一个接一个地抽她耳光，抽得邱凝耳鸣起来。她张了张嘴，最后只发出了绝望的呜咽声。

她怕母亲知道，怕母亲犯病，怕母亲后悔，怕母亲心疼。可是母亲会心疼自己吗？

邱凝很快有了答案，她摇晃的视线里出现了母亲的身影。母亲穿着枣红色的旗袍站在化妆室门口，脸上的喜色还未散尽，凝固在脸上，混杂着惊愕。眼前的一幕让母亲不知所措，看着母亲无声地瘫倒在地上，邱凝终于惨叫起来。

婚礼现场响起了刺耳的救护车声，邱凝急匆匆地跟着医护人员上了救护车。不远处，人群中刘川在看着她，他的表情有懊悔，有恼怒，他大概没想到邱凝的母亲在他掌控邱凝之前就发现了真相，但是很快，他的表情又恢复了平静，他对邱凝势在必得。

因为这个女人，根本不敢反抗自己的母亲。只要她的母亲还活着，一切就都有希望。

当刘川处理好一切去医院的时候，却得知邱凝的母亲抢救无效去世了。刘川心有不甘，骂骂咧咧地走了。

邱凝得知这个消息时却意外地很平静，她靠在抢救室门口，看着母亲的身体慢慢地失去温度，一滴眼泪都流不出来。她静静地看着母亲，母亲是前所未有的安详，那个在家嚣张了一辈子的老太太现在看起来慈眉善目，格外安静。邱凝掏出纸巾给母亲擦了擦脸。

“妈，我好久没有这么心平气和地跟你说话了，咱俩一起的时候都是你在骂，而我一直听着，我从小最怕的就是你生气。妈妈，我不想次次都拿第一，那些题我做着好累，每次都有我不懂的，我学不会都不敢回家；我想去公园玩，想摘朵花戴在你头上，想看你笑，可我怕你生气。妈，我有时候也想跟同事们一起出去玩，我知道我一直都不合群，但是我好想有个能说说知心话的好朋友，有时候父母代替不了朋友的角色，可是我怕你生气。

“妈，其实我一点儿都不想去相亲，我都这么大了，那些男人像挑大白菜一样审视我，我感觉自己被侮辱了。我不在乎对方有没有钱，只要爱我就好，可是我怕你生气。”

“妈，我其实一点儿都不想嫁给刘川……他打我……我疼……妈妈，你能听到我说话吗？”

邱凝也不想哭，她只想这么静静地和母亲待着，她盼望着这样平静又美好的相处，盼了很多年了。然后她慢慢地闭上眼睛，不动了。冰凉的病房里只有双手相握的母女二人，仿佛在沉睡一般。窗外是静谧的夜，洒进来的月光细密温柔。

10

邱凝慢慢地睁开眼睛，一行泪缓缓流下，面前是白色的天花板，她适应了好一阵才发现，自己躺在万东阳办公室的沙发上睡着了。

她猛地坐起身来，头疼欲裂，她双手捂着头，感觉脑壳要爆裂开来，只好又重新躺下。

“我怎么在这里……”她幽幽地问了一句，很快又想起来，她在被刘川打了之后，来到这里跟万东阳告别。那个时候万东阳说要帮她，她同意了，之后万东阳给她听了一段音乐，她就睡着了。

那么之后发生的事情，都是梦吗？

“梦从哪里开始的？”她颤抖着问。

万东阳递给她一面镜子，她拿过来一照，青紫的眼眶，裂开的嘴角，她记得这个伤，是在公园里被刘川打的，她现在应该刚刚从派出所出来没多久。

“好！”她说，“太好了……”

万东阳问她：“你是不是有答案了？”

邱凝一跃而起，推开门跑了出去，差点儿撞翻门口端着咖啡的萧婉扬。萧婉扬看她跑得那么快，平时的姿态全无，一脸惊愕。

“给钱没啊？跑这么快是要赖账啊？！”

“她还会回来的。”万东阳笑眯眯地说道。

邱凝飞快地奔跑在大街上，高跟鞋阻碍了她的速度，她把鞋脱了下来，一手拎一只继续跑，周围的行人诧异地看着她，但她毫不在乎。

她现在就想赶快去医院看看母亲，然后抱着那个板着脸的老太太狠狠亲上一口。

她跑到医院病房，刚进门就看到刘川端着一盘水果从外面走了进来。母亲坐在病床上满脸微笑地望着他。邱凝满腔的热情瞬间被扑灭了。她不怕刘川，只怕母亲受不了刺激，像梦里一样心脏病发作。

她站在门前犹豫着，母亲回头叫她："凝凝，赶快过来坐，招呼一下刘川。"

邱凝"哦"了一声，慢慢走过来，母亲很快发现了她的异样。

"你的脸怎么了？"

邱凝忙伸手捂住自己的伤口，摇摇头。

母亲的脸变得严肃起来："昨天出去时还好好的呢！怎么回事？"

邱凝的眼睛缓缓看向刘川，刘川故作平静，但还是不太自然。母亲来回看了他们几次，最后问刘川："刘川啊，她这伤怎么回事啊？你们昨天可是一直在一起的。"

刘川憨笑："遇到一点儿小意外。"

"那怎么你没受伤，都意外到她身上去啦？"

"这……"

母亲突然站起来，冲刘川吼道："你当我傻啊！是不是你打的？"

刘川被老太太吓了一跳，却很快平静下来。

"不是。"

母亲和刘川又看邱凝，邱凝半天没说话，刘川威胁的目光她懂，但是不知道为什么，母亲似乎给了她无限的勇气。

"就是他打的，我们还进了派出所。"

“胡说八道！”刘川下意识想伸手去抓邱凝，“不想嫁直说，少给我泼脏水。”

邱凝躲了一下，刘川没抓到她，想再过去，被邱凝的母亲抽了一个耳光，刘川气得脖子上青筋都暴出来了，举起拳头就想还手。

母亲把脸凑过去：“来，打一下试试，打坏了你得养我一辈子。”

刘川没想到之前对他无比和善的老太太竟然如此无赖，只得甩门子走人，剩下目瞪口呆的邱凝。过了好一会儿，邱凝还没反应过来。

“妈……你之前生病是……”

“那都是为了逼你答应结婚装的。”

“……你怎么知道刘川打了我……”

“我就是吓唬他一下，没想到是真的……”母亲从前经常这么诈她，效果很好，总能套出她的实话。

对于现在这个母亲，邱凝的心里五味杂陈。

11

“那个单翔到底存不存在啊？”邱凝最后一次来时，萧婉扬一直在外面抓耳挠腮地想进来，好不容易等邱凝走了，萧婉扬才急匆匆冲进来问万东阳。

“刚开始我也以为是她臆想中的人，没想到单翔确实存在。”

“真的跳楼殉情死了？”

“那倒是没有，不过对她来说，死和没死区别不大。”

“这话怎么说？”

邱凝后来问过母亲，单翔这个人到底死没死，或者说这个人存在不存在。邱凝的母亲这才告诉她实话。单翔不是她的想象，确实有这个人，但是两个人一起站在顶楼的时候，跳下去的只有邱凝一个人。邱凝说一起死时，那个男生吓得手足无措。在邱凝跳的时候，他一把甩开了邱凝的手，所以掉下去的只有邱凝一个人。之后男方家长火速找人销了单翔的学籍，搬家走了。而母亲是目睹整个过程的人，所以之后她才对邱凝严防死守，生怕女儿再次受到这样的伤害，看得出来她很爱女儿。她没有告诉女儿，那个男孩甩开了她的手，而是告诉女儿，男孩死了，她不愿意毁坏女儿的梦，所以必须一直隐瞒下去。

“邱凝的那个梦是什么意思？”萧婉扬问。

“是她内心的潜意识，她在世界终结之日才会走向婚姻，对方就是那个她以为已经死去的男孩。她渴望他的爱，却又认为除非所有的人都消失，世界毁灭了，两个人才能在一起。百合和婚纱都是圣洁的象征，她为自己内心的爱保持着一份纯真。但是婚礼当天又是双方死亡之日，她觉得无论多美丽的爱情都会被现实摧毁，结合的那日就是死亡的开始。她的伴侣早已死亡，那首在梦中反复出现的歌曲，在我看来就是一个死去的情人对活着的另一半的试探，如果有可能，她会用自己的一生来证明自己就是那个人的另一半。”

“她的爱是一种献祭般的爱……”

“是啊，在她对她母亲的态度上就能看得出来。”

萧婉扬沉默了一会儿后说：“你其实……也挺有本事嘛。”

“我一直都很有本事。”

“那就好好做你的心理咨询师，搞什么解梦占卜玄学。”

万东阳哈哈大笑：“我只对梦感兴趣，而且是噩梦。”

“为什么？”

万东阳平静地说：“你不会想知道的。”

萧婉扬没说话，每次提到这个话题，万东阳的表情都怪怪的，她也不敢追问太多。万东阳的个性很随和，所以她可以说话没大没小，但是涉及隐私问题时，尽管她确实非常好奇，也知道适可而止。

不过万东阳今天没有像以前一样沉默或者岔开话题，而是突然说了一句："因为我要在梦里找一个人。"

"找人？在梦里？"

"一个曾经让我死而复生的人。"

"什么？"萧婉扬抖了一下，"人死了，还能活？"

"死透了。"万东阳说完不再看着她，而是往椅子上一瘫，开始闭目养神。萧婉扬看着他好看的侧脸，心里一动，她想起了那天她触摸到万东阳的皮肤时，那冰凉的触感。

窗外夏日炎炎，室内一片清凉。

她沉默着退出办公室，关上了门。

不做梦的人

有人说，做梦是件美妙的事情。

我承认。

但是为什么人不能活在梦里？

现实里的我，太累太累。

——张筱雨

1

新月如钩，在繁星点点的夜幕上撕开一道伤口，光华无力，还没有照到地上就消散干净。夜沉如水，似乎能将所有东西吞没，唯一荡漾着生气的地方竟是灯火通明的花街。

怡红楼也不例外，点亮了所有的灯笼，女人们都装扮得花枝招展。因为没有规律的休息而暗沉的脸色都被脂粉盖住，在灯火的映衬下反而多出几分妖艳。她们努力施展自己的魅力，翘首以盼客人的到来。然而，平时应该人声鼎沸的怡红楼，此刻却还是一个客人都没有。

连往日清高惯了的花魁都有些不耐烦起来，她抬手推窗，一截玉臂便从织锦华服的广袖中露出来。眉目如画的面容从半开的窗子里往街边张望，长长的街道和以往一样两边挂满了红色的灯笼，灯笼上精雕细刻的花鸟鱼虫精致无比。

“怎么还没有人来呢……”花魁喃喃道。

又过了一会儿，远处才慢慢走来一个白衣的男子，他身段修长，眉目俊秀，但是白净的脸上面无表情，眼神里带着一丝轻蔑，甚至隐隐透出一丝煞气。

怡红楼的姑娘们一哄而上，忙把男子迎了进去，花魁的嘴角挑起一丝微笑，纤长雪白的手收了回去。

今夜好歹不会太无聊，她这么想着，直到听到楼下的惨叫声和求救声。

她匆忙下楼，发现楼下所有的人都倒在血泊中，而那名白衣男子此刻就站在那里，用一块白色的手帕擦拭着长剑上的血渍。

花魁惨叫一声，转身就往门外跑去，白衣男子静静地看着她逃，直到她消失在街的尽头才慢慢地追了上去。

转过街角，就见那花魁坐倒在地上，双腿发软，全身哆嗦。而她面前则是一整条街的死人，那些人倒在地上的姿势各异，红色的血将原本颜色鲜亮的衣服染成深深的红色，或者干涸的深褐色，地上也已经看不到原来的青砖，只有连成一片的黏腻的血河，映着红通通的灯笼，让人不寒而栗。

“饶了我吧，求你了。”花魁绝美惊恐的脸上布满了泪痕。

“不行！你必须死！”

男子提起手里的长剑，一边冷冷地说着话，一边向她缓缓走去。

张筱雨从梦中惊醒，发现自己还躺在宿舍里。外面依然是一片漆黑，她看了一下手机，又是凌晨三点，她再次被噩梦惊醒了。她最近经常做这种噩梦，总是有人死去，也总会有一个冷血的杀人魔出现。

“啊——”一声惊叫在她身后响起，她诧异地回过头，看到一个室友一脸惊恐地站在宿舍中间看着她，全身哆嗦，面色苍白。

“你大半夜不睡觉在那里坐着干吗？吓死人了！”

她张了张嘴，最后只说出了“对不起”。

“神经病。”被吓到的舍友气冲冲地去了厕所，被她的尖叫声吵醒的人也纷纷对张筱雨白眼，尽管吵醒她们的人并不是张筱雨。

“对不起，吵醒你们了。”张筱雨道歉道。她知道接下来的时间都会睡不着了，就起身下了床，坐在窗口的椅子上，看着学校外面茫茫的夜色出神。

深夜的校园早已经没有人走动了，空荡荡的。只有路边一排排的路灯和那些白天看起来生机盎然、晚上却黑压压让人觉得恐惧的树林和草丛。路灯的光再亮也照不清树林的阴暗面，那些阴影形状各异，像一只只伺机而动的怪物。

“再亮的地方，也有黑暗存在……”张筱雨的心里突然冒出来这么一句话。

2

晚上最后一班地铁，里面仅有的几个乘客都昏昏欲睡，只有车轨声和偶尔传来的报站声。萧婉扬坐在座位上，打着哈欠翻开自己的专业书，勉强看了几页就困得看不下去了。

一天的兼职结束后，萧婉扬觉得自己全身的骨头都散了。她蜷缩在座位上，披着半旧的米色大披肩，那个满是污渍却没时间去清洗的帆布包也被她拿来放在膝盖上保暖。地铁里的空调呼呼地吹着，空气微凉，但是裹得严严实实的萧婉扬觉得很舒服。

世界上最爽的事情之一不就是裹着被子吹空调吗？萧婉扬觉得自己可以就这么一直睡下去。然而她不敢，因为考试挂科的话，补考是要交钱的。

她翻了一会儿书，又放了回去，从包里拿出一个笔记本，那是室友张筱雨借给她的课堂笔记。有时候她实在太困，就在课堂上睡过去了，张筱雨就会把笔记做好给她。张筱雨简直就是居家旅行、翘课走神的必备神器。

今天的笔记本不是以前那个蓝色的画猫咪的笔记本，而是一个新的本子，深红色的扉页，上面有一只流泪的眼睛。

“哎，专业课笔记永远都是这么多。”萧婉扬嘀咕着打开了笔记本。

笔记本的第一页用口红写了一行字，吓得萧婉扬一下子精神百倍。

我就这样杀了她。

口红写的字看起来非常具有震慑力，在大半夜里配上地铁凉飕飕的空调，让萧婉扬感受到了鬼片的效果。

萧婉扬急忙翻到后面，发现目标是一个女孩，笔记本上列出了各种各样的详细的谋杀计划。

1. 她很美，这是她的优势，所以她很受男生欢迎，也足够开放，有去夜店的爱好，夜生活丰富，可以晚上和男孩们一起去喝酒。先拿到她的夜晚出行计划，然后尾随。在人多不明显的时候，给她下药。

2. 介绍男朋友给她，绝世好男人，完美无比，然后在婚礼当天当众甩了她，让她羞愧抑郁自杀。

3. 尾随她到她的住处，在电闸上做手脚，并破坏她家供电系统，出来查看电闸触电而亡，此法有缺陷，容易伤及无辜，慎用。

4. 和她做朋友，叫她一起去游泳，劝她去深水区……

这句话没有写完，而且“做朋友”三个字被重重划去，显然这个想法不成立，后面还写了几十条，每一条都是一个杀人计划。虽然没什么技术含量，但是看下去，还是让人有点儿胆战。

张筱雨跟谁结了仇啊？萧婉扬想了半天都想不到张筱雨最近有什么异常之处，她这几天简直是太忙了。

萧婉扬赶在宿舍关门的最后一分钟到达了宿舍，宿管阿姨教训了她几句，放她进去了。萧婉扬回到宿舍，其他人都睡了，只剩张筱雨一个人坐在窗前，呆呆地望着窗外。她穿着一件白色的吊带睡衣，头发披散下来，背对着萧婉扬坐着。窗户大开，一阵风徐徐吹来，也吹动了她的头发。萧婉扬觉得此情此景挺美，但是想到那个杀人计划的本子，又觉得背脊发凉，有点儿瘆得慌。

“筱雨，你怎么还不睡？”萧婉扬有点儿尴尬地问道。

“我做噩梦了……睡不着……”张筱雨说完递给萧婉扬一盒酸奶，“累了吧，喝了早点儿睡。”

萧婉扬接过酸奶，心里涌起一阵暖意。明天一定要跟她好好谈谈……喝完酸奶，浓重的困意袭来，她钻进被窝，很快就睡着了。

3

来到梦境研究室之后，萧婉扬还是没事就跟万东阳念叨：“我从来不做噩梦，因为不管什么梦都不如现实生活让我觉得恐惧。”

萧婉扬说的是事实。她原本家庭富裕，父母做家族企业，从来没缺过钱，所以和朋友出去玩的时候，基本上都是她来付账。刚开始朋友们还有点儿不好意思，后来就习惯了。这个习惯在她家破产之后没能延续下去，于是跟她一起出去的朋友越来越少了。最后除了张筱雨，没人经常跟她逛街。

萧婉扬从豪华别墅区搬出去，住到了连厕所都是一个楼层公用的筒子楼。每到饭点，楼道里便混合了各家做饭的油烟，平时也不用担心什么隔墙有耳，因为说话声会顺着墙缝钻过来。和父母一起挤一个单间，也没有什么隐私可言。所以每天早上她睁眼前都祈祷过无数次，希望睁开眼后看到的是她那个豪华公主房雪白的天花板，但是每次都看到脏兮兮、油腻腻的天花板上那个黄色的节能灯泡。

“哎……这个月攒的还不如欠的多……”每个月底发工资时，萧婉扬的父亲就会坐在桌子前面疲惫地揉着自己的太阳穴。

这个场景萧婉扬看过无数次了，然而这对她来说已经是很不错的场面了。那些要债的时不时跑来泼个油漆、贴个恐吓大字报、丢死老鼠，这才是真正让她崩溃的。

她现在依然记得那个暴雨的晚上，他们一家三口躲在筒子楼对面的自助银行大厅，看着骂骂咧咧催房租的房东堵在门口。那个夜晚格外难熬，而她当时庆幸的竟然是那天没喝太多水，不用担心找厕所的问题。

也就是那天晚上，萧婉扬又梦到了她原来像公主一样的生活，醒后她大哭一场，那感觉真心难受。从那天开始，她就觉得自己的现实生活才是一场噩梦，但在这场噩梦里她必须要好好生存下去，死一次就全盘清空了。

萧婉扬每天除了在学校上课，其他时间都在各种兼职场所奔波，幸好她长了一张姣好的脸，可以兼职做做模特。晚上来梦境研究室，利用一切时间做尽可能多的事情。这样忙碌的坏处是劳累和压力，她的脾气因此越发暴躁，而好处是这样高强度的劳动让她的身材不用刻意保持就一直很纤细，起码从来没有摄影师提醒她注意保持身材。

万东阳这里的工作是很闲的，萧婉扬晚上有时候会在那里补觉，瘫在茶水间的小沙发上睡得呼呼的，没有特殊需要，万东阳也不会叫她。不过时间长了，倒是萧婉扬对这份薪水有点儿心虚。

“老板，除了平时的工作，我还能做点儿别的什么吗？”

万东阳很欣慰地拿出一叠宣传单：“你去你们学校发点儿名片和宣传单吧，我本来想自己去的，既然你主动要求了，我就不去了。”

“那你准备干什么？”

万东阳打了个哈欠：“睡觉。”

萧婉扬哑口无言。

“做心理研究的不就是要多接触人吗？你难道要一直靠着书本的理论知识纸上谈兵啊？那迟早开不下去。”

结果万东阳竟然真的出来见人了——

那是个晴天，万里无云、风和日丽，特别适合逛街，萧婉扬也满心欢喜地准备跟张筱雨一起出去散心。然而走到校门口时，她发现那个只会在研究室里穿着白大褂打太极的奇葩竟然穿了一套白色运动衣站在学校门口发传单。万东阳完全没有理会惊讶的萧婉扬，微笑着径直向她们走了过来。

“我听你的，今天出来见人了。”

萧婉扬不知道该如何应对他的说辞，而一旁的张筱雨却很有礼貌地跟万东阳互问了声好，然后笑着问道：“这是你男朋友吗？”

话音刚落，张筱雨的手里就被万东阳塞进了一张传单外加一张名片。

“我是她的老板，你好。”万东阳特别积极主动。

张筱雨意味深长地笑道：“老板？哪种老板？”

“打工的老板！”萧婉扬气呼呼地把传单和名片从张筱雨手中夺过来，撕烂了丢到身边的垃圾桶里，然后把万东阳赶进了地铁站。

“你还是在研究室待着吧！”

萧婉扬转过身，却看到张筱雨脸上的表情，那表情介于兴奋和厌恶之间，像是杂糅到一起的油彩，诡异又和谐。萧婉扬无法确切地形容出张筱雨到底是个什么样子，但是张筱雨的表情确实吓到她了。

“筱雨，你怎么了？”

“你们关系很好啊……但是女孩子一定要小心……”张筱雨说道，声音飘然，表情麻木。萧婉扬愣住了，张筱雨的眼神没有停留在萧婉扬身上，而是越过萧婉扬的肩膀飘向不远处。萧婉扬转过头一看，一个小偷正鬼鬼祟祟地试图偷一个打扮时髦的女子的钱包，但是被对方发现了，女子没有大声吵嚷，反而抱着包脸色苍白地跑了。

“你看，做了坏事的人，大家都不敢谴责，因为害怕被报复。”张筱雨说道。萧婉扬无言以对，最后摇摇头，打电话报了警，然而警察还没来，小偷早就跑没影儿了。

张筱雨一副早知如此的样子，萧婉扬觉得她很奇怪，她从来都是很淡定从容的，但现在好像有哪里不一样了。

4

萧婉扬从研究室回来时已经很晚了，她发现张筱雨依然没睡，一个人坐在窗前发呆。

“你还没睡？”她走过去坐在张筱雨身边。

“我又做噩梦了……”张筱雨有气无力地说，表情有些痛苦，又掺杂着一些萧婉扬看不懂的情绪。萧婉扬知道她最近心情不太好，走到她跟前握住了她的手。张筱雨的手冰凉凉的，如同她的心情。

张筱雨有个发小叫周桐，他长得很帅，人也很体贴，美中不足的是个子矮了点儿，身高只有一米七，而张筱雨身高一米六八，但这阻止不了张筱雨对周桐的暗恋。

两个人从小学到高中都是邻居，可高中毕业之后，张筱雨就搬家了。巧的是，大学让他们再次相遇了。因为这样的缘分，两个人前所未有地亲密起来，在一起似乎也是顺理成章的事情。但是两个人谁都没有捅破那层窗户纸，他们每天很默契地一起吃饭，一起上课。周桐去篮球场打球，张筱雨总是送毛巾、送水。张筱雨从来都没有穿过高跟鞋，甚至都不买，就是为了在周桐面前显得自己娇小一点儿。她对周桐的感情周围的人都看得出来，但是每次有人问，她都不承认。

“我觉得现在不是谈恋爱的时候。”张筱雨在人前从来不会表现出对周桐的好，只在他们两个人的时候才会如此，这一点让萧婉扬很费解。

“你是不是看不上周桐？”萧婉扬私下问过张筱雨，张筱雨总是笑笑不说话，大家也就心领神会了，只是不知道她为什么不愿意大大方方地承认。

又过了一段时间，张筱雨和周桐去食堂吃饭，周桐穿着一件新买的白色T恤，头发也理得很精神，脸上满是一种显而易见的幸福感。张筱雨就这么看着周桐，觉得他今天似乎和以前不一样了，整个人透出一种以往没有的神采。周桐接了一个电话，过了一会儿，一个娇小玲珑的女孩就来到了两个人面前。女孩梳着一个花苞头，露出光洁白皙的额头，耳边有几缕垂下来的卷曲发丝。她穿着一条V领的无袖碎花连衣裙，脚上是一双白色低跟凉鞋，皮肤洁白细腻，像洋娃娃一样精巧可爱，这个洋娃娃毫无预兆地扑过来抱住了周桐。

洋娃娃名叫林琳，家庭条件很好，长相也不错，就是脾气有点儿娇纵。两人成双入对地出入各种场合，林琳对周桐简直好到人神共愤的地步了。

张筱雨落了单。之后她再去找周桐吃饭，就发现周桐身边总是有个小尾巴跟着，不管走到哪里都跟着。曾经的两个人变成了三个人，而且其中之一的林琳总是背着周桐冲她翻白眼。

张筱雨不再找周桐了，而是开始和萧婉扬在一起，但是她也变得越来越沉默，以前那个随和又爱笑的张筱雨不见了，萧婉扬觉得很心疼。

这天，她做完兼职，给万东阳打了一个电话，说自己今天不去了，然后就带着张筱雨出去逛街散心，还带她去饭店吃大餐。

以前，张筱雨不管遇到什么事情都会打扮得干净得体，不管什么场合，她都不曾失态过。而今天，萧婉扬看着萎靡不振的张筱雨，怀疑她昨天没脱衣服就睡了，或者干脆根本就没睡——她身上的衣服是前一天穿的，上面有许多细碎的褶皱，头发也有些凌乱，眼里爬满血丝，目光呆滞，死水一般平静无波。萧婉扬拉着她的时候，她整个人跟没了魂似的，只是机械地跟随萧婉扬的动作。坐在饭店里也是，萧婉扬说好几句，她才回应一句。萧婉扬心疼地走过去揽住她的肩膀。

“别怕，有我陪着你呢。”萧婉扬安慰道，但是张筱雨却突然推开了她，站起身来。

“我去趟卫生间。”张筱雨说。

张筱雨从卫生间回来时，已经不再是之前那个萎靡的样子了，她重新整理了头发和衣服，洗了脸，甚至还化了个妆，气色看起来好多了。萧婉扬生出一种错觉，仿佛之前的张筱雨只是一具行尸走肉，而现在魂魄归位了。她被自己的想法吓得打了个哆嗦，半天没说出话来。

因为无话可说，萧婉扬只好低头吃菜，张筱雨似乎也无意挑起话题，两个人就埋头各吃各的，吃完就打道回府了。

路上，萧婉扬几次想跟张筱雨谈谈周桐的话题，但是都被张筱雨岔开了。最后萧婉扬忍无可忍，直接问了一句：“筱雨，你到底是不在乎还是故作坚强？”

张筱雨愣了一会儿，笑着回答：“有区别吗？看起来不都是一样的吗？既然事情已经如此，何必纠结。”说完就径直走开了，全然没顾愣在原地的萧婉扬。

深夜，女生宿舍传来一阵凄厉的哭号声，哭的人不是张筱雨，而是张筱雨上铺的舍友钟虹。

钟虹失恋了，被男朋友劈腿，分手分得惊天动地，人尽皆知。萧婉扬本想劝劝她，但是想起两人早已经疏远的关系，最终还是闭嘴了。张筱雨却很好心地拉着她小声劝慰起来，两人最后去了卫生间长谈。

萧婉扬松了一口气，虽然张筱雨的行为有点儿反常，但还是那个她认识的善良又乐于助人的女孩子，于是她安心地进入了梦乡。

清早，萧婉扬被另一声凄厉的惨叫声惊醒。她睁开眼睛，发现其他舍友都围着钟虹的床铺惨叫。钟虹平躺在床上，脸色苍白，她的胳膊从上铺耷拉下来，上面有一排狰狞的伤口，被划得血肉模糊；她的皮肤已经泛起青色，皮肉外翻的伤口已经停止流血了，地上则蜿蜒了一地的血，有一部分已经干涸了，空气里弥漫着腥味和铁锈味。

萧婉扬胃里一阵翻腾，她干呕了几声，胃都抽痛起来，却什么都没吐出来。

救护车来了，几个舍友战战兢兢地跟着医生走了，萧婉扬也想跟着去，但很快又停住了脚步，因为她看到张筱雨正不停地在笔记本上写着什么，那个笔记本就是她在地铁上看的那个。

“……筱雨……你在写什么？”萧婉扬问道。

张筱雨合上笔记本：“没什么。”

“昨天……你跟钟虹说了什么？”

“我跟她说，要用最残酷的方式报复伤害你的人，让他永远不敢再欺辱你。”张筱雨说道，抬头看着萧婉扬，“看到她这样，你心里是不是也很解恨？当初你家有钱的时候，她可是最爱巴结你的。现在可完全不一样了。”

萧婉扬没说话，她没想到眼前的张筱雨竟然变成了这样，让她感到恐怖，感到难以靠近。

“筱雨，你喜欢周桐对不对？你是因为他才变成这样的吧？”萧婉扬问。

张筱雨笑着摇摇头：“我本来就是这么一个人啊……你知道吗？我已经杀过很多人了，那些看不起我的人，统统都该死。”她说这些话的时候，脸上还带着淡然的笑容，她仰着脸看着萧婉扬，目光清澈，话语却冰冷刺骨。

萧婉扬愣在原地，还未消化她的话，张筱雨笑了笑，理了一下自己的头发：“我是杀过人，但都是在梦里，梦里的事情，谁控制得住啊？”

萧婉扬说不出话来，清早的宿舍冷冷清清，窗户开着，冷风不停地吹进来，她看着那个微笑着的张筱雨，背脊阵阵发凉。

第二天，林琳失踪了。

5

林琳失踪本来不关张筱雨的事情，但她还是被警察带去问话，原因是林琳失踪的前一天晚上和张筱雨私下见过面。头两天大家都没在意，毕竟大学生逃课跑出去玩几天是常事，一般都是有舍友打掩护并且每天都会有联系。但是林琳的失踪很奇怪，她没有和任何人打过招呼，也没有再联系任何人，连手机都放在宿舍没有带走。她的父母几天联系不到她，就找到了学校，这才发现她已经好几天没跟身边的人联系了。

学校里一下子炸了锅。这个时候，有人说林琳失踪头一天晚上和张筱雨见过面。又有好事的人调查了张筱雨的背景资料，发现她的父亲因为过失致人死亡罪正在监狱服刑。这一下张筱雨火了，全校师生都怀疑她杀了林琳灭口。流传出来的杀人原因千奇百怪，听到这些原因时，萧婉扬不得不佩服人的想象力。竟然有人说是林琳欠了张筱雨二百块钱不还，张筱雨才杀了林琳的。传言这东西向来是不需要证据的，人们八卦的热情犹如水入热油，愈发激烈，嘴唇碰嘴唇就能说出一条杀人的流言，细节到位、情节紧凑，宛如亲眼所见。不得不说，语言有时候真是最有力的攻击利器！更何况张筱雨还被警察带走了，这岂不是说明她嫌疑很大吗？

谣言演到最激烈的时候，张筱雨回来了。这个时候，她已经被五花八门的传言推到了风口浪尖，除了萧婉扬，没有任何人肯靠近她。但是她好像并不在乎，每天正常地上课、下课、吃饭、休息。萧婉扬相信张筱雨没有杀害林琳，但是每次想到那个写满杀人计划的笔记本，她又有点儿隐隐的不安。

其他几个舍友不肯在宿舍里睡，只有张筱雨和萧婉扬两个人，晚上张筱雨会说梦话，而且经常大汗淋漓，萧婉扬被惊醒后就会叫醒她。

张筱雨醒来后很快就会恢复平静，催萧婉扬去睡觉，说自己没事。萧婉扬回到床铺就听到张筱雨翻身的声音，一直到她迷迷糊糊地睡着。每次她问张筱雨怎么了，张筱雨总是说自己做噩梦了。

最后，萧婉扬把万东阳的名片塞给了张筱雨。

“他专门研究噩梦的，你就跟他说说梦，也许对你有帮助。”萧婉扬这么说道。

张筱雨问她：“你觉得我应该去？”

萧婉扬想了半天还是重重地点点头，她现在对万东阳越发信任。张筱雨就把名片收了起来：“谢了。”

张筱雨坐在万东阳面前已经是两天后的事了，可能她也不想再这样下去了。

怕张筱雨尴尬，萧婉扬回避了，于是万东阳很无奈地自己冲了杯咖啡递给张筱雨。

张筱雨看着万东阳手中那杯散发着咖啡气息但颜色又不怎么对劲儿的液体，很礼貌地摇了摇头。

“那跟我说说你的梦吧。”万东阳摊开手里的笔记本，一副要好好聆听的样子。

“我第一次做梦是在一个月以前。场景是在学校的食堂，我本来是要去食堂吃饭的，但是进去之后，发现食堂里站着一个女生，她也不说话，一直盯着我看，然后轻蔑地笑了一声。”张筱雨稍作停顿，模仿了一下那个笑声，继续说，“她笑完之后，就坐到桌子上，趾高气扬地看着我说：‘你不配和我待在同一个屋子里，出去。’我当时就气疯了，立刻就扑上去抓她，咬她，奇怪的是她根本不反抗，只会在被我伤到的时候嚷嚷疼，刺激得我越发用力，然后她就被我抓死了……”

“你害怕吗？”

张筱雨沉默了一会儿，说：“不，比起害怕，我心里更多的是一种无以言表的兴奋和刺激感……我觉得我终于打败她了，打败了那些看不起我的人。”

“你的家庭环境怎么样？”

“一般，不算好，也不算坏。”张筱雨回答道，“父母也都是普通工薪阶层。”

“那你的生长环境和你的家庭条件匹配吗？”万东阳再次问道。

这次张筱雨沉默了很久，最后终于摇头道：“不，差很多，我父母想给我最好的，所以从小到大，我都是在最好的学校和那些有钱有势的孩子们一起学习。”

“压力大吗？”

“我学习很好。”张筱雨很从容，“父母对我也很好，我很幸福。”

“不，我是指精神上。”

张筱雨不说话，脸上的笑容也在一瞬间隐去，但是很快她又笑了起来：“不会，他们有他们的优点和长处，我也有我自己的优点和长处，何必去忌妒他们呢？”

“我没说你会忌妒，我只是问你精神压力大不大。”万东阳弹弹手里的笔，继续记录。

张筱雨脸上闪过一丝尴尬，隐约带了些恼怒，但是转瞬即逝。

“第二次，我梦到在学校，是一所女子学校。我在里面是一个男人，从我进学校开始，那些女生就用一种轻蔑的眼光看着我，梦中的我根本不在意，而是一个人来到教学楼楼顶，拿一把机枪扫射……”

张筱雨比画了一个拿枪的姿势。

“然后，血流成河……”

“你杀死的那些女孩中，有你熟悉的面孔吗？”

张筱雨沉默了一会儿，点头。

但她不肯说是谁。

“之后我做梦，做各种各样的梦，场景都不同，但每次我在里面都是那个杀人者，而被杀的总是些年轻貌美的女孩。每次杀人的场景我都记得格外清晰，有时候我从梦中醒来，都分不清刚刚到底是做梦还是真实发生的事情。看到梦里被我杀过的人活生生地在我面前走路、上课，我心里就有一种怪怪的感觉，我想让她们真的从现实世界里消失。”

“那么一个月以前，到底发生了什么事情？”万东阳漫不经心地问道。

张筱雨低头不说话了。

“我只是帮你找做噩梦的根源而已。”万东阳晃晃手中的笔，“你不想说也行，那就继续给我讲讲你的噩梦，当作发泄也是可以的，我喜欢听这个。”

张筱雨最后还是没有说出口，礼貌地道了别，转身出去了。

6

张筱雨离开之后，萧婉扬才溜进研究室。万东阳在翻着自己刚刚记录的故事了。他坐在椅子里，低头看着腿上的笔记本，表情很专注。萧婉扬看着他的睫毛如同蝴蝶翅膀般在垂下的发丝中偶尔扇动，像一帧帧缓慢播放的文艺纪录片。

“筱雨她怎么样啊？有问题吗？”

"问题不小，心理有问题的人往往行为举止也会跟常人有些不同。她看起来再正常不过了，心里却早早计划了要杀一个人。她在极力伪装自己，伪装成一个淡定、从容、优秀的人，可她从心底里又觉得自己不是。"

"我觉得她很优秀啊。"萧婉扬真的这么想，不管是外貌还是人品，或者为人处世，张筱雨在学校都算是很不错的。

"她在隐藏罪恶感，这才是问题所在，她拒绝自己身上一切负面情绪，但现在这些被她拒绝的负面情绪已经控制了她，她还是不肯寻求帮助。"万东阳摇头道，"这样的人，我没办法。"他起身轻轻走到研究室的窗边，望着研究所上空那一格小小的、没有星星的夜幕。

"从她跟我讲的噩梦来看，她是一个很在乎别人看法的人，但她又习惯隐藏自己的真实感受，装作无所谓的样子。在她的梦里，所有人都鄙视她，而她可以报复所有人。有趣的是她的身份，在梦里她是一个男人，掌握梦中所有人的生死大权的是一个男人，有意思。"万东阳眯眯眼，把手里的笔记本递给萧婉扬，萧婉扬愣了半天，还是拒绝了。

"我不觉得她是那样的人，她……很好。"萧婉扬喃喃道，却连自己都说服不了。

萧婉扬第一次见到张筱雨，是在宿舍收拾床铺的时候，她从小娇生惯养，这些东西统统不会。偏偏父母帮她去办入学手续了，她一个人铺自己的床，铺得乱七八糟。这时，张筱雨笑着把她拉到一边，动作麻利地帮她整理好了床铺，顺便帮她领了生活用品。

后来的日子里，不管她遇到什么麻烦，张筱雨总会帮她出谋划策，所以对她来说，张筱雨像一个大姐姐，总能在她遇到困难的时候让她依靠。

"她崇拜男权，觉得自己身为女人是一个巨大的劣势，她从骨子里看不起女人。她平日应该过得很压抑，然后某件事情的发生，导致了她的心理变化，现在她已经完全被负面情绪控制了。"万东阳合上笔记本，转着手中的笔说道。

萧婉扬不相信，她皱着眉头："为什么这么说？"

"对她来说，男性是世界的掌控者，所以她在梦里可以随意决定那些女孩的生死，是梦中的强者。而在她的生活里，她的父亲是她和母亲的主导者，她把自己生活的幸福或者不幸的原因全都归结于她的父亲，她觉得自己的人生是被男人主宰的。当然，这只是我的推断，具体发生过什么事情，还得看她愿意不愿意说了。"

"我想她不会愿意吧，那么心高气傲的一个人……"萧婉扬低下头喃喃道。

"我觉得她的精神状况不是特别好。"万东阳说，"她应该是习惯在人前保持完美状态的，就算有失态也会很快调整过来，但在刚才描述梦境的过程中，她几次都陷入沉默状态，完全被自己的梦影响了。"

"如果不及时疏导，应该会很危险吧，就像暴风雨前的平静，长期压抑的情绪一旦爆发，会很可怕。"

萧婉扬想起了那本日记，但是张了几次嘴，还是没跟万东阳说。她想回去之后跟张筱雨谈谈，但回到宿舍之后却发现张筱雨拒绝和她交谈，而是一个人上课、吃饭、去图书馆，继续着大学生应有的生活。

警察又来过几次，和张筱雨也谈过话，还是一无所获。

林琳的失踪成了一个谜，没人知道到底是怎么回事，但是张筱雨已经成了学生们公认的凶手，所以她被孤立了，没有人愿意和她说话，除了萧婉扬。然而张筱雨却不想搭理萧婉扬，而且一直在躲她。

林琳失踪的第八天，周桐来找张筱雨了。

张筱雨努力控制着自己脸上的表情，唇角上扬时被压下去，但又顽固地扬了起来，她只能努力让声音平静一些："你……有什么事吗？"

"嗯……没什么，一起去上课吧。"周桐挠挠自己的鼻子。

两个人又恢复了形影不离的关系，张筱雨的精神状态好了很多，起码不会再出现半夜坐在窗前不睡的情况了。

周桐的目的并不单纯，但是萧婉扬知道，张筱雨知道吗？

萧婉扬很担心她。

那一天很快就到来了。周桐请张筱雨去一家很贵的西餐厅吃饭，点了很多昂贵的菜，还开了一瓶红酒。张筱雨打扮得很漂亮，穿着一条蓝白格子长裙，露肩绑带，裸露出来的脖颈上戴着一条细细的银项链，坠着一颗殷红的珊瑚珠，头发挽成松松的马尾，发梢还烫了卷，看起来清纯又妩媚。但周桐完全没有心思欣赏对方的美，他看起来很憔悴，脸上的胡茬都没剃干净，衣服也皱皱巴巴的，应该有两天没有换洗了。

而张筱雨却吃得很开心，脸上也满是兴奋之色。

吃完饭之后，两个人去公园散步，走着走着，他们来到一个僻静的角落，周桐突然把她拉到了墙角，凑了过来。

张筱雨的心狂跳起来。但是周桐没有进一步动作，而是问了她一句话："筱雨，你把林琳弄到哪里去了？告诉我好吗？求求你了。"

张筱雨脸上的笑容马上消失了："你也以为她失踪和我有关系？"

"起码你应该告诉我，你们都说了些什么吧？"周桐没有坚持，但是他的眼神告诉了张筱雨答案。

张筱雨突然就崩溃了，她歇斯底里地哭了起来，周桐却没有去安慰她，而是固执地站在那里等待着她的答案。

张筱雨的崩溃来得毫无理由，周桐也被她吓了一跳，一时之间不知道怎么办才好。

"是啊，我父亲是杀人了，但又不是我杀人了，你们不能用那样的目光看我！我什么都没做，我什么都没做错！你们怎么能这么看我？！难道就因为我是女人，所以你们都觉得我好欺负，全都来羞辱我吗？你们都是浑蛋！我恨你们，我恨你们！你们这种人，死了也活该！活该！”

张筱雨疯狂地大喊着，好一会儿才停止，站在原地喘着气，然后她慢慢地跪倒在地，满脸是泪。

“我什么都没做……”

眼前的张筱雨缩着肩膀瑟瑟发抖，看起来楚楚可怜，周桐心里突然涌起一阵愧疚，他似乎一直误会了这个从小一起长大的女孩，于是他走过去，轻轻地把她抱在怀里。

“对不起，筱雨，我误会你了……别哭了。”

在周桐的怀抱里，张筱雨慢慢安静下来，恢复了往日的淡然和乖巧。周桐看着这个熟悉的发小又回来了，才终于松了一口气，过了一会儿，他还是犹豫地问道：“筱雨，我还是想知道，那天你们两个说了些什么？”

张筱雨突然就笑了，笑得很温柔：“她说我不要脸。”刚说完，她就抓起地上的一块砖头，狠狠地砸向了周桐的太阳穴。

周桐软软地倒地，张筱雨扑上来继续砸他，直到周桐闭上眼睛失去意识……

7

张筱雨惧怕心理医生，因为她总感觉那些人有一双能看透人一切心思的眼睛，每一次对视都是一次对自己的深入探究，在那些人面前，自己所有的秘密都无所遁形，无处可逃，想想就很可怕。她之所以去见万东阳，就是因为他只研究噩梦，然而万东阳的问话却一句句正戳到她内心的最深处，他比那些心理医生更可怕。

万东阳说得没错，她从小到大都活在压力之下。张筱雨的父母是一对模范父母，见过他们的人都这么说。他们拼命上班挣钱，日夜奔波，然后把挣的每一分钱都用在张筱雨身上，她从小吃的、用的都是父母所能买到的最好的，学校也是很贵的私立学校——尽管她完全可以在普通的公立学校里学得很好。母亲对她的上学问题其实不是很在意，觉得只要学得好，哪里都一样，最后却没拗过张筱雨的父亲。父亲一直以来都很固执，他觉得自己扛起了一家人的生计，也必须要拥有家庭的第一话语权，是典型的大男子主义者。张筱雨只得乖乖拎着书包跟初中的好友告别，走入了私立高中。

那些私立学校里的学生非富即贵，虽然大家没有刻意排斥她，但不同的生活经历和背景让她很难融入同学们的圈子，于是她越来越沉默。

有时候，她想和父母一起聊聊天儿，说说自己的想法，但是他们总是没时间，久而久之，她也就放弃了和父母沟通。有时候她会跟周桐说说家里的事情，但是告诉周桐的第二天，周桐的母亲也会知道，久而久之，她也对周桐闭了嘴。周桐的母亲是有名的大嘴巴，她不想自己家里的事情传得人尽皆知，一点儿隐私都没有。

后来，她遇到了一个让她敞开心扉、诉说自己内心苦闷的人。他叫许凡，是她的家庭教师，三十岁，长得斯文儒雅，说话待人彬彬有礼。他第一次给张筱雨补课，就看出来张筱雨的心情不怎么好，于是第一节课，他们没讲多少课程，反而聊起天来。张筱雨马上就被这个成熟儒雅的老师征服了，说出了自己的苦闷和烦恼。之后每次补课，都是以张筱雨的倾诉开始，之后许凡留下了他的电话，方便张筱雨随时联系他。

一天，张筱雨的父母双双出差，晚上突然下起了雷阵雨，张筱雨一个人在家，觉得很害怕，忍不住给许凡打了电话，那时是晚上十点多，没想到许凡竟然真的来到了她家。

张筱雨本想打发他离开，但是在猫眼里看到许凡淋得浑身湿透了，心里又泛起一阵暖意，还是打开了门。许凡进来就一把抱住了她，张筱雨觉得很不舒服，就推他，结果许凡力气大得吓人，她根本就推不开。

窗外的电闪雷鸣，屋内的狂风暴雨，那夜张筱雨一辈子都忘记不了。

许凡侵犯了她。

之后，张筱雨呆呆地坐在床上抱着自己的膝盖，完全不知道该怎么办，许凡在一旁抱着她，不停地说着自己爱她的话。张筱雨却茫然不知所措，下体的疼痛和心灵的恐惧让她无法思考。

“我爱你，我爱你，我爱你……”许凡不停地在她耳边说着情话，她却只觉得自己很难过。

之后张筱雨拒绝补课，不管父亲怎么发怒，也不肯再上许凡的课，然而她又抵挡不了父母不在时的空虚。

生日那天，她收到了父母给她订的豪华外卖和生日蛋糕。那个蛋糕很漂亮，上面是她最喜欢的玫瑰花，散发着淡淡的奶油香气，看起来非常诱人，她却一把推开，转身去厨房拿了一包泡面。

开水浇进面里，她看着缓缓上升的水汽发呆，过了一会儿，面泡好了，她一个人吃完泡面，看着空荡荡的房间，不知道为什么，竟然很想见许凡。

她记得许凡去了她一个同学家里做家教，现在应该就是补课时间，她径直去了同学家。然而，她刚来到门口时，却看到许凡低头亲了那个女同学的额头，两个人亲密无比，而那个同学的脸上绽放出花一般的笑容，他们亲昵地站在一起，像一对恋人。

她呆呆地站在不远处看着那两个人。许凡看到了她，她以为许凡会过来跟她解释，或者跟她说些什么，然而许凡只是给了她一个笑，一个轻蔑的笑。

那个笑让张筱雨当场崩溃了。她哭喊着扑上去撕打着许凡，却被他一把推倒在地。他轻蔑地对她说：“当初求你都不要，现在你又贴过来，你贱不贱啊？”

张筱雨什么话都说不出来，只是一直哭。

张筱雨的父亲急匆匆赶来，她哭哭啼啼地说出了一切，然而许凡死不承认，说张筱雨得了青春期妄想症，张筱雨的父亲气不过，和许凡撕打起来。结果在推搡中，许凡摔倒了，撞破了脑袋，送到医院的时候已经没救了。

张筱雨的父亲坐了牢，许凡的家人哭天喊地地要严惩张筱雨的父亲，张筱雨和母亲哭着求他们，希望轻判父亲，被对方撕打了一脸伤。

“别跟我们说话，你们不配，杀人犯！”许凡的母亲脸都扭曲了，不停地哭嚎着。张筱雨在母亲怀里，看着母亲悲痛又无助的脸，觉得自己的生活彻底崩塌了，只能死死地拥着母亲，依偎在一起。

8

后来，张筱雨在大学里遇到了周桐，周桐几乎抚慰了她的一切伤口，她变得越来越开朗，越来越自信。然而一切都在林琳出现之后变了。

她以为周桐会和她在一起，没想到周桐只把她当朋友，可笑的是周围的人都认为是她看不起周桐。她有口难言，只得默默接受这一切。既然对方有了女朋友，那么她还是离他远一些吧，张筱雨当时是这么想的。她开始疏远周桐，自己一个人上课、吃饭，每次去食堂遇到周桐和林琳也都会刻意避开。

那天晚上，她从图书馆回来，夜风很凉，非常冷，她不由地抱紧了自己的肩膀。

女生宿舍楼下站着一个熟悉的身影，是周桐。他拎着一大包的零食站在那里，看着楼上林琳的宿舍窗户，那窗户亮着灯。

张筱雨觉得心里不太舒服，低下头想快步走过去，结果还是被周桐看到了。

“筱雨，你来得正好，能帮我把这些给林琳拿上去吗？我俩吵架了，她不接我电话，也不肯下来。”周桐把一大袋子零食塞进张筱雨的手里。

张筱雨低头看着塑料袋里五颜六色的零食，抬起头想说什么，却又什么都说不出来，只好轻轻地点点头。

就在这个时候，林琳的声音响了起来：“你的青梅竹马啊，这么大一袋子零食，你一个人吃得完吗？”

张筱雨一阵窘迫，把手里的零食袋子又塞回了周桐手里，转身要走，却被林琳拦住。

“既然敢接，现在怎么就不敢要了呢？”林琳看着她窘迫的样子，突然对她嫣然一笑。

张筱雨看着林琳，林琳应该刚刚洗过澡，穿着一件黑色波点吊带，下面穿着浅蓝色牛仔短裤，披肩发微湿，贴在细长白皙的脖颈上，身上有一股玫瑰的香味。

她的肤色很白，现在可能是因为生气，所以泛着些许红晕，看起来反而别有一番味道。她的娇美是一根刺，直直地扎进张筱雨的内心最深处。

张筱雨想解释，但是她张了张嘴，又沉默了。她突然觉得就这么让林琳心里堵一下也不错。于是她低着头没说话。

张筱雨喜欢周桐，从初中就开始喜欢，但是她知道自己不可能在求学的时候谈恋爱，那样对不起自己父母的辛苦。她本来想上大学之后就表白的，但之后的一连串事情发生得太突然了，直到她搬家，都没有对周桐说出那句话。

搬家那天，她去找了周桐，但是周桐不在家，她把送给周桐的礼物给了周桐的母亲。

晚上周桐给她打电话，没提礼物的事情。

“周日有时间吗？一起去图书馆。”周桐问的是这件事，好像全然不知道她已经搬走了。

“我……我已经搬家了。”她本想这么说，但是最后还是没说出口，她不知道是周桐的母亲没有告诉他，还是周桐只是在装傻。

你不知道我搬走了吗？我搬走你难过吗？会想我吗？

她什么都不敢问，觉得自己不配，所以什么都没有说。后来她没再联系过周桐，周桐也没再联系过她，两个人就这么渐渐淡了。

再次相遇之后，她其实是很开心的。她能感觉出来周桐对她有好感，但是也感受得到周桐对她仅限于有点儿好感，尽管两个人天天在一起，但始终无法再进一步，究竟是什么原因，张筱雨也不知道。

周桐和林琳在一起的那天，她几乎要疯了，她发微信约周桐在一个空教室见面，然后精心打扮之后去赴约。

周桐一个人坐在里面，低着头，好像在想些什么。

“你……你来了……”张筱雨觉得自己的心跳得厉害，嘴巴发干，她舔了舔自己的嘴唇，犹犹豫豫地说道，“周桐，我们……做朋友这么久了，你觉得我怎么样？”

“你很好。”周桐说，但是还是没抬起头来。

“那为什么……你选了她？我以为我们会在一起的。”张筱雨鼓起勇气才把这句话问了出来，周桐明显愣了一下，抬起头来。

憋了很久的话既然开了头，就注定不能在中途结束。张筱雨突然想把这些年自己的感觉告诉周桐，自己有多么喜欢他，再次遇到他有多么开心。

“我从初中就开始喜欢你了，每次你经过我家楼下，我都会在阳台上看着你。偶尔你往上看一下，我都会躲起来。有时候你喊我一起上学，我就会站起来看你。你穿着校服，对我眯起眼睛笑，阳光照在你的脸上，暖洋洋的感觉。那是我少年时最美好的回忆。后来我搬走了，高中时班上也有其他男生追我，可我觉得他们恶心，我脑子里全是你。我想给你打电话，又怕你厌烦我。”

张筱雨不停地说着，周桐刚刚抬起的头却又垂了下去，但张筱雨已经顾不得了。

“大学遇到你，我很高兴，真的非常高兴，你对我也还是像以前一样很温柔，我以为我们会在一起，所有人都以为我们会在一起。但是他们不知道，迟迟不肯走出那一步的人是你，而不是我。”张筱雨苦笑道，“我知道你对我是有感觉的，可你为什么最后却没有选择我呢？”

张筱雨说完那句话，就没再出声了，尽管她还有很多话想问。这时，林琳从教室的角落走了出来，脸上带着一种似笑非笑的表情。她穿着一条洁白的连衣裙，脖子上挂了条珍珠项链，所有的装饰都是白色的，干净得像一朵刚刚盛开的百合花。

百合花露出了轻蔑的笑容，只说了一句话：“你高中那点儿破事还以为我们谁都不知道呢？”

这一句话击溃了张筱雨，而周桐在那之后连头都没再抬起来。也就是从那天起，她开始做梦，在梦里，不管什么人都会对她露出轻蔑的笑容，而她就会杀了那些人。

比起现实中无助的自己，梦中的自己更让张筱雨满意。在梦里，她是一个身强力壮的男人，可以制裁梦中所有的人。每次张筱雨想求助心理医生，或者想跟萧婉扬聊聊的时候，梦中杀人的快感又让她犹豫起来。

有一天，她意识到自己快要分不清现实和梦境了，但她仍然不想求助，她害怕看到别人那种轻蔑的眼神，所以拼命想掩盖这一切。然而，越是想掩盖，这梦就做得越多、越真实，直到把她吞没。

她无比期待没有林琳的世界，所以每次看到林琳的时候，她就有抑制不住的杀意。

然而林琳的失踪真的跟她无关，她没有碰林琳，却差点儿杀了周桐。

9

深夜，林琳躺在宾馆的床铺上，吃着薯片，看着韩剧，里面缠绵悱恻的爱情是她最喜欢的。她和周桐的相遇十分有戏剧性，她一直引以为傲，没事就拿出来讲。

一次，她和朋友去逛街，在一家女装店里看到了周桐，当时周桐正盯着一件女装发呆。那天的周桐穿着一件白色的T恤，米色休闲裤，一双白色的板鞋，短发干净精神，看起来真有点儿韩剧里小鲜肉的感觉。

林琳被他的脸吸引了，对着他发了一会儿花痴，然后拿起他一直盯着的衣服进了试衣间。

衣服很合身，她穿好了之后，故意在周桐附近转悠了几圈，想吸引周桐的注意，但是周桐看了她一眼就再没转过头来。周桐走了，而衣服竟然已经结了账，服务员说，那个男生说这衣服很适合她，所以送给她了，林琳忙追了出去，却没有见到周桐的身影。

林琳把那件衣服带回家，那是一条洁白的连衣裙，无袖V领，胸口点缀着几朵简洁的珍珠，裙摆是纱质的，长及脚踝，如果配一双白色的高跟鞋穿，就很有公主气息，又不会过分夸张。周桐的眼光确实不错，林琳在心里这样想，同时又在想着怎么才能见到那个“小鲜肉”，满足公主所需的标配——王子。

她觉得两个人的相遇是命运的安排，于是没事就去那家店里转悠，希望再次遇到周桐。功夫不负有心人，她拿着购物小票托人在内部查到了周桐的会员卡号，拿到了他的电话。

两个人就这么在一起了。一个很浪漫的开始，然而又有一个很虐心的过程。

周桐从小认识的那个女孩让她很不安。张筱雨的气质也很符合周桐送她那条裙子，周桐心里应该是有她的，但不知道为什么两个人没有在一起。林琳找人调查了张筱雨的家庭背景，她就是凭借这个彻底打败了张筱雨。

张筱雨彻底消停了。但是周桐跟她也有了感情危机，他非常不赞同她的做法，两个人一提起这件事就会吵架。那天吵完架，林琳很生气地跑去找张筱雨，两个人在树林里发生了争吵。

“你不要脸！”林琳大吼一声，转身就跑。

她什么东西都没收拾，手机也没拿就离开了学校，自己跑到郊区一个小宾馆里躺了几天。她想让周桐着急。几天过去了，她觉得周桐应该已经急得不行了，就借宾馆前台服务员的电话给周桐发了一条短信，说了自己的地址。

晚上，她化好精致的妆容坐在宾馆里等周桐，房间布置得很温馨，点满了彩色的蜡烛，还有一个漂亮的蛋糕和红酒。

门铃响了，她很兴奋地冲过去开门。可门口站着的却是脸色惨白的张筱雨，张筱雨挥起手中攥着的尖刀，林琳瞪大了眼睛，看着那尖刀直直地插进她的胸膛，溅起血色的火花。

一颗，两颗，三颗……随后眼前一片黑暗。

张筱雨丢掉了尖刀，看着躺在血泊里的林琳。她还是那么娇小可人，讨人喜欢，只不过现在躺在血泊里一动不动。所有的美丽、气质，没有了活力的支撑，也只是一具皮囊而已。

“那些噩梦终于不用缠着我了，因为所有该死的人都死了。”张筱雨拿出周桐的手机，拨通了110。

“我好累……”张筱雨对着电话说。

张筱雨坐在宾馆里等待警察的到来，身边是插着蜡烛的蛋糕，粉红色的奶油做成玫瑰的形状，在灯光下散发着甜美诱惑的味道，血一般的红酒在灯光下折射出水晶般的色泽。

今天好像是我的生日吧，也好像不是……

张筱雨蜷缩在角落，抱着自己的膝盖，把头埋了进去。

人活着，真的好累好累……

10

林琳没有死，但是受了重伤，警察火速把她送往医院，周桐也在同一家医院，两个人都躺进了重症监护室。

据说，张筱雨被警察带走的时候脸色很平静。萧婉扬去拘留所看她，她没有化妆，脸色苍白得可怕，头发倒是梳得整整齐齐的，衣服也很干净，像她一贯的风格。

萧婉扬坐下之后，很久都不知道说什么，还是张筱雨先开口了：“最近好吗？”

“不太好。”萧婉扬说，“我很想你……”

萧婉扬说的是实话，但是张筱雨只是笑了笑，没有接话。她伸手把自己散落的头发掖到耳后，笑着对萧婉扬说：“我终于不做噩梦了，我终于不做梦了。”

“筱雨，其实……有什么用得到我的地方，你尽管说……还有，我会照顾好你的母亲。”

萧婉扬的话击中了张筱雨心中的最柔软的地方。她最担心的就是自己的母亲，她一直都不敢想，但是又不得不面对。看着萧婉扬平静的脸，她低下头，良久，说了一句：“谢谢。”

“其实你不用谢我，要不是你，我……我的人生可能会更艰辛。谢谢你在我困难的时候陪在我身边，你是个好人，筱雨。”萧婉扬说道，“你应该早一些来找我……不然的话……”

“没有什么不然，也没有什么如果，其实我早就该想明白，人生太残酷，没有重新来过的机会。”张筱雨打断了萧婉扬的话。

萧婉扬不说话了，过了很久，她才轻轻地说道：“我也很久不做梦了，但是……”她没有说下去，只觉得喉咙噎得慌。

晚上，萧婉扬一反常态地坐在研究室的沙发上发呆。万东阳给她冲了一杯咖啡，端了一块小蛋糕。

“筱雨她……如果我能够再努力一点儿，也许就能救她了。当初你都能救邱凝，为什么不对筱雨也伸出援手呢？”

“我没有办法。”万东阳摇摇头，“她自己根本就不想被人救，她宁可活在自己编织的梦里，也不愿面对现实中的无奈和残酷。尽管内心在变质、在崩坏，她还是选择了维持光鲜的外表。邱凝不同，她一直在极力寻求着外界的帮助，企图从自己困窘的现状中挣脱出来，所以我可以帮她，却帮不了你的朋友。”

“好吧……往好处想想，至少她现在已经不做噩梦了。”

“噩梦不做了，美梦也不再做了吧。”万东阳笑了笑，拿起笔记本轻轻地敲了敲萧婉扬的额头，“我还认识个不做梦的人，但她不做梦是因为她所有的精力都放在了残酷的现实中，没时间做梦，她要在现实生活中完成自己该完成的。”

万东阳的话说完，萧婉扬突然有点儿脸红，万东阳明显是在说她，她心知肚明。她有些不好意思地转过头，抚了抚自己的头发，好久才说话。

“我……我只是害怕再回到过去罢了。”

“我觉得你很勇敢。”万东阳说道，直直地看着萧婉扬，阳光透过窗户，照在万东阳的侧脸上，完美的五官侧面是金色的投影，发丝一缕缕都是阳光的颜色。萧婉扬突然想起一句话：“你看起来很坚强，很勇敢，但事实上，你还是个需要人保护的女孩。”

“好了，不说了，吃东西吧。”万东阳笑了笑。

萧婉扬点点头，喝了一口咖啡，差点吐出来。她皱着眉，抬头看着万东阳，万东阳也因为喝了一口自己冲的咖啡而面色扭曲，痛苦万分。

萧婉扬不禁大笑起来。生活虽然艰难，但还是会有让人开心的事情发生吧，比如现在。这么想着，她欢快地跑去冲咖啡了。

衣柜里的娃娃

华丽的长裙，妩媚的笑容，你说我美。
但是你不知道，这华丽的空壳，
总是在无尽的深夜漫无目的地游荡着，
寻找活下去的理由。

——程霞

1

深夜，一个脸色苍白、面容憔悴的女人坐在化妆镜前，用劣质的眉笔描着眉，香味扑鼻的粉底涂在脸上，腾起一阵惨白的烟雾。一张艳丽的脸慢慢显现出来，女人化完了妆，在唇上涂上了猩红的颜色——这种颜色在夜色下是最撩人的，女人显然深谙此道。随后，她将长长的头发披散下来，拿起一把一看就是从街边买来的卷发棒细心地将头发卷了起来。她的头发很浓密，但是发质很差，干枯发黄，还严重分叉。

女人很快卷好了头发，起身从衣柜里挑了一条深V领的裙子穿，她的身材很好，这裙子正好衬托了她所有的优点，凹凸有致，很有味道。

打扮好了之后，她又抓了一对造型夸张的耳环戴在耳朵上，踩着高跟鞋就要出门去。走到门口的时候，她听到背后有脚步声，回过头，就看到一个穿白色睡衣的小女孩赤着脚站在那里，长长的头发披到腰间，眼睛很大，像极了年轻时的她。

“乖，睡觉去，姐姐一会儿就回来。”

女孩点点头，但是还是站在原地，女人看了她一会儿，突然发起火来：“让你回房间去听见没有？！我赶时间！”

女孩点点头，慢慢地回到了自己房间，女人松了一口气，把胸口的衣服又往下拉了拉，转身出门了。

深夜的街道很安静，一个行人都没有，只会偶尔过去一辆急匆匆的车，女人一个人走在马路上，陪伴她的只有一盏盏孤独的路灯。

这时，一辆出租车停在她面前，探出一个中年男子的脸：“多少钱？”

客人来了，她马上绽开如花笑颜凑了过去。

女人的名字叫程霞，今年三十岁，靠出卖肉体为生。那个女孩是她的女儿程彩虹，因为是未婚先孕生下的孩子，户口上在自己母亲那里，对外就称程彩虹为自己的妹妹。程彩虹现在跟着程霞一起生活，刚刚上小学一年级。

两人敲定了价格，程霞带着他去了自己家——那个破旧的小出租房。

半夜，男人起来上厕所，却突然惨叫起来。程霞忙从屋里跑出来，发现门口站着穿白色睡衣的程彩虹。漆黑的夜色里，白衣、长发、脸色发白的程彩虹格外吓人。她目光呆滞，赤着脚静静地站在那里，看到程霞出来，也没任何反应。

“死孩子，你干吗呢你？”程霞气不打一处来，气冲冲地走过去想把程彩虹拖回房间。但是她抓到程彩虹的瞬间，程彩虹突然笑了，她的手微微弯曲、抬起，好像怀里抱着一个小婴儿，然后轻轻哼起歌来：

妹妹背着洋娃娃，
走到花园去看樱花。
娃娃哭了叫妈妈，
树上的小鸟在叫喳喳。
娃娃啊娃娃，为什么哭呢？
是不是想起了妈妈的话？
娃娃啊娃娃，不要再哭啦，
有什么心事就对我说吧。

程彩虹的声音稚嫩，在这深邃又安静的夜里，突然唱起这首歌谣，让人顿觉毛骨悚然。她赤裸的脚踩在地板上，发出轻微的响声，这是唯一能让人感觉她不是鬼怪的地方。她低头看着怀里那个不存在的小婴儿，轻轻地摇着、拍着，脸上露出了温柔的微笑。这笑容让人不寒而栗，一个孩子对着臂弯里并不存在的婴儿表现出一副慈爱母亲的样子，谁看了都会不舒服。

男人显然是被吓坏了，指着程彩虹半天没发出声音来。

“她是我妹妹，有梦游的毛病，没事，不用怕，她只是个孩子。”

程霞忙转头跟自己的客人解释，但客人却一脸不耐烦，随便丢下一张钞票，转身就走了。程霞很无奈，转头看着程彩虹呆滞的样子，伸手来想打，最后还是把手收了回去。她俯身捡起地上那张红色的钞票，只有一张，而且还不是每天都有。

“我也老了……”她突然念叨了一句，没人知道是什么意思。

2

万东阳很怕熊孩子，萧婉扬亲自见识过，有一次，一个家长带了他家孩子过来，说是经常做噩梦，要求做咨询。可是整整一个下午，什么都没做成，那孩子反而把万东阳冰箱里的东西全都吃完了，并损坏物品无数，他最心爱的沙发套子上也被印了无数脚印和鼻涕。

那孩子长得虎头虎脑，模样倒是挺招人喜欢，行为却让人随时都有可能崩溃。他坐在沙发前一个劲儿地尖叫，时不时站起来在沙发上蹦跳，万东阳刚正经问两句话，他就说饿，然后就要吃，不给就哭，然后就往地上躺，全然不顾身上的新衣服，家长完全控制不住他。

万东阳被这个阵势吓傻了，接下来很长时间，他都和那个孩子干瞪眼，最后不得不把询问对象转向家长，才勉强完成了咨询。调查的结果竟然是爷爷奶奶平时太娇惯这孩子，孩子回到爸妈身边之后失去了这样的待遇，就说自己做噩梦，必须要爷爷奶奶陪才行。

今天来了个乖巧的小萝莉，万东阳竟然也有点儿手足无措，一直磕磕巴巴地问不到重点，看样子之前那个熊孩子留给他的心理阴影还不小。萧婉扬看不下去了，刚想推门进去帮忙，却闻到一股淡淡的茉莉香气从她身边飘了过去，萧婉扬一愣，紧接着就看到一个娇小的身影抢在她前面冲了进去。

一个留着齐耳短发的少女冲进去，一把推开万东阳，大摇大摆地坐在了万东阳的位置上，拿起了笔记本和笔。万东阳什么都没说，乖乖地让了地方。萧婉扬这才看清她的样子，她的五官很秀气，脸庞稚嫩得像个学生，身上穿着一套灰色的运动装，脚下踩着一双白色运动鞋，是个阳光的活力少女。但她的眼神怎么看都不像个小女孩，但具体有什么不同，萧婉扬也说不清楚，因为很快她就被对方的眼睫毛吸引住了。少女的睫毛非常漂亮，又长又黑又翘，萧婉扬艳羡不已，以她的眼光，能看出那是真的。

那少女开口问道："小妹妹，你记不记得自己做过什么梦啊？"

程彩虹乖巧地点点头，提问的人看上去比自己大不了多少，她有点儿犹豫地看了看程霞。

程霞不乐意了："小姑娘你是谁啊？别挡着医生！"

那少女笑眯眯地托着腮坐在那里，晃晃手中的笔："我也是咨询师啊。"

程霞和程彩虹，包括外面的萧婉扬，一脸大写的不信。少女看了一会儿，突然"哦"了一声，起身从万东阳的柜子里拿出一件白大褂披上，又坐了回去。

"这回像了吗？"

其他几人接着摇头。

少女的身高撑死只有一米五八，又剪了一个可爱的短发，看起来像个刚上高中的学生。说她是万东阳的妹妹可能还有人信，说她是万东阳的同事，大家都要怀疑研究室是不是在雇用童工了。

"我叫胡夏夏，这是我的身份证，还有我的从业证明，还有资格证书。"少女从衣兜里掏出了身份证和心理咨询师资格证，身份证上显示她的实际年龄是二十五岁，程霞这才松了一口气。

"保养得真好。"程霞很羡慕地说。话音刚落，胡夏夏就从万东阳的抽屉里掏出了两个文玩核桃，在手里转了起来，还端起万东阳桌上的咖啡喝了一口。

"什么玩意儿啊？给我来杯茶。"目瞪口呆的萧婉扬给胡夏夏泡了茶端过来，胡夏夏很享受地喝了一口，往椅子上一靠，玩着核桃看着程彩虹。她这样子惹得萧婉扬心头火起，但是服务至上的原则让她只能压抑着。偏偏少女还一脸不自知，仍用不可一世的眼光看着程彩虹。

“小妹妹，跟我说说你都做了些什么梦？”

程彩虹说：“我梦到我的衣柜里有个洋娃娃，她一直都在哭，等着我去找她，只有我把她抱在怀里的时候，她才不会哭，才会对着我笑，但是第二天早上她就不见了，晚上我还得顺着哭声去找她。”

“她一直都在衣柜里吗？”

“没有，她有的时候会在，有的时候我找不到她。”

“一般什么时候会在呢？”胡夏夏问。

“……家里有陌生的叔叔来的时候。”程彩虹犹豫了一下，还是回答了。

身旁的程霞很尴尬地咳嗽了一声：“是我男朋友。”

“你们这些年轻人啊，私生活太乱。不过你尽管放心，我不会批判你的，我对这些东西没兴趣。”胡夏夏又喝了一口茶，完全没意识到她已经批判过程霞了。

“那小妹妹，你平时生活上有什么不开心的地方吗？”

程彩虹犹豫了一会儿，缓缓地摇了摇头。

“你不说实话就白来了，你姐姐可就白掏钱了，知道吗？”胡夏夏明显不相信。

但是程彩虹还是摇摇头：“现在很好，很开心。”

之后不管胡夏夏说什么，程彩虹都说自己过得很好，这让本来脸色难看的程霞终于有了点儿好脸色，但她还在心疼自己掏的那些钱。什么都没问出来，但她也没办法。正规的心理咨询室去了好几个，每个咨询师都不愿意理她，大概是因为主治医生都猜到她的工作了吧。

第一次咨询就这么结束了，程霞走的时候，胡夏夏问她要不要做个催眠疗法，程霞问了价格之后黑着脸走了。程彩虹走之前，胡夏夏从万东阳的柜子里拿出一只毛茸茸的玩具兔子给她，那是一只白兔子，穿着一件蓝色格子上衣，脖子上系着一个粉红色蝴蝶结，看起来稍微有点儿旧，但十分干净。

“小妹妹，这个给你玩好不好？”

程霞本来不想要，觉得兔子有点儿旧，不知道被谁抱过，但是程彩虹很喜欢，只得妥协，让她抱着走了。

“真搞不明白你怎么喜欢这些玩意儿。”她一边走一边念叨程彩虹，但还是紧紧地拉着她的手。

胡夏夏以一副退休老人的姿态躺在咨询室的躺椅上摇来摇去，一手玩着核桃，时不时支起身子喝一口茶水，然后发出一声长长的感叹声，表示茶水很好喝。这样的胡夏夏跟穿着白大褂打太极喝咖啡的万东阳在一起，竟然意外地和谐。不知道为什么，萧婉扬心里有些不舒服。

萧婉扬看着老太太做派的胡夏夏，问万东阳：“她是谁啊？”

“哦，我的前任。”

“前任？！口味很特别啊！”

“助理。”

“口味还是很特别。”萧婉扬对万东阳竖起大拇指，转身收拾东西出去了。她突然不太想在这屋里待着了，因为当初的感觉开始变了。

3

程霞和程彩虹在街道上走着，程彩虹一手抱着兔子，另一只手乖巧地拉着程霞。走了一会儿，她们路过一家汉堡店，程彩虹的脚步慢了下来，很快又恢复了轻快。

“饿了？”程霞问她，程彩虹点点头。

程霞犹豫了一下，汉堡店里人很多，很多都是一家三口，程霞不知道里面有没有自己曾经的客人，所以有点儿尴尬，但是她还是咬了咬牙，进去买了一个汉堡出来递给程彩虹。程彩虹很开心地打开包装，然后把汉堡递到程霞嘴边，一双大眼睛亮晶晶的，里面写满了亲近和爱，程霞的心突然就柔软了起来。

“你自己吃。”

程彩虹摇摇头，高高举着手里的汉堡，程霞只得咬了一口，程彩虹才笑眯眯地低头自己吃，但还是时不时递给程霞咬，一个汉堡吃完，程霞觉得自己吃的好像比程彩虹还多。

“再给你买一个？”程霞问，程彩虹摇摇头，拉着程霞的手开开心心地走着。

多好的孩子，要是不会梦游多好，程霞心里想着。否则，再这么下去，只能把她送回自己老家去了。

深夜，她一如既往地打扮好去街上招揽生意。但是今天，她不仅没有拉到客人，还碰上了打劫的。她本想去一家夜总会门口招揽几个客人，谁知刚和一个客人搭上话，就被一群花枝招展的女人围了起来，其中一个拉着她招揽的客人进了夜总会，剩下的把她逼进了角落里。

“都是同行，来别人地盘上抢饭碗，你胆子挺大啊！别再让我们看见你！”为首那个穿得最艳丽的女人很不屑地看着她，好在她们也没有为难她，只是把她赶走就回夜总会去了。她只好回到自己原来的那条街上招揽生意。

可是她孤零零地站在街边很久，还是没有生意。夜风有些凉，她裹紧了自己的围巾，找了一个避风的角落点燃了一支劣质香烟。风有点儿大，烟被吹得四处飘散开来。她觉得自己就像这烟一样，被风吹得找不到方向，也不成形状，还不如逐水漂泊的浮萍。自己从头到尾都不知道自己想要什么，也不知道应该做什么。没抽几口，就有人拍她的肩膀，她惊喜地回过头，却发现身后站着三个长得五大三粗的男人。

“怎么了？”她突然觉得有点儿不好。三个身材高大的男人把她团团围住，逼到一个阴暗的小角落。

“美女，有钱吗？哥几个缺钱了，资助一点儿怎么样啊？”

“我晚上刚出来，还没开张呢。”她故作镇定，“我姐妹也在附近，要不我帮你们问问她？”

“别唬人了，这附近我们都转过了，就你一个人。”

程霞不说话了，她口袋里确实没有钱，所以不怕他们抢，但是如果没有钱，他们会不会起别的坏心？

正在这时，一辆车从远处开了过来，程霞突然对着车大喊着挥舞手臂，趁着三人分神的时候钻了出去，奔向那辆车。

一阵刺耳的刹车声响起，车停下了，程霞腿一软，倒在了车前面。开车的是个二十多岁的小伙子，看到程霞倒下来，吓得脸都白了，忙把她扶起：“大姐，你，你不要紧吧？”

程霞起身赶紧回过头，刚才的那三个人已经不见了，这才爬起来拍拍身上的土。小伙子目瞪口呆，半天才回过神来。

“大，大姐，你不是碰瓷吧？”

“老娘才没心情碰你的瓷。”程霞丢下这么一句话，转头就走，走了没几步，突然又回过头来，极尽妩媚地看着小伙子，“要不要去我那里，我给你优惠啊？”

男人在原地呆立三秒钟，转头钻进车里就跑了，比刚才的程霞动作还快。

“哈哈哈，胆小鬼。”程霞看着远去的车大笑起来，笑着笑着就流下泪来，刚才摔在地上时，她的袖子沾了泥土，但她毫不在乎地擦了一下脸，踩着高跟鞋往家的方向走去。

家里黑漆漆的，很安静，程彩虹想必已经睡了吧，程霞想着，脱下了脚上的高跟鞋往屋里走去，冷不丁被黑暗中一个白色的身影吓了一跳。仔细一看，原来是程彩虹坐在那里，程霞松了口气，但是随即又紧张起来。

程彩虹坐在房间门口，目光空洞，表情呆滞，嘴里念念有词，但听不清她念的是什么。她怀里似乎抱着什么东西，但事实上什么都没有，胡夏夏送给她的兔子被她丢在脚下，她只是一动不动地抱着那个看不见的东西。

“彩虹……”黑漆漆的房间里，程霞不敢开灯，也不敢大声喊程彩虹的名字，生怕吓到她，但此时一股寒意也顺着她的脊梁爬了上来。

这个场景真的很吓人，以前有其他男人在，她还不觉得。现在只有她面对这一切，她突然觉得很恐怖。白天乖巧的女儿，晚上竟然跟游魂一样。这时，那个游魂一般的女儿轻轻地开口了：“别怕，欺负你的人，都活不了。”

程霞不知所措地看着女儿，直到看着她重新走进房间睡觉，才长舒一口气。

第二天她帮女儿收拾衣柜的时候，在衣柜里面找到了一个洋娃娃，上面沾满了血迹，时间一定很久了，因为血迹都变成了红褐色。这让她胆战心惊，耳边回响起来昨晚女儿对自己说的话。她看着那个娃娃出神，完全没注意身后的程彩虹慢慢地走了过来，脸上带着笑容。

“妈妈……”程彩虹叫道。

“我，我说过了……叫我姐姐……”程霞本想像以前一样训斥她，但看到手里沾满血迹的洋娃娃，她突然就没了底气。

站在那里看着她的女孩如同鬼魅一般。

4

又是深夜，程霞一个人坐在街边发呆。今天和往常一样，已经是深夜三点，她还没有遇到客人，但是她也不想回家。她不想看到那个梦游中的女儿。

即使只是初秋，晚上也是相当冷的，她身穿低胸的深红色连衣裙站在冰冷的夜里，觉得自己从头到脚，连心都凉透了。但是这样的夜晚，能温暖她心的人却一个都没有，那个原本带给她巨大温暖的女儿，现在竟然让她感到害怕。

她坐在大街上回忆自己的过去。她曾经非常相信一个人，那个人所说的每一句话、每一个字，她都当成真理，虔诚地捧在心口上，然而就是这么一个人把她骗得很惨，那个人就是程彩虹的父亲。

程霞上高三的时候学习成绩不好，高考压力又大，她有点儿受不了，就跟朋友逃课去网吧上网。她在网吧认识了程彩虹的父亲，他到底叫什么，程霞到现在都不知道，因为他从来没告诉过程霞他的真名，而是一直用自己的网名“蓝奇”。

蓝奇和程霞在一起的时候二十五岁，程霞只有十八岁。十八岁正是幻想美好爱情的时候，蓝奇给了程霞想要的一切，也拿走了程霞最珍贵的东西。为了和他在一起，程霞辍学和他住在了一起，和家里彻底闹翻了。每当她和家里争吵哭泣的时候，蓝奇都会拥抱她，对她说，自己会一辈子对她好。

那时候的程霞太年轻，以为所有人的承诺都是可信的，却不明白真正爱她的人怎么可能眼睁睁地看着她辍学、和家里闹翻都不为所动，也不做任何挽救。程霞就这么傻乎乎地跟了他一年多，直到有一天，他留下一张纸条说自己对不起她，离开了。

程霞这才发现，自己除了知道他的网名叫蓝奇，其他的什么都不知道，刚开始她甚至以为蓝奇就是他的真名。随后她发现自己怀孕了，去医院检查的时候已经三个多月了，她身体不是很好，打掉孩子的话，以后可能就没办法再生了，她只好把程彩虹生下来。家人虽然原谅了她，并帮她带女儿，她还是不愿意回家。后来父母生病，孩子也大了，家里需要钱，可她没有什么挣钱的本事，最后就走上了这么一条路。

父母不理解，她也没法解释，最后她带着孩子离开了家，只是定期送钱回去，家已经没有了。可以这么说，她的人生在遇到蓝奇的那一刻就已经毁了。

她总是幻想蓝奇会出现在她的眼前，穿着第一次见面时穿的黑色T恤和黑色长裤，刘海微微遮住眼睛，露出好看的鼻子。好几年了，他没再回来，但他却从来没从程霞的脑海里消失过。

要是后来那件事没有发生就好了……

她点燃了一支烟，动了动坐得麻木的腿，想着干脆今天就在这里坐到天亮好了。她刚做好决定，一辆车停在了她的面前，车窗摇下来，正是昨天晚上那个二十多岁的年轻男人。

“大姐，你还在这里啊，昨天我回去之后细细回忆了当时的场景，才知道你当时遇到抢劫的了，而我当时却跑开了。所以今天来这里转了好几圈了，还好遇到你了，这大晚上的多不安全啊，以后晚上别出来了。”

“你……”程霞有点儿恍惚，她看着男人，他长了一张很普通的脸，走进人群里估计就找不到了，他穿着夏季里很常见的那种横条纹T恤，皮肤微黑，有点儿瘦弱，看着不像坏人。

“你怎么知道我昨天遇到抢劫的了？”

“新闻都说了。”年轻男子掏出一张报纸，上面登着一条新闻，说是三名抢劫惯犯凌晨被发现死在马路上，还附上了三人的照片。程霞认出了他们就是昨天晚上试图抢劫她的三个男人。

昨天晚上还生龙活虎的三个男人一夜之间全死了。

她突然想到昨天晚上程彩虹说的话，后背一阵阵发冷，双手轻微地颤抖起来。她看着对面一脸关切地看着自己的男人，突然又觉得很温暖。她已经很久都没有感受过这种来自一个陌生人切切实实的关怀了。

她轻轻走过去，伸手抚摩男人的脸，夜风下待久了，他的脸也有些冰凉，她突然觉得面前这个人让孤身一人在夜间行走的她有了些许安慰。

“要不要去我那里，我不收你钱。”

没等男人回答，她就伸出双臂抱住了男人的脖子。

在程霞的家里，二人纠缠了很久，程霞睡不着，拉着男人聊天儿，聊天儿过程中她得知这个男人从小没了母亲，父亲再娶，在家里感受不到一丝关爱，所以早早离开了家，孤身一人在外打拼。她想到自己每天深夜在街道上的那种孤独，突然对身旁的男人有了一点儿亲近感。

“我特别想有个家，简陋一点儿也无所谓。”男人在半梦半醒中喃喃道，程霞的胸口突然痛了一下。曾几何时，她也有过这样的期许，只是时间太久了，她已经遗忘了。

窗外隐隐透出一丝亮光，已经是早上六点了，身边的男人还在熟睡，程霞看着他，那张普通的脸在晨光中竟有几分让她心动，他赤裸着上身，裹着程霞的那条印着猫咪图案的毛毯。此情此景，竟然让程霞生出一种居家过日子的温馨感，她凑过去在男子额头上亲了一口，然后套上睡衣起身去厨房做早饭。

租来的房子没有抽油烟机，只有排风扇，所以程霞很少下厨，但是今天她却来了兴趣，还翻出了很久不用的平底锅准备煎鸡蛋，但是打开冰箱却发现里面空空如也，她急急忙忙地出门去买鸡蛋，连拖鞋都忘记换了。而当她拿着几个鸡蛋和豆浆回来的时候，家里传来了男人的惨叫声。

她心里一惊，猛地推开门进去，男人哆哆嗦嗦地坐在门口，面前站着程彩虹，程彩虹似乎还在梦游，她表情呆滞，穿着那条破旧的白棉布睡裙，头发遮住了半张脸。她赤裸的脚丫踩在地板上，更显得异常苍白。

这一切都不算什么，让男人惨叫的是女孩手里的那把菜刀，刀上还有血迹。看到门被打开，男人跌跌撞撞地向程霞跑过去，程霞伸手想抱住男人，他却和她擦身而过，一口气跑下了楼，开着车走了。

屋里死一般寂静，家一般温馨的感觉不见了，只剩下冷冰冰的房间和一个可怕的患梦游症的女儿。

程霞崩溃了，她冲过去一把抓住程彩虹的衣领疯狂地摇晃着。

“你要害死我才甘心吗？你就是老天爷派过来的恶魔，要把我拖到地狱去……”她一边疯狂地喊着，一边不停摇晃，直到梦中的程彩虹被摇醒，哭了出来，她才停下。

她一把推开女儿，也坐在沙发上哭了起来。但很快她就哭不出来了，因为她看到地上有几件金首饰，从她的房间一直散落到门口，映着晨光熠熠生辉，那是她当年考上高中时母亲买给她的，她一直收在房间里没戴过。

联想到男人惊慌失措的表情，她终于明白了。原来那个男人也是来占便宜加偷东西的，可怜她还以为自己遇到了生命中难得的温暖。

5

“总之，不管多少钱我们都做。”程霞拉着程彩虹坐在万东阳的咨询室，对面坐着的人不再是胡夏夏，而是万东阳。

万东阳有点儿尴尬地看着程彩虹，程彩虹怀里抱着兔子，笑眯眯地瞅着他，一副乖宝宝的样子，而胡夏夏则和萧婉扬一起待在外面的茶水间。萧婉扬端完咖啡就没事了，坐在那里看专业书，胡夏夏则一边打哈欠一边盯着里头，手里还在玩着那两个核桃。

“哎，丫头，帮我捶捶肩膀吗？我这肩膀，一到阴天下雨的时候就疼。”胡夏夏拍拍萧婉扬的肩膀，萧婉扬很无语地放下书，看着外面晴朗的夜空，心想您老人家想被伺候一下也得找个像样的理由吧？但是胡夏夏完全不为自己的谎言脸红，她舒展着自己的胳膊，伸了一个懒腰，那张初中生一般的脸皱成了包子，看起来很可爱。

萧婉扬走上前帮她按摩肩膀，胡夏夏突然问她：“你觉得东阳这个人怎么样？”

“啊？啊……他，挺好。”萧婉扬打着哈哈，在公司员工主动问你觉得老板怎么样的时候，张嘴就说实话的那个肯定是傻子。

胡夏夏不再说话了，而是盯着地面看，万东阳已经拉上了窗帘准备给程彩虹催眠。程彩虹躺在沙发上闭上眼睛，万东阳给她放了一段音乐，程彩虹昏昏欲睡。

“彩虹，不要睡着，我需要你保持部分清醒，好吗？”万东阳在她耳边轻轻地说道，很快程彩虹就没有回应，她似乎已经睡着了。

程霞很紧张，但是也不敢说什么，就坐在一旁看着。程彩虹突然坐了起来，她的目光冰冷，环视了一下四周，直到看到程霞，脸色才缓和了一些。

“我的洋娃娃……”她嘀咕了一声，转身去找，万东阳把她一直抱着的兔子塞给她，她却一把丢在一边，继续找，“我的洋娃娃，我的洋娃娃……”

程霞很惶恐，因为她根本不知道程彩虹有什么洋娃娃。很快，程彩虹又自然地弯起了双臂，保持着一副抱着洋娃娃的姿势，稚嫩的脸上出现了一种充满母性的成熟表情。

她开始哼起一直唱着的歌谣：

妹妹背着洋娃娃，
走到花园去看樱花。
娃娃哭了叫妈妈，
树上的小鸟在叫喳喳。
娃娃啊娃娃，为什么哭呢？
是不是想起了妈妈的话？
娃娃啊娃娃，不要再哭啦，
有什么心事就对我说吧。
从前我也有个家，
还有亲爱的爸爸妈妈，
有天爸爸喝醉了，
拿起了刀子走向妈妈，
爸爸啊，爸爸砍了很多下，
红色的血啊，染红了墙。
“爸爸，妈妈，为什么呀？”

然后啊，爸爸叫我帮帮他，

我们把妈妈埋在树下。

……

程霞很害怕："我从来没教过她这种东西。"

万东阳若有所思："你的父母都还健在吗？"

程霞点头："都还在啊。"

万东阳看了程霞一会儿，没再说话。程霞的心在狂跳，生怕自己是程彩虹生母的事情被人看出来。

"幼儿时期父母的全心陪伴，对孩子性格的塑造、自信心和安全感至关重要。她很没安全感，小时候应该没有被温柔地对待过。你的父母应该很忙吧，你有帮忙带过她吗？"

程霞摇摇头，没再说话，但是万东阳却不依不饶。

"之后你都做了些什么？她为什么不跟着父母而是跟着你？你不过是她姐姐，而且看起来工作也并不稳定，到底是因为什么？"万东阳开始逼问，程霞瞪大了眼睛，她无法回答万东阳，只得沉默。

程霞并不是一个好母亲，她为了生计不停地往家里带陌生男人，而丝毫不顾女儿的感受。

那天，她带了一个嫖客回家，进卫生间洗澡的时候，那个嫖客进了女儿的房间。当时程彩虹只有六岁，正一个人在房间里看着动画片，那嫖客骗她说衣柜里有洋娃娃，让她去找。程彩虹信以为真，就真的爬进衣柜里去找，嫖客还想进一步动作的时候，程霞出现了，她一把拽出了爬进衣柜的女儿，并且怒视着嫖客。

嫖客自知理亏，主动加价，多给了两百块钱，本想痛骂嫖客一顿把他轰出去的程霞被这两百块钱迷了眼，她什么都没有做，像往常一样做了这单生意。

半夜，她突然就惊醒了，冲到程彩虹的房间里对她大打出手，并且让她以后离自己带回来的男人远一点儿。她是心疼女儿的，怕女儿受到伤害，又为无法保护她的自己感到羞耻，但是她只能把这种情绪发泄到女儿身上，她很没用。

从那天开始，程彩虹开始梦游，总是说衣柜有个洋娃娃，又过了一段时间，洋娃娃在程彩虹的梦境中变成了现实。再然后，衣柜里就真的出现了一个血迹斑斑的洋娃娃。

“这个歌谣的寓意很清楚了，孩子的父亲现在在哪里？”万东阳突然问道。

程霞拒绝回答。蓝奇回来过，但是那件事发生之后，他不会再回来了。

万东阳继续逼问道：“他还活着吗？死了吗？怎么死的？”

程霞的眼中突然闪过一幅血腥的画面，她拼命地摇晃着脑袋，才把那画面从脑中驱散开，然而万东阳的指责接二连三地冒了出来。

“彩虹不是你的妹妹，是你的女儿吧？”

“彩虹的父亲死了吗？”

“你为什么会从事现在的职业？”

“你是不是杀人犯？”

……

万东阳一直逼问，一幅幅画面在程霞的脑海中闪过，她拼命地捂着耳朵，摇着头，试图躲避万东阳。

很快，万东阳的询问结束了，伴随着询问结束的还有一记闷闷的敲击声。程霞猛地抬起头，看到万东阳血流满面地躺在沙发上，一旁的程彩虹拿着烟灰缸一下一下地打着他的头。

程霞惨叫起来，她扑过去一把拉住程彩虹，转身就往外跑。研究室的外面，胡夏夏和萧婉扬都不知道去了哪儿。

“这不是我女儿，她是魔鬼！我的一切迟早都要被她毁掉！”

6

“你知不知道你刚才做了什么？”街道的角落里，程霞拼命地摇晃着程彩虹，程彩虹对母亲露出了惯有的天真笑容，而她的脸上还沾着万东阳的血。

“你是不是想要害死我，是不是？！”程霞摇晃着女儿的肩膀问。

程彩虹什么都没说，还是对着母亲笑。

看着女儿的笑容，本来想继续骂的程霞，却一句话说不出来了。

从女儿出生到现在，她的一切都不顺，常常让人崩溃。父母重病需要钱，女儿吃饭上学需要钱，她不得不做着卖身的营生，但是自己年纪越来越大，挣到的钱也越来越少，偏偏程彩虹还梦游，把客人全都吓跑了。她简直是老天爷派来惩罚自己的！

程彩虹六岁的时候，蓝奇回来过，来到她租住的小房间，跪在地上对她忏悔，说自己后悔了，想回到她们母女身边。那个时候她多开心啊，她一直都在盼望着蓝奇回来，和她组成一个家庭，一家三口好好过日子。

但是好景不长，蓝奇回来没多久就开始找她要钱，刚开始只是几百块，后来就几千块，再然后他要求程霞把家里的存折给他保管，程霞不肯，两人撕扯起来，惊醒了睡着的程彩虹。看到妈妈被人欺负，程彩虹拿起一把剪刀戳进了蓝奇的大腿。

殷红的血瞬间喷了出来，蓝奇惨叫一声，一脚把程彩虹踢到了角落，程霞死死护着女儿，蓝奇打了120，被救护车拉走了。从那天起，蓝奇真的就没再出现过。

“你说，你是不是想逼死妈妈才开心？”她看着女儿的眼睛，然而程彩虹什么都没有回答。

程彩虹哭了，她静静地看着程霞，默默地流着眼泪。

程霞愣住了。程彩虹经常梦游，又有杀人嫌疑。但是她从未伤害过自己，她伤害的都是那些试图伤害自己的人。如果是这样的话，她的女儿还是恶魔吗？

她一直认为女儿夺走了她的一切，但是她是不是也夺去了一个正常孩子应该有的一切呢？

她开始怀疑，女儿跟着自己真的是对的吗？自己真的给了她成长所需要的一切了吗？答案是显而易见的，她每天晚上招揽生意，白天就睡觉，有时候女儿放了学还要帮她打扫房间、做饭。那么一个小小的人儿，站在厨房的灶台前努力翻动着锅里半生不熟的菜，那样的场景她在睡梦中迷迷糊糊看到过。然而很快她就又睡过去了，再次醒来时已经是晚上八九点，她就吃掉那些冷了的饭菜，继续去招揽生意。她很少跟女儿交流，最多是挣钱之后带程彩虹去吃一顿好吃的，很快就又回到日常生活中去了。

女儿是什么时候长高了的，她一点儿都没注意到。她看着女儿的脸，心里一阵悲痛，一阵感慨。当初家人要求她把孩子打掉，哪怕要冒不能再生育的风险。他们选择了最好的医院，借够了医药费，然而当她看到B超单子上已经长出人形的小家伙，又不愿意了，她舍不得这个和自己血肉相连的小东西，还是选择了把她生下来。

在医院里，她看着程彩虹小小的身子，心里充满强烈的母爱和保护欲，她要好好保护自己的孩子，保护自己的女儿。然而她现在又做了什么？她看着女儿小小的脸，觉得自己很不配做一个母亲。她的女儿虽然有时候很恐怖、很吓人，却从未伤害过她。

“彩虹，你告诉妈妈，你现在最想做什么？妈妈陪你去。”她温柔地帮程彩虹擦干净脸，然后蹲下来问她。

“我想去游乐场坐摩天轮。”程彩虹指着不远处的摩天轮。程霞点点头，拉着她的手向游乐场走去。

等陪完女儿，她就去自首，把一切都扛到自己身上，反正也没人看到，她绝对不能让女儿身上有故意伤人的污点。

两个人在去游乐园的路上买了冰激凌，一人一个，吃着往前走，程霞还买了两件亲子装，是蓝色条纹的海魂衫，胸口还有漂亮的白色领结，程彩虹穿上显得格外漂亮。

两个人坐在摩天轮上，程彩虹看着外面，一脸激动和惊讶。

“好漂亮啊，妈妈……姐姐……”意识到自己叫错了称呼，她忙改了过来。

“没关系，今天就叫妈妈吧，我不当姐姐了。”程霞说着，把女儿拥入怀中。在她的记忆里，她似乎从未这么拥抱过女儿。

这时，她听到了可怕的咯吱声，她猛地抬起头，也就是在这一瞬间，他们乘坐的座舱掉了下来。

她惊呆了，这时，她的女儿一把甩开了手里虚拟的洋娃娃，扑过来抱住了她。

咣——

巨大的撞击声在游乐场响起，夹杂着周围人的惨叫声，程霞被巨大的冲击力撞得头疼欲裂，当她再次睁开眼睛的时候，惊呆了。

程彩虹死了，她满脸是血地躺在程霞身下。在座舱下坠的途中，她垫在了程霞下面。

程彩虹那件漂亮的海魂衫已经沾满了鲜血，血迹迅速地扩散，流到地上，流入了草丛中。失去的血再也回不来了，就像流逝的生命一样。

程霞张了张嘴，什么声音都没发出来，眼泪也是过了好久才喷涌而出。她彻底失去了程彩虹，失去了自己的女儿。

她不是恶魔吗？恶魔怎么可能如此轻易就死了呢？她应该是要缠着自己一辈子的啊！泪眼蒙眬中，程霞似乎看到了女儿刚出生的那一天，她因为体力透支很快睡了过去，再次睁开眼睛的时候，发现身边多了一个小人儿，长得很像她，皮肤白皙，一尘不染。她似乎感受到了程霞的目光，眼睛微微睁开一条缝，看向程霞的方向。

程霞忍不住摸了摸她的小手，被她攥住，不肯松开。

“嘿，小家伙，我是你妈妈。”她说话时大气都不敢喘一下，生怕吓着这个柔弱的小家伙。

那个时候，她的女儿明明就是一个从天而降的小天使啊！

7

程霞睁开双眼，发现自己躺在研究室的沙发上，眼前是天花板上的吊灯。她不愿意坐起来，伸手捂住了脸，眼泪哗哗地流了下来，瞬间沾湿了手心，流入了她的衣领。

“有什么好哭的，都说了是催眠。”

她猛地坐起来，转身扑向程彩虹，程彩虹也刚刚从催眠中醒来，还在茫然状态就被自己的妈妈抱了个满怀，她有些诧异又有些惊喜地伏在母亲的怀抱里，一点儿大动作都不敢有。

“好了，平复一下情绪，刚才是我的判断失误，我以为彩虹的梦游和梦境都是因为她感受不到你的爱，所以她要把她所有的爱都给那个洋娃娃，那个洋娃娃象征她自己，她要来扮演一个母亲的角色保护过去的自己，可是我错了。你的女儿，她确实是想扮演一个母亲的角色，但是想保护的不是自己，而是你。她一直在拼命保护你，在你觉得有危险的时候，她都会出现，她还很弱小，没有办法用其他的方式来表达，所以梦游和装神弄鬼是她的常态。”

“我都知道了。”程霞紧紧抱着程彩虹，不肯松手。

“你说她是个魔鬼，是来毁灭你的。”万东阳说道。

“不，她是天使，她是来拯救我的……”程霞摇头，“我会找一份体面稳定的工作，好好把她养大。”

“你明白就好，今天的咨询到此结束了。”万东阳说道。

程霞呆滞地点点头，起身向外走去，但程彩虹并没有跟她走，只是站在原地看着她离去。

程霞推开门，门外站着一个衣着朴素的老太太，向万东阳道谢之后，她拉着程霞离去了。

程彩虹一个人坐在研究室里，对着离去的母亲微微笑着，然后慢慢消失不见，或者说，除了程霞，其实没有人能看到她的存在。

她本身就不存在。

程彩虹早就死了。

程霞还是时不时来万东阳的研究室，讲一些她和程彩虹之间的事情，经常说着说着就笑了，有时候又会突然倒退到女儿刚刚开始梦游的时候，她嘶喊着说女儿是个魔鬼，但最终还是会安静下来。她的母亲在研究室的门口等着她，她一出来，老太太就礼貌地跟万东阳道谢，拉着她回去。

“她的病……还没好吗？”萧婉扬看着万东阳，眼里有些担忧。

“嗯，其实她这样也不错，一直活在女儿还在身边的梦中。”万东阳回答道。

萧婉扬不说话了。

程彩虹其实不是在梦中才死的，她很早就死了，程霞第一次找万东阳来做咨询的时候，万东阳对着空气愣了半天，还是胡夏夏冲出来解决了万东阳的困境，对着空气来了个自问自答，让萧婉扬敬佩不已。

程彩虹是出车祸死的，某天晚上，她从梦中醒来之后很害怕，上街去找程霞，被一个酒驾的司机撞了，当场死亡，司机逃逸，到现在也没抓到。之后程霞就陷入了现实和梦境交织的幻觉，她一直觉得程彩虹还活着，并且如同鬼魅一般保护着她，为此她多次抱着一个不存在的洋娃娃来到万东阳的研究室寻求帮助，希望把那个并不存在的女儿赶走。而那些把客人吓坏了的行为，也全都是她做的，她经常在夜晚醒来，扮作程彩虹的样子跟客人说话，每次都把客人吓得夺门而逃。她却一直都觉得是自己的女儿在驱散那些让人恶心的客人，从而保护自己。

她真的很需要人来保护。

万东阳便将错就错给她做了治疗，把她从女儿是恶魔的噩梦中拯救了出来，然而，她又陷入了还和女儿生活在一起的梦境中。

“她其实一直对她女儿心怀愧疚，但又认为是女儿的出生毁了一切，所以女儿死之后，她就在悲痛和悔恨中陷入了噩梦的轮回，噩梦是不是很有趣？”万东阳问萧婉扬。

萧婉扬不敢苟同。

“为什么不治好她？”萧婉扬问。

“有的人活在梦里比活在现实里舒坦得多，更何况她自己也不想醒来，她没有坚强到能面对现实中的一切，所以才会幻想幼小的女儿一直在保护她。”

“那就让她活在梦里呗，你给她做什么治疗，让人家白花钱。”萧婉扬很不屑。

“我要是不给她治疗，她梦里的女儿就是魔鬼，现在她的女儿是天使，你觉得哪种梦更让人好受一些？”

万东阳说完，捂着自己的头呻吟着坐在了沙发上。

萧婉扬很无奈：“你怎么了？”

“刚才在梦里被人拿着烟灰缸砸头，砸得疼啊。”

萧婉扬一听就笑：“在梦里砸了你的头，怎么现实里还头疼啊？”

一旁的胡夏夏却什么都没说，伸手帮他按摩，萧婉扬看得很奇怪，胡夏夏也没有解释。两个人之间不需言语的默契是她和万东阳从不曾有的，萧婉扬默默地转过头去，但很快她又转过头来。

“对了，你的助理回来了，那我……”心里不舒服的萧婉扬突然想起一个更具有危机感的事件——她的饭碗怎么办？

“别担心，我只是暂时回来休息一段时间，过阵子还要开始另外一段旅行。我必须要找到一个人。”

“找人？找谁？”萧婉扬很好奇。

“一个只在梦中出现的女孩，找到了能长生不老哦，年轻人。”胡夏夏笑着说道。

“您老贵庚啊？”萧婉扬翻了个白眼。

“身份证上是二十五岁，其实我永远十八岁。”胡夏夏说着，一副意味深长的表情，那表情让人怀疑她是长生不老的人，她的实际年龄应该已经好几百岁了。不过萧婉扬不在乎，她只在乎自己的饭碗。

看看又到下班时间了，萧婉扬起身收拾好房间准备离开，突然转过头看了万东阳一眼。也许她在乎的东西，还有一个，就是万东阳。

万东阳的影子不知道从什么时候开始就落到了萧婉扬的心里，再也无法驱散出去。

有机会我也做个心理咨询吧……让他告诉我，准备单身一辈子的女人应该怎么避免对男人产生好感。

萧婉扬发誓，她是认真的。

镜子的背后

谁说镜子只能照出你的脸，它其实还能照出你的心。

——胡夏夏

1

高考临近，来咨询室咨询的人变得格外多，一大清早就人声鼎沸，来的基本都是带孩子的家长。孩子们都是准备高考的少男少女，倒是挺安静，都低头看书或者玩手机，家长们聊得不亦乐乎。有的还带了瓜子花生，一边聊一边就吃上了。

萧婉扬刚进门就被吵得头疼，最近她的兼职接得少了，白天也开始来研究室上班，虽然万东阳没有给她加工资，但是积极进取是每个员工应该有的态度。这是萧婉扬自我催眠，她只是不想承认自己是因为胡夏夏来了，怕丢了饭碗。尽管自己经过几个月的学习已经家务全能了，但是抵挡不住人家是专业人才。

不过萧婉扬很奇怪，本来人很少的咨询室竟然一夜之间人尽皆知。今天一上午，萧婉扬茶杯都洗不过来，找了个空档百米冲刺到便利店买了两大包一次性纸杯才勉强稳住场面。

“高级咨询室今天变菜市场了……”看着络绎不绝的人群，萧婉扬第一次在这里感受到了打工的感觉。以前的生活太舒坦了，不像是打工，倒像是度假。

过了一会儿，万东阳也缩着脖子出来了，跟萧婉扬一起在茶水间的沙发上坐着。

“你跑出来干吗？”萧婉扬很纳闷儿，他跑出来了，谁来做咨询？

“夏夏做，她搞得定。”万东阳揉着自己的太阳穴，很疲惫的样子，一向整齐的头发也翘得乱七八糟。萧婉扬忍不住伸手帮他拢了拢，刚拢了几下，突然觉得这个动作很暧昧，忙收回手来。

“不好意思。”她短促地道了歉。

结果万东阳很诧异地转头看着她。

“你这么温柔干吗？”万东阳一脸尴尬。

萧婉扬目瞪口呆，万东阳看着萧婉扬的脸色一阵青一阵白，“扑哧”一声笑了起来。

“你太有意思了。”

萧婉扬不知道该接什么话，就细细回想这句话到底是夸奖还是调侃。

万东阳端起一杯咖啡，一边慢慢品尝，一边盯着在里面做咨询的胡夏夏。里面站满了学生和学生家长，外面的走廊里也排了长长的队。大热天的，萧婉扬还特意买了个西瓜切成小块端出去给那些排队的人吃。结果，一个西瓜几分钟内就一扫而空，还有不少人探着脑袋往茶水间里看还有没有西瓜。

“以前夏夏在的时候，咨询室总是这么多人。”万东阳感慨道，萧婉扬瞪眼，完了，这是要炒她鱿鱼的前奏吗？

万东阳话说了一半，手里喝了三分之一的咖啡马上被续满了，抬头一看，一向嚣张跋扈的萧婉扬正睁着一双忽闪忽闪的大眼睛望着他。

“老板，还想吃点儿什么吗？”

“……还有西瓜吗？”万东阳犹豫了一会儿，小声问道。

“有！”刚刚还怕家属质问西瓜的萧婉扬转头消失在长长的队伍中，过了一会儿，一手拎了一个巨大的西瓜奔了回来，排队的考生和家属一脸开心，心道终于有瓜吃了，没想到萧婉扬直接把瓜拎进去关上门，全放在了万东阳面前。

“你吃哪个？我给你切。”萧婉扬笑得很狗腿，万东阳全身不舒服。

“你今天是怎么了？”

“我昨天晚上梦到了上帝，上帝让我对你好一点儿。”萧婉扬胡扯道。

“你不是从来不做梦吗？”

“……老板你到底会不会聊天……”

两人沉默了一会儿，就听外头有人嘀咕。

“怎么西瓜还没切好啊……”

2

胡夏夏坐在桌前，穿着合体的白大褂，一手拿着笔，一手把玩着两个核桃，除了脸太显小不怎么让人信服外，不管是表情还是谈吐都非常专业。

家长陪着孩子一个接一个坐在她面前，她一边记录一边问问题，有条不紊，一点儿都不慌乱。她最喜欢做这种咨询，定一个主题，然后在周围发发广告，托认识的小卖店、文具店老板贴几张宣传单。宣传单的背景是减淡、模糊掉的梦境研究室的大门，还放着胡夏夏和万东阳的照片。但是照片很小，挤在宣传单的最角落里，最抢眼的还是它的宣传语。

高效率！十分钟为您解决孩子高考前的心理困惑。

一个家庭十分钟，来几十个家庭一天也能搞定，而且快速又不用深究根本，这是她最擅长的方式。

这年头的人，习惯了快节奏、高效率的生活，就算发现自己有心理问题，也很难说服他们花时间来做咨询，他们宁可听这种快速的类似于心灵鸡汤和养生建议的东西，回家自己结合网络搜索、自己治疗。

胡夏夏深谙这些人的心理，时不时开一个主题咨询，价格不算高，却比万东阳的效率高得多。万东阳根本应付不来这么多人，对付几个就跑出去了，还是要胡夏夏坐镇。

此时的胡夏夏坐在椅子上，戴着一副金丝边眼镜，左手玩着核桃，右手记录文案，表情严肃，乍一看真有点儿专家的意思。

今天的主题是镜子中的倒影。

第一对顾客是一个胖胖的男生和他的母亲。

“坐在那里，闭上眼睛，想象自己在一个漆黑的大森林里行走，周围一个人都没有。你看到一栋房子，门没有锁，你走过去推开门，看到房间里有一面镜子。你现在走到镜子面前，告诉我，你看到镜子里面有什么？”

“吃的。”男生斩钉截铁地说道，同时，肚子里传来一阵“咕噜咕噜”的声响，家长很尴尬，忙解释道，“今天没吃早饭就来了。”

“除了吃的呢？”胡夏夏问。

“还有正在吃东西的我啊。”男生理所当然地说道，在外面听着的万东阳脸都绿了。

胡夏夏挥挥手：“没啥心理问题，回家安心备考吧，别饿着孩子，但是也别胡吃海塞，下一个。”

随后进来的是个一看就是优等生的女孩和她的父亲。

胡夏夏让女孩闭上眼睛，把同样的话跟女孩复述了一遍。

“你在镜子里看到了什么？”

女孩猛地抬起头，脸色有点儿苍白，犹豫了半天也没说出来，她父亲有点儿不耐烦，推了她一把：“人家问你话呢，说话啊。”

“我……我看到了我爸。”女孩的声音哆哆嗦嗦的。

“你爸在镜子里干吗？”

“拿着刀看着我……”女孩的声音小得像蚊子一样。

她父亲大怒：“我拿刀干吗？难道我还想杀了你啊？”

女孩缩着身体往沙发里蜷了蜷，苍白的小脸皱成一团，写满了恐惧。

“喂！别这么大声嚷嚷，如果你还是这么粗暴，你将是她高考乃至未来人生中最大的阻碍，下一个高考失利跳楼的考生有可能就是你女儿了。”胡夏夏拿笔敲敲桌子。

“你是不是医生啊？怎么说话呢？我打她骂她都是为她好，我怎么不打骂别人家孩子？”

“因为别人家爹妈不让你打骂自己家孩子，自己家孩子自己疼。”胡夏夏看了看表，“再给你一句忠告，对你女儿温柔点儿，不然以后你会后悔的，你已经成为她人生最大的阴影了，下一个。”

父亲还想说什么，但是被女儿拉了一下，转身骂骂咧咧地走了，估计觉得钱白花了，没解决高考心理问题还被教训了一顿。

看着那对父女的背影，万东阳有点儿担心。

“那个女孩，回家之后可能还会倒霉，她父亲应该会心情不好借题发挥……”

“为什么胡夏夏不认真解决他们的事情啊？”

“那就失去她快速测试的意义了，她一向不赞成我们手拉手地把病人从噩梦中领出来，而愿意让他们自我救赎，然而这样太理想化了。”

万东阳说完，有点儿疲惫地趴在玻璃上继续看着里面，说：“但是她做的这种咨询确实有趣，也是收集故事的最快方法。”

“你这个助理还蛮有能力的。”萧婉扬不由地赞叹道，她是真觉得胡夏夏比她强多了。

“是啊，她是我人生的导师。”万东阳喃喃道。

萧婉扬不说话，她早就习惯了那两人之间的融洽感，也不打算打破这种平衡，于是选择沉默。

3

“我看到了晚上的庙会还有烟花，街道上有很多红灯笼，有来来往往的男女老少，穿着过节的衣服，红的、绿的、蓝的、紫的……”面前的女孩还在滔滔不绝地讲着，胡夏夏打了个哈欠，看了看腕上的手表：“亲爱的，你还要讲多久？你已经说了十五分钟了。”

一旁陪同的母亲正在低头拿着手机玩儿微信，完全没注意这边的动静。

“太太，多跟你的女儿沟通交流，尤其不要在她说话的时候玩手机。”胡夏夏丢下一句话，“下一位。”

胡夏夏的效率很高，但是走廊上的人还是越来越多，时间到了中午，胡夏夏伸了个懒腰。

“中午休息，下午两点继续。”

胡夏夏从那群等得干瞪眼却也没辙的家长堆里钻出去，和万东阳、萧婉扬一起吃饭去了。家长堆里还有人在纠结西瓜什么时候切好送上来，萧婉扬很抱歉地说道：“不好意思，西瓜已经全都归老板了。”

面馆里，胡夏夏连扒了两大碗面条才腾出嘴说话，娇小的身材和饭量严重不符，萧婉扬目瞪口呆。

“夏夏，你觉得这样的咨询有意义吗？”万东阳问道。

“很有意义，第一个男孩在家必然是备受宠爱的，单纯却又有点儿自私，只注重自己内心感受；第二个女孩，她从小成长在‘棍棒底下出人才’的教育中，父亲又粗暴，她以后要么会跟父亲一样脾气暴躁有暴力倾向，要么就是个畏畏缩缩、一辈子都会遇到家暴男人的可怜女人；第三个孩子，家里对她的关注明显不够，她要么就是渴望关注，要么就进入了彻底跟家长划清界限的叛逆期，显然她是前者，还有得救，需要家长配合……”

“但是我的梦境咨询室让你变成了高考心理咨询处了，跟菜市场似的。你觉得这样合适吗？”万东阳有点儿不满。

“你懂什么，这些人到以后，噩梦会是他们的常客，我这叫防患于未然。任何心理问题最开始的时候都是微不足道的，最后才成为大问题。”胡夏夏翻个白眼，对服务员招手，“再加一份鸡腿饭。”

万东阳显然不太认同胡夏夏的观点，他陷入了沉思，久久不说话。

“而且这也是找到那个人最快的方法了……尽可能地听更多的人说话，听更多的人说梦，才有可能找到她。”

万东阳还是没说话，但萧婉扬发现他的眼神变了。那一瞬间，万东阳不是那个有时搞怪，有时认真，有时还有点儿帅的老板了，他的眼神突然变得冷漠又讽刺，让萧婉扬联想到那个下午，她伸手触及万东阳的皮肤时，指尖传来的死人一般的冰凉。

她惊觉万东阳藏着一个秘密，而这个秘密只有胡夏夏才有资格涉足。

4

一天的咨询终于结束，三个人在走廊打扫卫生，地上丢满了脏纸巾、饮料瓶和各种各样的食物包装袋，屋里散发着一种超市熟食区的味道。萧婉扬很不适应，以前咨询室里只有咖啡和蛋糕的香味，现在真的成了菜市场。

一切收拾完毕，萧婉扬拿空气清新剂喷了一下，三个人坐在屋里的沙发上直喘气。

“夏夏，这种咨询一年做个一次就够了，多了我可受不了。”万东阳坚决表达立场。

“放心吧，我明天就走了，你想多做几次都没门儿。不过今天攒的钱够你挥霍一阵了，看在金钱的面子上，就原谅我吧，小阳阳。”胡夏夏说完，拍了拍万东阳的头。

这种亲昵让萧婉扬有点儿不适应，她把头偏到一边，不愿再看。但是为什么心情会突然不好，萧婉扬自己也说不清楚。

“哎，婉扬，我给你也做个快速心理咨询呗，反正闲着也是闲着。”胡夏夏笑着问萧婉扬。

“啊？我？我又不高考。”萧婉扬忙摇头。她可不想做心理咨询，被这两个心理学人精把内心的隐私看光。但最终还是扛不住热情的胡夏夏，只好半推半就地坐在沙发上闭上了眼睛。

“你一个人走在漆黑的大森林里，周围一个人都没有，你看到了一栋房子，门没有关，你推门进去，发现屋里有一面镜子，你在镜子里看到了什么？告诉我。”

“漆黑的……镜子……”萧婉扬喃喃道，想象着自己眼前出现一面镜子，抬起头向镜子里看去。

镜子里出现了一个白衣长发的女人，低垂着头，一动不动，但在萧婉扬目光触及她的瞬间，她猛地抬起头来。她的样子很美艳，也很狰狞，她瞪着流血的眼睛对萧婉扬笑，模样如此清晰，萧婉扬甚至能看到她嘴角有一颗痣。

萧婉扬惨叫一声，睁开眼睛发现自己是在咨询室，才长舒一口气。

“你看到了什么？看到了什么？”胡夏夏一副八卦的样子，“看来你比那些学生们还有料哦！”

萧婉扬头上渗出了冷汗，她抬头看了看胡夏夏的脸，胡夏夏站起身看着她，背后是刺眼的灯光，完全背光的胡夏夏的脸正处在黑暗中，完全看不到她的表情。

萧婉扬回想了一下刚才出现在自己脑海中的画面，还是有些害怕，她没想到自己潜意识里竟然有这么可怕的东西，难道她的心理也在她不知道的时候扭曲、变形了？

“不愿意说也没关系，我可以给你分析分析，你在镜子中看到的东西越贴近现实中的你，你的内心和思想就越和谐，没什么大问题。但是如果你看到的东西很恐怖，就证明你是个自我冲突严重的人，你的潜意识里有很多你不愿意触碰的东西，它们会以恐怖的形式出现在你的镜子里。婉扬啊，你是哪一种人呢？”

萧婉扬不说话了。

她是哪一种人呢？也许就像胡夏夏所说的，她其实是一个自我冲突严重的人，她内心有一个小人，还活在她是大小姐的时代。她不缺钱，也不缺朋友，四周都是恭维声，她可以穿着白色蕾丝花边裙子和漂亮的鞋子在别墅的后院里办茶会，而不是现在这样天天窝在茶水间补觉，只为了下一场兼职能有体力。

她一直对外说这样的生活也蛮有意义，对那些过去的富人朋友也保持着淡定从容。

她的内在早就厌恶了这样的生活，而她的外在还在死撑着。

“我……我看到了一个白衣长发的女人，很美很吓人，左嘴角有一颗美人痣，她对我笑，眼睛流着血，她的头发……是雪白的。”

萧婉扬喃喃地说出了自己看到的场景，但是没有人回应，她奇怪地看了看万东阳和胡夏夏，发现两人都在看着她，眼神里满是惊愕。

“怎么了？”

但是两个人都没有回答她。

“好了，我们打扫完毕就回家吧，回学校的地铁快没有了吧？”胡夏夏突然转移了话题，萧婉扬没说话，因为地铁确实快没有了。

直到她离开，两个人都没再跟她谈论起这个话题，包括万东阳。他一直低着头坐在那里，直到萧婉扬告别时，他才站起身来，走到胡夏夏身边，两人低声说着什么。

萧婉扬突然觉得很不舒服，这种感觉自胡夏夏归来已经多次出现在她身上，她不太明白这是怎么回事，但又似乎有点儿明白。

回到宿舍，她洗漱完毕，换上睡衣躺在床上看着窗外的天空发呆。过了一会儿，手机收到一条微信，是万东阳发来的，他说，今天辛苦了，西瓜很好吃，谢谢。

萧婉扬甜甜地笑了，然后很快睡着了，依旧是一夜无梦。她完全忘记了自己准备一辈子单身，也忘记了自己曾准备为此向万东阳咨询一下。事实上，她希望此刻出现在睡梦中的人是万东阳。

梦中的脚步声

火焰烧掉了一切，包括我们的爱情。
那天晚上我来找你，
你把我放在黑暗里，点燃了火把。
火烧掉了其他人的脸，烧掉了我的心。

——郑雅柔

1

深夜，他听到了熟悉的脚步声，依然是轻快又带着几分调皮的脚步声。一个冰冷的身体钻进了他的被窝，依偎上来。长长的头发温柔地扫过他的胸口，激起他心中阵阵骚动。

“喂，我来了。”

她凑在他的耳边，笑声如铃，身上有一种撩人的香味，好闻却又诡异。孙之延猛地从床上坐起来，喘息着，他定下心神看了看周围，是他熟悉的卧室，屋内的摆设和满墙的照片，没有一点儿和平时不一样的地方。

他深深地吸了一口气，才发现自己的后背已经湿透了。他脱掉身上的睡衣丢在地上，然后起身去冰箱里拿了一瓶矿泉水，直接灌了下去。

冰冷的水刺激了他的肠胃和神经，令他马上清醒了起来。他一把丢掉瓶子，冲到卧室，打开了灯。刺眼的灯光下，满墙的照片一览无余。卧室的四面墙上贴满了一个女孩的照片，正对着床的那面墙还贴了一张巨大的人像，一个穿着沙滩裙、戴着草帽的少女对着镜头没心没肺地傻笑，她皮肤是漂亮的小麦色，栗色的卷发很是俏皮，脸上有两个漂亮的酒窝。所有的照片都是这个女孩，黑白的、彩色的、全身的、半身的、特写、生活照、艺术照，女孩的笑容甜蜜又带着一种性感的诱惑，让人一看过去就无法移开视线。

他走到这些照片前面，伸手去触摸照片中的少女，在手指即将触及少女的瞬间，照片中的少女活过来了，并从照片中伸出手来。纤长白皙的手指轻轻地触摸他的脸，伴随着轻轻的笑声。但是很快，女孩的面容变得漆黑，伴随着火焰烧灼的可怕的味道，她的面容慢慢化为焦炭，和他触碰的地方皮肤剥落开来，露出了鲜红的肉。女孩变成了一具烧焦的干尸，脸上却还保持着照片上的笑容。他所在的房间也变成了一片火海，他就在这火海的中央，连一丝逃出去的可能都没有。

他惨叫着从梦中惊醒，身边躺着一个面容和梦中少女截然不同的女子，女子一头乌黑的长发，皮肤白皙，身材略丰腴，穿着一条纯棉布的粉色睡裙，睡得正香，并未被他的惨叫声惊醒。

他松了一口气，刚想接着睡，却听到门外再次传来轻巧又带着几分调皮的脚步声。那脚步声停在了他的卧室门口，不响了。他大气都不敢出，他知道那双脚的主人正站在门口。

2

灯光下，穿着拖地长裙的新娘满脸幸福的微笑，这笑容让孙之延瞬间有些恍惚，他好像每晚都在看如此甜蜜美好的笑容，但很快又跌落到了地狱中。

新娘的笑容给了孙之延极大的负担，灯光下，他的手有些发抖。

“你要不要休息一下？”助理看出了他的状态不对劲儿，小声问他，他擦了一把汗，点点头。

新娘却突然站起身，看着墙上的钟表嚷嚷起来：“哎呀，我要迟到了，今天已经拖了很久了，一个小时前我就该下班了。”

新娘就是萧婉扬，今天她兼职做婚纱店的平面模特，但是因为孙之延的状态不好，拍摄时间一拖再拖，眼看着去研究室上班就要迟到了，她有点儿着急。

“不好意思，你能再多待半个小时吗？”助理向萧婉扬请求道，萧婉扬很为难，她立刻给万东阳打了个电话，万东阳表示完全没问题，今天刚去超市买了橙汁，可以先给顾客喝橙汁。

一旁的孙之延看到萧婉扬挂电话，问了一句：“你刚说的地方是什么咨询室？”

“啊？就是梦境研究室，也算是一种心理咨询吧，不过我们老板只接噩梦的单子。”

话音未落，孙之延就找萧婉扬要了咨询室的地址。

“靠谱吗？”孙之延问。

“靠谱……吧。”萧婉扬心里没底。

她看到孙之延的眼睛下有浓重的黑眼圈，估计他最近噩梦做得挺严重的，萧婉扬暗自判断着，但是没敢出声。拍摄工作又进行了四十分钟才结束，萧婉扬换了衣服，妆都没顾得上卸，拎着包就往地铁站跑，跑了没几步，就听到身后有脚步声，回头一看，孙之延跟上来了。

萧婉扬吓了一跳："干吗？"

"一起去吧？"孙之延说着，拿过了萧婉扬手里的包，"我帮你拿着。"

"别，我自己拿着。"萧婉扬毫不客气地从他手里夺回了自己的包。

地铁上，孙之延很疲惫地靠在座位上，萧婉扬看着他的样子，觉得他有点儿可怜。他的精神很萎靡，本来衣服穿得很有品位，现在却皱巴巴的，和他脸上的神情倒是很相配。人一般是在遭受到重大的打击时才会这样吧，虽然现在还不知道他遭受了什么打击。

萧婉扬不住地打量着孙之延，他却没什么反应，沉默地望着车窗外来回晃动的广告牌。说实话，孙之延的样子算是长得很帅的，公共场合应该会有不少女孩偷偷看他。

"是遇到什么事了吗？"萧婉扬还是没有抑制住好奇心。

孙之延摇摇头又点点头，不知道该不该对面前的女孩说。萧婉扬也感受到了他的纠结，就没再追问下去。不过在她看来，此人应该和之前的几位一样，噩梦的背后总会有个让人吃惊的故事。她虽然好奇，但是也不急于一时，到了研究室就会知道的。

两人很快就来到了咨询室，万东阳窝在咨询室里抱着一桶橙汁喝得正开心，看见萧婉扬进来，晃晃手里的草莓蛋糕："来得正好，一起吃。"

万东阳看到了一起进来的孙之延，从他的精神状态就可以判断出，这是要来生意了。但是看他脸上的表情似乎有些疑虑，应该是担心自己能不能治好他的噩梦，或者是担心这是个骗人的机构。万东阳就放任他自己去参观。

孙之延参观完，就坐在了咨询师的办公桌前。他面前摆了一块草莓蛋糕和一杯橙汁，旁边两位吃得非常畅快，还用一种“你怎么不吃”的眼神打量着他。被人看习惯的他也开始坐立难安，终于在两位的眼神下，低头吃了起来。

没什么主见，容易左右摇摆，会受周围人和物的影响改变自己的心意和判断。萧婉扬暗自想着，这种人做男朋友挺好，结婚的话，估计遇到婆婆和媳妇掐架时会很悲催。

想到这里，她的目光里带了点儿怜悯，让孙之延更坐立不安了。好不容易吃完了蛋糕，萧婉扬收拾了桌子出去了，孙之延才松了口气。

万东阳照例拿出本子来问他：“你都做了什么梦？”

“我……我梦到我照片里的人活了过来，每天晚上都会走到我的房门口敲门，然后钻进我被窝里……或者是，她从照片里走出来，抓着我的手……”

孙之延说着说着，脑海里浮现出那双白皙的手被烧成焦炭后一片一片剥落的样子，他一阵干呕，跑出去把刚刚吃的东西全都吐了。

“你梦到的女人很丑吗？”万东阳很不可思议地看着他。

孙之延摇头：“不，很美。”

“你结婚了？”万东阳指着孙之延的左手，上面虽然没有戒指，但可以看出无名指上有一道白色的痕迹。

孙之延沉默地点点头。

“你梦到的是你的太太吗？”

孙之延不说话了，万东阳转着手中的笔：“你既然是来咨询的，最好还是跟我说实话，我不会泄密，也不会谴责你。”

孙之延这才缓缓摇了摇头：“不，我梦到的是我的情人。”

3

从咨询室出来，孙之延还是心事重重，他捧着自己的相机，手指摩挲着机身，慢慢走向地铁站。萧婉扬看着他的背影，觉得心里怪怪的。

“老板，他做了什么梦？”萧婉扬刚才只听了一部分就在茶水间打盹了，所以大部分都没听到。

“他梦到他的情人被火烧了，每次出现在他面前时都是他记忆中最美好的样子，然后就会被火烧掉。他总觉得这梦不太好，预示着灾难，所以总是担惊受怕。”

“他为什么会做这样的梦？是因为做了这个梦而担心，还是有什么别的起因才会做这些梦啊？”萧婉扬觉得孙之延的说法有点儿不靠谱，万东阳对她露出赞扬的表情。

没有问出实质的东西，萧婉扬就去收拾房间，准备回学校，而万东阳则不再出声。他看着自己手中的笔记本出神，孙之延给他的信息少之又少，不太好判断他为什么会做这样的梦，他只是一直在讲这些梦，拒绝回答万东阳关于现实的提问。

“我是从半年前开始做梦的，刚开始是在宾馆里，我睡得迷迷糊糊，突然感觉到有个人钻进了我的被子，我吓了一跳，转头一看是她，我才放下心来，拥着她一直睡到天亮。后来我突然想起，她怎么会出现在我的房间里？我就问她怎么知道我在这里，她的脸突然就黑了，就像被火烧了一样……然后我就吓醒了，发现我身边根本就没人。”孙之延痛苦地回忆道。

“她和你在同一个城市吗？你们经常见面吗？见面的地点固定吗？”

万东阳问道，“也许能从里面找到端倪，比如说你们经常见面的地点发生了些什么，才会导致你做这些梦？”

“还有一个梦也是我经常做的，”孙之延好像没听到万东阳的问话，继续讲自己的，“我梦到我睡在她家，四面墙上都挂满了她的照片，我站在屋中央看照片的时候，她会突然从照片里走出来，穿着她最喜欢的沙滩裙，长长的裙摆几乎盖住脚背，她伸手抓住我的手，抚摩我的脸，紧接着就在我眼前化为灰烬，我也瞬间置身火海中。”

“哦？沙滩裙，你们去过海边吗？”万东阳又问，但是孙之延再次忽略了他的问话。

“每次做梦都以她被大火焚烧的样子结束，奇怪的是，我每次从梦中惊醒的时候都会听到门口有脚步声，那脚步声很熟悉，就是她的。脚步声停在门口就没动静了，我觉得她在等我开门。”

“虽然你一直没有回答我的问题，但是我还是问你一下吧，她还活着吗？”万东阳合上笔记本，眼睛直直地看向孙之延，“你不想说也没关系，就当这是一次心理倾诉，而不是咨询治疗。”

孙之延沉默了，过了好一会儿，他才开口说道：“她还活着。”

“你怕她死？”万东阳再次问道。

孙之延沉默了一会儿，没有回答。

万东阳却从沉默中知道了答案。有的时候，沉默就代表事实。

“你们当时怎么认识的？这个总可以说吧。”万东阳挠挠自己的下巴，把笔放在一边。

“当时我要参加一个摄影比赛，需要一个模特，要那种活力四射又带着点儿英气的女孩，可是到处找都找不到合适的。直到有一天，我接了一单婚纱照，那夫妻俩想在海边拍，我就跟着去了。在那里，我看到了她。她穿着一条天蓝色印着白色浪花的沙滩裙，赤着脚走在沙滩上，卷曲的头发没过耳际，笑起来有两个漂亮的酒窝，我一下子就被她吸引住了。我就去跟她搭讪，问她愿意不愿意做我的模特，她说她愿意。”

孙之延的表情变得甜蜜，是典型的恋爱期的神情。

“她叫什么名字？”

“我叫她小蓝，因为当初见面时她穿着一条蓝裙子。”

“然后呢？”

“她做了我的模特，那次比赛，我拿到了一等奖，奖金十万块，我分了一半给她，然后请她去吃饭，我们喝了点儿酒……然后……”

孙之延没有说下去。

万东阳本想问他们是不是相爱了，但是孙之延的表情却不再甜蜜，而是变得惊恐，甚至有点儿狰狞。

万东阳没有再问，孙之延也不想再说，他起身急匆匆地告辞了。

4

孙之延坐在自己的房间里，盯着手边的抽屉，里面满满的全是小蓝的照片，但是已经有些积灰了。

晚上妻子不在家，他一个人也不敢睡觉，想找部电影看个通宵，天亮了直接去摄影棚。那边布置场景需要一段时间，他可以补个觉——好歹摄影棚人多。

他打开了电脑，正在搜索电影的时候，手机响了，是一个未知的号码，他没有多想就接了。

“喂，您好。”孙之延职业性地问道。

对面没有人说话，而是发出一种嘶哑的呼吸声，是那种无法形容的声音，像是嗓子被撕裂后又堵上痰的感觉，听得孙之延汗毛全都竖起来了。他赶紧把手机丢在一旁，满脸恐惧地盯着手机，然而被他挂断的手机又不依不饶地响了起来，在寂静的夜里显得格外诡异。

“小蓝，求你了，放过我吧！放过我吧！”他痛苦地喊叫起来，抓挠着自己的头发，“我也没想到会这样，我是真的想娶你的，但现在我们已经不可能在一起了，你放过我吧！”他痛苦地嘶喊着，手机却没有丝毫停歇，一直响着。

小蓝确实是孙之延的情人，她也确实没有死。两人的相识也像孙之延说的那样，非常浪漫，像电视剧里男女主人公的初次相遇一样。如果孙之延不是已婚的话，想必他们会是一对非常完美的情侣。

小蓝原名钟映蓝，是个大学生，今年刚刚二十岁。暑假时她和同学一起来海滩度假。她看到了在那里拍婚纱照的孙之延，当时的孙之延虽然注意到了钟映蓝，但是并没有想太多，只是埋头拍照而已。没想到拍完收工的时候，钟映蓝来到了他的身边。

“你是摄影师吧？帮我拍几张照片可以吗？”少女微笑着看着他，小麦色的皮肤上，两个浅浅的酒窝格外招人喜欢。

“可以，你的相机呢？”孙之延点头答应。

“我没有相机。”钟映蓝笑盈盈地道，“但是晚上我可以请你吃饭。”

“我的写真套系都是五百起价的，美女。”孙之延看得出来钟映蓝是在跟他套近乎，但是他不明确钟映蓝的意图。

“好啊，我请客也可以是五百起价，只要你吃得下。”钟映蓝丝毫不退让，孙之延没有再坚持，直接点头示意钟映蓝摆姿势，钟映蓝露出一个得意的微笑，赤着脚走到了沙滩上，一回头，孙之延就知道他想要的模特找到了。

他们晚上确实是一起吃饭，不过请客的是孙之延而不是钟映蓝。钟映蓝的长相有点儿民族风，带着点儿英气，很少有女孩子的小麦色皮肤像她这么好看，还不失甜美。表现欲望强烈的钟映蓝也非常愿意做他的模特，两人一拍即合。

摄影棚里，钟映蓝穿着原始少女的服装，脸上涂着油彩，短短的兽皮下，纤长的腿一览无遗，她转头看着镜头，眼神里充满了好奇和与生俱来的野性。孙之延非常满意她的眼神，这个女孩子天生就带着野性，也像野兽一样掠夺了他的心。

孙之延已经结婚两年了，妻子是他的大学同学，叫郑雅柔，性格温婉，很贤惠，她是家中独女，生活无负担。孙之延曾经很喜欢她带给自己的温暖，然而随着他的事业越来越繁忙，天天在家里等他回家吃饭的妻子就成了他的负担。

“今天晚上回家吃饭吗，我做了你爱吃的红烧鱼……”孙之延和钟映蓝在饭店吃饭的时候，郑雅柔打电话过来了。放在以前，听到这句话，孙之延心里还会有些许愧疚，但是现在他只觉得厌烦。

“你自己吃吧，我不想吃，你就不能做点儿别的菜吗？”他刚挂了电话，碗里就被钟映蓝夹上了一大块红烧鱼。

“吃吧，你最爱吃的，这家饭店红烧鱼做得最好了。”钟映蓝笑盈盈地说道。

抓住男人的胃就抓住了男人的心，这句话没错，但是饭店的食物有时候比家常便饭更容易收买男人的胃。

钟映蓝的眼睛眯成了一条缝，像一只狡猾的小狐狸在看着自己的猎物，根本不怕他跑远。孙之延的心一阵悸动，伸手拉住了钟映蓝的手。

两个人开始了地下恋情，或者说公开的地下恋情，钟映蓝根本就不屑于偷偷摸摸搞地下恋，她要的就是高调秀幸福，她和孙之延恋爱了，那就让全世界都看到他们幸福。两个人合作了一系列的摄影作品，孙之延的名气越来越响，钟映蓝作为模特的身价也在暴涨。

两个人租了房子，过起了同居生活。然而有一天，钟映蓝开始接外面的其他摄影活动，甚至还有走秀，孙之延十分不满。

“我马上毕业了，多挣点儿钱难道不好吗？”面对孙之延的不快，钟映蓝是这么解释的，孙之延想阻止，但是想到两人只是情人关系，他管得太多难免会让对方不快，只好闭上了嘴。

这天，他来到摄影棚想取点儿东西，却发现钟映蓝衣着暴露地站在摄影棚中，身边是陌生的男摄影师在不停地拍摄，孙之延很诧异。

“你是什么人？”

“他和你一样，也是摄影师。”见孙之延来了，钟映蓝披上了外套，坐在那里喝水，那人见孙之延表情不善，也识趣地道别离开。

孙之延很不高兴，他坐在那里一言不发，钟映蓝却一点儿反应都没有，在一旁事不关己地喝着矿泉水，玩着手机。过了一会儿，她起身换好了衣服，问孙之延：“晚上吃什么？”

“……你煮点儿面条吃吧。”孙之延闷闷地说了一句。

“去吃重庆小面？”钟映蓝问，表情自然得好像刚才的事情没有发生过。

“我想吃你做的饭。”孙之延猛地站起来，把钟映蓝吓了一跳，但是很快钟映蓝笑了起来。

“只有我的老公才有资格吃我做的饭。”她笑着这么说。

孙之延终于决定离婚，他的心已经完全被钟映蓝占据了。

5

孙之延回到家，手里拎着郑雅柔最爱吃的蛋糕和零食，进屋时郑雅柔正在背对着他擦桌子，没有看到他，孙之延干咳了一声。

“回来了？”郑雅柔没回头，随意招呼了一声。

“嗯。”孙之延嗯了一声，把吃的放在茶几上，郑雅柔看到很开心，打开塑料袋就吃了起来。

“你好久没回来了，我今天刚刚去看了咱妈，她挺想你的，没事你去看看她吧。”郑雅柔一边说着一边打开电视，走到厨房去端饭。今天她穿了一套水绿色的家居服，头发松松地挽了一个髻，几缕发丝散落下来，落在脸颊旁边，虽然没有钟映蓝那种夺人眼球的美，也别有一番味道，孙之延踌躇了很久才说出口。

“我们……离婚吧？”

“开什么玩笑。”郑雅柔没当回事，把手里的红烧肉放在桌上，香气四溢的肉味袭击着孙之延的胃，他已经很久没吃过家常的饭菜了，他忙跑到厨房盛了一碗米饭坐在桌前狼吞虎咽起来。米饭的香味混合着红烧肉的滋味，让他一口气吃了两大碗。郑雅柔笑眯眯地给他夹菜，过了一会儿，她问他：“你刚才是说要跟我离婚吗？”

“我跟你开玩笑的。”他忙说道。

话音刚落，门铃就响了起来，郑雅柔要起身，孙之延忙按住她：“我去开门，你休息一下。”

打开门的瞬间，孙之延愣住了，他似乎听到了来自地狱恶魔的召唤。

钟映蓝笑盈盈地站在门口，穿着两人第一次见面时穿的蓝色沙滩裙，白色细高跟鞋，化了淡而精致的妆，站在楼道里看着他。

“嘿，我怕你孤军奋战，所以来和你一起了。”

孙之延离婚了，在他最不想看到的情况下。

当时的场面十分火爆，钟映蓝几次挑衅未果，干脆冲上去直接抽了郑雅柔一个耳光，两个女人尖叫着撕扯在一起，他根本就分不开。郑雅柔几次想向他扑过来，都被钟映蓝拽了回去，最后被钟映蓝挠了一脸伤。而钟映蓝看似狼狈，其实根本就没受什么伤害。这还不是最要命的，最要命的是两个人打起来的时候，大门没关，他光顾着拉架，也没顾上关门，门口已经站满了好事的邻居。

孙之延觉得自己的脸丢尽了。

郑雅柔带着一脸伤回了娘家，当天晚上孙之延就被自己的父母打电话来挨个训斥，喷了他个狗血淋头。第二天，郑雅柔的离婚协议书寄了过来，也拒绝接他的电话，一切毫无商量的余地。

孙之延以前虽然也想离婚，但这种局面根本不是他想看到的，幸好他没有固定单位，属于自由职业者，不然的话，估计连单位的大门都没脸进去了。

郑雅柔搬走的第二个星期，钟映蓝搬进了孙之延的房子，这是孙之延和郑雅柔两家人出钱买的房子，财产分割时郑雅柔要求分钱，房子留给了孙之延。钟映蓝像女主人一样带着一包一包的行李住了进来，睡在了孙之延的身边。

每天晚上，孙之延睁开眼睛，都会被身边的钟映蓝吓一跳，他习惯了郑雅柔的陪伴，但是时间久了，他也放弃了。

好歹钟映蓝和他也是有感情的不是吗？

这么想着，日子就那么过下去了，钟映蓝虽然不会做家常饭，也不太会做家务，但是胜在年轻又有情趣，所以两个人的日子过得也算是幸福。

这天，孙之延接到一个比赛通知，一家跨国公司招广告创意，以火焰为主题的女装系列，报酬很高。孙之延很喜欢这样的比赛，他准备和钟映蓝合作，拿下奖金，去国外旅游一番。孙之延为此颇费了一番脑筋，为了拍出最佳摄影效果，他在摄影棚里摆了真正的火盆。

钟映蓝身上涂着火焰图案的油彩，头发上坠着巨大的火红色的花朵做成的花冠，纤长的双腿赤裸着，带着层层叠叠的珊瑚珠，宛如一位火焰女神。

看着镜头前的钟映蓝，孙之延不后悔选了她，钟映蓝身上有一种魅力，让人一看到就会不自觉地沉溺其中。

“我想要的是慵懒的感觉，你的样子太犀利，或者说锋芒太过了。”今天孙之延想要钟映蓝展现出和以往不同的状态，钟映蓝有些不适应，她惯有的风格不是这样的，但她是模特，还是要听摄影师的要求。

“不对，不对，不对，这不是我要的那种感觉。”拍了几张之后，孙之延丢掉了相机，坐在一旁闷头抽烟，助理们都不知道说什么好，钟映蓝觉得有点儿下不来台。

“至于吗？只不过一时半会儿没找到状态而已。”钟映蓝从孙之延手中拿过那支抽了几口的烟放到自己唇边，火一般的唇膏配着姣好的唇型，让人忍不住想亲上一口，但是眼下孙之延没这个心情，那个比赛的日期很紧迫，他有点儿焦躁。

“你就没有办法展现出一种慵懒的感觉吗？”孙之延问，“就是那种刚刚从睡梦中醒来，半梦半醒的迷人状态。”

说这句话的时候，孙之延脑海里想到的是郑雅柔。

钟映蓝显然从孙之延的眼神里看出了些什么，她有些恼怒地起身叫来助理，耳语了几句，就上一旁补妆去了，过了一会儿，助理拿来了两瓶葡萄酒，钟映蓝夺过酒就喝。半瓶酒下肚，钟映蓝的眼神终于迷茫起来，有了孙之延说的感觉。

“太好了，太好了！”孙之延抓起相机开始拍，拍了几张之后，他觉得还不够，于是示意钟映蓝再多喝一些。

钟映蓝拿过葡萄酒直接对着瓶子喝了起来，但是因为喝得太快，呛到了自己，葡萄酒弄了她一身，画好的火焰图案也模糊了。钟映蓝有点儿失措，起身想去补妆，结果一个趔趄，撞倒了火盆。

火势瞬间在钟映蓝身上蔓延开来，为了让火焰产生孙之延想要的效果，火盆里放了些汽油，火盆倒下去的时候，火和汽油都溅到了钟映蓝身上，她瞬间变成了一个大火球。

“啊——”钟映蓝惨叫起来，孙之延吓傻了，他坐在那里半天都没动静，还是助理反应过来，跑到走廊里搬来了灭火器，喷向了钟映蓝。火光被泡沫吞没之后，钟映蓝的脸已经变成了黑炭。

6

孙之延闭着眼睛躺在床上，脑子里迷迷糊糊的，他不知道自己是睡着了还是在幻觉中游荡，但是他又听到了那轻快的脚步声，随后一股诡异的香味飘进了他的鼻孔。被火吞没的钟映蓝身上不就是这种味道吗？所以是她来找他了吗？

不可能！她不可能知道自己在哪里。

钟映蓝进了医院，全身大面积烧伤，而且非常严重，尤其是她的脸，几乎没有恢复的可能，就算借助整容手段，也需要数不清的金钱和大把的时间，就算一一完成了，结果也很难预料。

孙之延抛弃妻子后的第二个月，钟映蓝就毁容了，这对他的打击实在太大了。

但这种打击当然比不上钟映蓝受到的打击，她一向引以为傲的外貌变成了焦炭，每日都在痛苦中煎熬着。每次她都痛骂孙之延让她喝酒，曾经婉转动听的嗓音已经变得格外嘶哑，像锯子与枯木摩擦的声音，让人汗毛直竖。

受伤后的钟映蓝脾气变得极坏，她像魔鬼一般死死缠绕着孙之延，孙之延一分钟不在她的视线内都不行。一旦孙之延不见了，哪怕是上个厕所、接个电话，回来都能听到惊天动地的哭号。

孙之延烦透了。

每次钟映蓝一定要他说爱她并把她抱在怀里时，药膏和伤口混杂的味道都让他特别想吐。这样的日子他过了几天就受不了了。他的未来无限宽广，怎么可能被拴在这里，和一个面目全非的女人在一起？所以他走了，彻底离开了那个城市，改名换姓，和所有的朋友都断绝了联系，除了还在做摄影工作，其他的一切和以前的生活都没有交集。

刚开始他如释重负，觉得自己终于摆脱了钟映蓝，但是很快，他开始做梦，并且不管他咨询多少心理医生，这噩梦始终缠绕着他，几乎让他崩溃。

他曾经拐弯抹角地托人打听钟映蓝是否还活着，得到的答案是钟映蓝还在医院接受治疗。可是他的噩梦还在继续，于是他开始交女朋友，交很多很多的女朋友，试图替换脑海里她的样子，以期迅速地回到现实。但没有任何成效，他快要疯了。

一天，他再次从噩梦中惊醒，这次他梦到的不是始终微笑、充满诱惑的钟映蓝，而是坐在医院病床上的那个脾气暴躁的钟映蓝。

她带着一身强烈的糊味儿和刺鼻的药味儿出现在孙之延的枕边，那张被大火毁掉的脸凑到他眼前，用嘶哑的声音说："孙之延，我找到你了，你不要再离开我了。"说着，她的脸皮就掉在孙之延的床边，孙之延看着自己的床单被殷红的鲜血濡湿，根本不敢抬头看钟映蓝。

"你饶了我吧，求求你。"他喃喃道。

惊醒后，他全身都被汗浸透了。他回过头看着身边熟睡的女人，又是一副陌生的面孔，突然觉得很恶心。

他现在无比想念郑雅柔，那个温柔淡然的女子，可惜她早已不属于自己。

孙之延喘息着，觉得自己已经到极限了，他看了看睡梦中的女人，拿起一把水果刀走进浴室。他在一个本子上简单地写了几行字，说自己格外想念前妻，然后把本子丢在一边，用水果刀划开了自己的皮肤。他没觉得疼，反而有一种如释重负的感觉。

这时，门铃突然响了，他本不想去开门，可门铃声不停地响，床上的女人也被吵醒了，揉着眼睛喊孙之延去开门。孙之延只得起身去开门。

门开了，郑雅柔站在门外。

“我打听了很多人才找到你的住处，你吃了不少苦吧？我煲了汤，你喝点儿吧。”郑雅柔剪了短发，比以前看起来更精神些，人也比以前漂亮了，可是现在孙之延已经顾不得这些了。他一把把郑雅柔抱在怀里，几乎要哭出声。

但是紧接着，穿着睡衣的女人就打着哈欠从卧室里走了出来，看到抱成一团的两个人，突然尖叫起来：“孙之延，你这个浑蛋！”

郑雅柔猛地挣脱孙之延的怀抱：“不好意思，打扰你们的二人世界了。”说完，面无表情地拎着保温桶离开了。

孙之延呆立在门口。也许追出去就能留住她，可是之后呢？她能原谅自己吗？还能回到以前的生活吗？一切都变了，而造成这一切后果的正是自己。

7

三天后，孙之延再次来到梦境研究室，这三天里他跑遍了所有的心理咨询室，咨询室里的医生问的每一个问题都让他不知道该如何回答，他无法在别人面前展示自己的真面目。

最后他又想到了梦境研究室，那只是个研究噩梦的地方，他可以把自己的遭遇和经历当成噩梦讲出来，这样就不怕出问题了。

万东阳正好没有客人，看到他来了，也不感到意外，他对客户的研究还是很深入的。他笑着招招手，让萧婉扬拿咖啡过来，摊开自己面前的笔记本。

孙之延像竹筒倒豆子一般把自己的经历当成噩梦说了出来，因为内容太多、太长，又加了很多自己的修饰，当他全都说完的时候，已经灌下去三杯咖啡了。

“你的噩梦蛮有趣的，很真实，而且你也不避讳，梦里你真是……渣啊……”万东阳认真地说道，他低头看着笔记本上记录的故事。孙之延很惊讶，他讲述的速度还是很快的，没想到万东阳竟然还能全部记录在笔记本上。

“梦嘛，有什么好避讳的……”孙之延笑笑，一副不在意的样子，但眼神还是在偷偷打量着万东阳。

万东阳没有注意他的眼光，而是低头琢磨着自己的记录。

“我觉得单从梦来说，做这个噩梦的起因只是因为愧疚，没有其他的，而且你每次做噩梦都会梦到她漂亮的脸被烧成灰烬的样子，证明这个事情对你的打击很大，不管是她的美貌还是她的毁容，对你的影响都无比的沉重。”

“我只想知道怎样才可以不继续做这种可怕的梦了。”

“这梦里一定有你的心结，打开心结就好了，我觉得不是什么严重的事情。”万东阳的表情很轻松。

“胡说！我都快自杀了！”孙之延猛地一拍桌子，站起身来，把要进来送咖啡的萧婉扬吓了一跳，又端着咖啡出去了。

“为了一个梦和梦里虚构的人？”万东阳皱了皱眉。

孙之延愣了一下，马上反应过来，硬着头皮说道：“是啊，这个梦太真实了，简直和现实里发生的一样，我、我经常分不清现实和梦境。”

万东阳不说话了，一下一下转着手中的笔，看着孙之延，孙之延被看得心虚，又不得不强撑地抬头和万东阳对视。

“我有一个办法，梦里的事情还是在梦里来解决，你觉得怎么样？”万东阳笑笑，孙之延有些不解。

万东阳说：“我们回到你的梦中去，把你的心结解开。”

孙之延下意识摇了摇头，他不明白万东阳的意思。

“简单来说，就是催眠，让你到你梦里，把梦当成现实过一遍，也许你就能打开你的心结，虽然我只对噩梦感兴趣，但你明显有太多的事情没有告诉我，这样的话，我是没办法对你做出进一步分析的，不过你可以在我的帮助下去解决这件事情。”

“……梦的内容只有我自己能看到吗？”孙之延犹豫了好久才问道。

“是啊，我只是个梦境的带路人。”万东阳回答道，漂亮的下巴扬了扬，勾出一道优美的弧线。

“好！”孙之延一咬牙，点点头。

“不过，在开始之前，我想打个电话。”他想了一下，说道。万东阳点头表示可以，孙之延拿出手机，拨打了那个他记挂了无数次的电话——郑雅柔的电话。

电话响了很久，却没有人接，最后孙之延失望地挂掉电话，躺在了沙发上。

“算了……开始吧……”

反正在梦里也能见到她……那个一想到就让人觉得很温暖的女人……孙之延这么想着，完全忘记了他当时更加痴迷钟映蓝带给他的新鲜和刺激。很快他也不记得郑雅柔了，在万东阳的催眠下陷入了沉睡。

可是很快他又醒了过来，是被一阵敲门声吵醒的。他睁开眼睛看看四周，发现万东阳和萧婉扬都不见了，只剩他自己躺在沙发上。敲门声一阵急过一阵，他只得起身过去把门打开，门刚打开，一个女人就扑进了孙之延的怀里——是他的前妻郑雅柔。

她深情地说："我想好了，以后我们还在一起好好过日子，好不好？"

孙之延愣住了，要是在平时，他会非常惊喜，非常开心。但是现在他却茫然了，因为他不知道眼前的妻子是真实的还是梦中的。

他不知道现在的自己是在梦里还是在现实里。

8

尽管分不清，但郑雅柔的出现还是极大地抚慰了孙之延，他开始像一个大家公认的好丈夫一样，每天没有工作就按时回家，一有空就做家务，没事的时候就黏着郑雅柔不放。

郑雅柔还跟以前一样，温柔地对待孙之延，两个人好得跟刚结婚一样，钟映蓝似乎从未在他们的世界里出现过。

孙之延的摄影工作慢慢走上了正轨，他的精神状态好多了，钟映蓝很少出现在他的梦里，一切就像最初时那么美好。

他现在最喜欢做的事，就是收工回家后和郑雅柔一起吃晚饭，坐在阳台上聊天，有时候他会用相机给郑雅柔拍照，一张一张全是郑雅柔温柔的笑容。他从未觉得女人的笑容如此重要，能把他的整颗心都暖透。但是好景不长，有一天，他提前收工回到家，却发现郑雅柔刚刚梳洗打扮好，准备出去。孙之延很奇怪，郑雅柔每天都在家里等他回来，很少会在这个时候出去。

“我去看一个朋友。”郑雅柔说。

“男的女的？”孙之延急忙问，两个人虽然和好了，但是还没有领证复婚，他非常没有安全感。

郑雅柔笑了笑：“女的。”

“我陪你去吧。”孙之延不愿意让郑雅柔自己出去，他心底的不安让他觉得有必要去看个究竟。

“你去了可能会后悔哦。”郑雅柔笑道。

“不去才会后悔。”他打趣道，两个人一起拎着东西出了门。

上了出租车，两人并排坐在后座上，孙之延突然说：“我给你买辆车吧，以后出去就不用挤地铁了，既麻烦又受罪。”

郑雅柔摇摇头：“不用了，车什么的，我觉得不需要，有你就好。”

孙之延凑过去在郑雅柔脸上使劲儿亲了一口，郑雅柔羞得耳根子都红了，忙推开他。看着羞涩的郑雅柔，孙之延突然觉得女人还是含蓄点儿好，钟映蓝那种奔放热情的女孩子太轻浮了。

想到这里他又愣住了，为什么自己突然想起钟映蓝了？

出租车停在一个医院门口，郑雅柔下了车，静静地看着他。

孙之延觉得有点儿不对劲儿，这个医院好像在哪里见过，但他又确实没来过。他有些犹豫地下了车，跟着郑雅柔走进了医院的病房区。

病房门一推开，孙之延傻了，坐在里面的人竟然是钟映蓝！虽然她的脸上裹着厚厚的纱布，但是她的身形、她的一举一动、她的声音、她习惯性的小动作，他简直熟悉得不能再熟悉了。

孙之延心里“咯噔”一声，他转身就想出去，却被郑雅柔叫住。

“你过来，我给你介绍一下，这是我之前在医院认识的一个姐妹，叫小婷。”

小婷？孙之延疑惑地回过头来。

什么小婷？！这个女人从头到尾、从头发丝到脚指甲，都是他认识的钟映蓝，就算是挡住脸，他也能一眼认出她来。

“小婷，这是我丈夫孙之延。”郑雅柔丝毫没有察觉到孙之延的异样，还亲热地拉着钟映蓝的手说着话，“这段时间我比较忙，也没来看你，你怎么样了啊？”

“我很好。”钟映蓝用她那嘶哑的嗓音回答道，“姐夫好。”

“我，我去抽根烟。”孙之延强作镇定地点点头，找了个借口出去了，一直走到没人看到的角落，他才放松了一些，大口地喘起气来。他擦了一把头上的汗，才发现自己的衬衫也湿透了。

他千方百计想要躲开噩梦，现在确实躲开了，但是那个女人呢？竟追到现实中来了！还像之前那样强势地冲入了他的生活！不同的是，这次他一点儿都不享受，恨不得直接冲进病房去把郑雅柔拉出来，告诉她以后离这个女人远远的，最好永远都不再见面。如果可以的话，他可以带着她远走高飞，离这个可怕的女人越远越好。

可是他不敢，因为这样郑雅柔就会问他为什么，还会问这个女人是谁。

这会撕裂两个人刚刚愈合的裂痕，而且郑雅柔很善良，他这么无情无义地对待钟映蓝，她会不会因此放弃他？

无情无义……他被自己脑海里冒出来的词吓了一跳，但是很快就释怀了。换了谁都会这么做的，毕竟是这个女人毁了自己的家。

他一直在胡思乱想，直到郑雅柔和钟映蓝聊完天出来找他，两个人手拉手回家。郑雅柔没有一丝异样，而孙之延也逼着自己表现得跟平时一样。两个人一起去菜市场买了菜，腻歪了一会儿，郑雅柔去厨房做饭，孙之延则在客厅看电视。但此刻的孙之延根本没心思看电视，他满脑子都是钟映蓝，她简直就是个地狱里爬上来的恶魔，不把他拖入深渊就不会罢休。

怎么办？怎么办？他焦急地想着。厨房里飘来了饭菜的香味，郑雅柔在愉快地哼着歌，自从离开了钟映蓝，孙之延已经很久没有过得像现在这样安稳了，他无比珍惜现在的日子，绝对不允许有人破坏。

手机突然响了，打断了他的思绪，他拿起手机一看，是个未知号码，他已经很久不接未知的电话了，但是这次他有种不祥的预感，还是接通了。

“喂……”

“嘻嘻嘻……”一阵嘶哑的笑声从电话那边传了过来，孙之延一个哆嗦，手机掉在了地上，但还是能隐约听到手机那边的笑声。

那是来自地狱的声音——钟映蓝的笑声。

9

郑雅柔怀孕了，她决定跟孙之延复婚。孙之延无比兴奋，他等待这一天已经很久了，他迫不及待地想回到曾经的幸福生活中。但他又犹豫了，因为郑雅柔开始频繁地出入医院探望钟映蓝，两个人的关系越来越好。

“她也是个可怜人，父母离婚，各自组成家庭，现在被烧成这样，一个来看她的人都没有。之前我发高烧去医院时，她一个陌生人，还是个病人，一直帮我跑前跑后的，一看就不是坏人，就是命不好，我能帮她就帮帮她。”

“……她主动接近你的？”

“是啊，我当时去医院烧得迷迷糊糊，身边也没有人。她看到了就主动帮我挂号排队，还陪我输液，我输了一个礼拜的液，她就陪了我一个礼拜。”

郑雅柔对钟映蓝有很明显的好感，这是孙之延最不愿意看到的。

“可是你没想过，有的人想从你身上拿到一些好处时，就会先付出给你看，你不怕遇到这种人？你怎么确定她接近你不是别有用心？”

“我当时的样子憔悴得像个中年妇女，衣服也好几天没换了，一看就不是什么有钱人，她能图我什么？你想得太多了。”

孙之延不说话了，郑雅柔这人心眼儿好，轻信人，从来不相信世界上有那么丑恶的人和事，即使自己出轨也没改变她的善良。这是好事，他当初就是因为这一点才和她在一起的，但是现在这个优点却让他头疼万分。

“好了，不说了，你摸摸我的肚子，猜猜咱家孩子什么时候才会开始踢我？”郑雅柔一脸温柔地看着孙之延，孙之延心里涌起一阵幸福感，他把手轻轻地放在郑雅柔还未显怀的小腹上，幻想着孩子出生时的样子。

晚上，他给自己所有的朋友都打了电话，说最近会疯狂接单，价格稍微低一些也没关系，他要开始给孩子攒奶粉钱了。

他想为郑雅柔做点儿什么，以弥补自己过去的错误。当然，他也想借此麻痹自己，不要再想钟映蓝的事情，既然钟映蓝没有拆穿自己的身份，那么她暂时应该也不会对自己怎么样吧。

郑雅柔怀孕三个半月的时候，钟映蓝出院了，此刻的孙之延正在拼命地接单挣钱，每天都拖着一副疲惫的身躯回家，并且倒头就睡，郑雅柔就很温柔地帮他换上睡衣，盖上被子。

“辛苦你了，老公。”她每次都这么温柔地对孙之延说，而她的温柔正是孙之延的动力，孙之延觉得自己被善良的郑雅柔救赎了，自己开始变成一个好丈夫了。

两人商量过几天就复婚，把结婚证领了。这天孙之延还特意早早地起床收拾好，去厨房做了早餐，但是当他端着饭菜来到客厅时，却呆住了。

钟映蓝坐在客厅里，背对着他，郑雅柔正在给她倒水。

“这……这是怎么回事？”

“小婷出院了，听说咱们要复婚，特意来看看，还带了好多好吃的，都是我爱吃的。”郑雅柔笑嘻嘻地说道，而钟映蓝则回过头来看了孙之延一眼，她的脸上还缠着厚厚的纱布，看不出是什么表情，但是孙之延知道，她脸上一定满是讥讽和复仇后的得意。

孙之延僵硬地走过去：“谢谢你，吃早饭了吗？要不要留下来吃？”

“不用了，我在这里吃饭要摘下绷带，我怕吓到你们，尤其是吓到孩子。”钟映蓝嘶哑的声音在孙之延心里戳了几个血窟窿，他真害怕钟映蓝会说出自己的身份，把他抛弃她的事实全都告诉郑雅柔。

然而钟映蓝没有，她没有跟孙之延多说一句话，只是每天都来陪伴郑雅柔，还帮她做饭、洗衣服，做一些自己力所能及的事情。孙之延每天回家，都看到郑雅柔被照顾得好好的，满面红光，穿着干净整洁的家居服坐在电视机前吃水果，家里也被收拾得整整齐齐。

孙之延不知道钟映蓝打的什么算盘，为此，他也不敢复婚，日子一天天拖下去，郑雅柔问他复婚日期时，他总说下个月。他害怕钟映蓝会在自己复婚的那天做什么疯狂的事情，到时候一切都会无法挽回。

他要保护郑雅柔。

这天，他特意早早回来，发现郑雅柔在沙发上睡着了，双手放在肚子上，脸上是甜甜的笑容。孙之延看了一眼沉浸在幸福中的妻子，心里却很不是滋味。他听到卫生间有动静，就走了过去，推开门。

钟映蓝正在那里洗衣服，从背影看，她还是那个窈窕美丽的钟映蓝，但是孙之延知道，她的脸已经毁了，再也回不到过去了。

“小婷。”他喊了一声。

钟映蓝回过头看了他一眼，用嘶哑的声音说道：“姐夫，你回来了。”

孙之延突然冒出一股火气，他走过去一把拽过钟映蓝：“钟映蓝，你葫芦里卖的什么药？为什么你一定要死死缠着我，破坏我的幸福？”

钟映蓝没有说话，而是静静地看着他，孙之延被她看得心虚，不由得松开了手，喃喃道：“你……你到底想要什么？”

“我要你和我一样，尝尝失去一切的滋味。”钟映蓝冷静地说，这句话已经在她心里隐藏了太久了。她笑了起来，那笑声让孙之延不寒而栗。

“我求求你不要破坏我的幸福，好吗？！”

“那我的幸福就一文不值吗？”钟映蓝问。

孙之延无法回答她，过了半天才憋出一句：“你都已经这样了，何必再拖别人下水……”

他的话让钟映蓝愣了一会儿，但她很快又笑了起来，那声音不只是难听，还让孙之延无地自容。这种感觉在他离开钟映蓝的时候也出现过。他逃出了洗手间，久久不敢回头。

从那天起，他每天都工作到深夜，确定钟映蓝离开了自己家后才敢回去。他拒绝再和那个魔鬼般的女人有任何交集。然而一个月后，他在摄影棚拍摄一组写真时，接到了郑雅柔的电话。

郑雅柔哭得撕心裂肺，说话断断续续的，但是孙之延还是听清了她的话。

“老公，孩子、孩子没有了……”

10

郑雅柔静静地躺在病房里睡着了，脸色苍白得如同医院里那些白色的被褥。孙之延第一次看到如此脆弱的郑雅柔，就算是两个人闹离婚时，郑雅柔也一直尽力维持着过去的温婉形象，这次她是真的崩溃了。

他冲进病房一把抱住郑雅柔，郑雅柔一句话都说不出来，一直哭，孙之延怎么劝都劝不住，最后还是医生给郑雅柔打了镇定剂，她才安静下来。

孙之延受到了极大的打击。当父亲的梦碎了，他晃晃悠悠地坐了下来，看着昏睡的郑雅柔喘息了好久。突然，他听到房间角落里有动静，就猛地转过头，发现钟映蓝静静地坐在那里，刚刚发生的一切都被她看得清清楚楚。

是钟映蓝送郑雅柔来的医院，听医生说，要是再晚一点儿，郑雅柔也会有生命危险。孙之延看着她缠满绷带的脸，心里五味杂陈。

“是不是你做的？”孙之延问道，“她天天待在家里，怎么会突然……”

“是不是我做的？就算我说不是，你也不会相信，我又何必多费口舌呢？”钟映蓝很淡定。孙之延了解她，她既然这么说，那应该不是她做的，他松了一口气。

“对不起，我——”

他话还未说完，钟映蓝突然发出了惯有的嘶哑笑声：“她真是太走运了，不过这个时候出事不是我想要的，我本想让你这辈子都没有机会再见到他们母子俩，可惜了。”

“什么？”孙之延愣住了。

“我说我这辈子都不会放过你，我会一直死死缠着你，直到你对生活失去希望，直到你失去一切。只要你的妻子还愿意和我在一起，你就摆脱不了我。”

“你——我不会让你这么做的。”孙之延的话有气无力，连他自己都不相信自己有能力阻止她。

“你直接去跟你妻子说，告诉她我是谁，告诉她你和我曾有什么关系，我为什么要报复你，再说说我们是怎么走到今天这一步的。你对我说过那么多甜蜜的情话，如果不是你离开得那么决绝，我还觉得情话这东西可以当真呢，现在看来，是我太天真了。”钟映蓝说着站起身来，大火虽然夺去了她的容貌，但她的身段还在，她静静地站在夕阳的余晖里，身影美好得像一幅画。那一瞬，孙之延有些恍惚，之前和她经历过的种种到底是不是真的？

但就在这时，钟映蓝轻轻地拆下了脸上的纱布，露出了那张被大火毁得惨不忍睹的脸。她的脸布满了伤疤，那些疤痕把她的脸挤成了奇怪的形状，鼻子几乎被烧没了，只留下两个黑黑的窟窿，破碎的嘴唇也无法遮住她所有的牙齿。

孙之延胃里一阵翻腾，呕吐了起来。

“看看这张脸，它就是我让你下地狱的誓言。”钟映蓝语气里积满了仇恨，孙之延不敢看她的脸，趴在地上不停地干呕着。

“你知道自己的孩子长什么样吗？我知道，我看到了。哈哈哈……”

孙之延拔腿就跑，他要离这个病房远远的，躲开这个魔鬼。

他在自己暂时租下来的摄影棚窝了一夜，但是这一晚他睡得很不踏实，郑雅柔醒来之后疯狂地打他的手机，他全都挂断了，把手机关机，丢在了一边。他反复梦见钟映蓝出现在他枕边，梦见郑雅柔一身鲜血、一脸哀怨地看着他。

“你为什么不告诉我小婷就是你的出轨对象，还任她留在我身边？”他几次从梦中惊醒，想给郑雅柔打电话，却又害怕听到这样的哭诉和指责。他已经承受不了任何指责了，他现在虚弱得快要散架，再多一点儿压力就要彻底崩溃了。

清晨，当他终于要睡着的时候，摄影棚的大门被打开了，一个绑着马尾、穿着白色运动套装的少女走了进来。

“不好意思，今天摄影棚轮到我们用了。”少女走到孙之延面前轻快地说道。孙之延这才想起来，摄影棚的租期今天已经到期了，现在另外一个工作室要使用了。

他马上爬起来。

“对不起，昨天我家里有点儿事，就睡这里了，我马上收拾东西离开。”

少女上下打量了他一会儿，突然一拍手，指着他道：“我知道你，你是那个有名的摄影师，叫什么来着……孙之延？”

孙之延愣了一下，少女长得很漂亮，大眼睛，高鼻梁，瓜子脸，窈窕的身形裹在紧身的运动衣里，衬出美好的线条，全身都散发着活力和朝气。

“你是哪位？怎么认得我？”

“我叫璐璐，今年刚开了工作室，这是我们第一单生意，我心里还挺没底的，正好遇到你了，你能不能帮帮我？待遇从优啊。”璐璐调皮地眨眨眼睛，对他笑道。

“好啊，反正我今天也没什么事。”孙之延迅速扯了个谎，站起身来。“我去洗个脸。”他这么说了一句，就跑到了化妆间。化妆间里面还没有人，他打开水龙头冲洗疲惫的脸，抬起头来时突然愣住了。

他几乎都不认识自己了——镜子中的人脸色糟糕得可怕，眼下是大大的眼袋和严重的黑眼圈，一夜噩梦折磨得他格外憔悴，加上一脸的胡茬儿，他分明还不到三十，可现在看上去几乎是四五十岁的样子。

曾经那个意气风发的摄影师哪里去了？孙之延长叹了一口气，仔细地洗了脸，还在化妆间找到一个半旧的刮胡刀，可能是哪个男模特留下的吧。他尽量打扮得整齐了一些，然后才走出了化妆间。

璐璐正在一个人搭建背景，不过女孩子搬那些道具的确很吃力，孙之延走过去帮她，两个人很快就把摄影棚布置好了。

“谢谢你啊，等会儿请你喝饮料。”璐璐笑着拍拍他的肩膀。

“不用了，这点儿小事。”孙之延笑了笑。璐璐身上有一种能让他安定下来的东西，他刚才还烦躁不安的心很快平静了下来。他随口找了个话题，问：“怎么你一个女孩子来摆这些东西，你的助理呢？”

“新开的工作室，哪有助理，还没挣钱呢。”璐璐笑了起来，孙之延也跟着笑了起来，璐璐的话让他想到了自己刚开始学摄影的时候，也和璐璐一样，舍不得花钱请助理，一切都是自己亲力亲为，有时候郑雅柔也会来帮忙，才慢慢熬过了那段苦日子。

怎么又想到她了？脑海中出现的郑雅柔让孙之延感到一阵焦灼。正在这时，一个凉凉的东西贴到了他的脸上，他回过神来，发现璐璐正拿着一瓶冰镇的可乐贴在他的脸上，他感到一阵惬意。

“谢谢。”

“快喝吧，一会儿人来了就要干活了。”

“你什么时候买回来的？便利店好像很远啊。”他不禁好奇地问道。

“百米冲刺嘛，我最擅长了。”璐璐摆了一个跑步的姿势，笑了起来。

这样美好的一个女孩安抚了孙之延的心，很快，他的心开始狂跳起来，因为璐璐说了这么一句话。

她说：“你知道吗，我一直很喜欢看你的摄影作品，我是因为你才选择了摄影师这个行业，你是我的偶像。”

璐璐接着说：“没想到你本人比你的摄影作品还有魅力。”

11

孙之延回到家时已经是第二天了，那天他和璐璐拍完写真之后去吃了夜宵，又去 KTV 唱了一个通宵的歌曲。

璐璐是个活力四射的女孩子，和她在一起，孙之延觉得自己仿佛也有了用不光的活力，而且这么有才华的女孩子竟然是他的崇拜者！

当天拍摄时，她的很多想法和角度都是孙之延没有想到的，这个女孩以后绝对会火，只不过现在她缺乏一点儿自信，客户提出疑问时，她不会向客户解释，而是马上道歉，按客户的想法来。

璐璐唱着歌向他靠了过来，突然低声问道："孙老师，你有女朋友吗？"

"不，没有。"他回答道。至于他为什么要撒这样的慌，连他自己也说不清，此刻的他急需摆脱现实生活带给他的痛苦。因此璐璐的嘴唇贴上来时，他没有拒绝，一秒钟的犹豫都没有，他就揽住了璐璐纤细的腰。他需要这样一种温暖来驱散他的烦恼。

第二天，孙之延带着通宵的疲惫回到了家，发现郑雅柔不在，这才想她还在医院。他打车去了医院，郑雅柔已经可以坐起来了，钟映蓝正在喂她喝粥，一看到孙之延，郑雅柔的眼圈就红了。

"别哭，当心身子。"孙之延一阵厌烦，又不得不耐着性子哄她。郑雅柔乖巧地点点头，靠在孙之延身上："昨天我给你打电话你怎么不接？还关机了。"

"我昨天在摄影棚收拾东西，结果累得睡着了，你打来的电话就没听到，后来手机就没电了。"说谎已经演变成孙之延的条件反射了。他从钟映蓝手里接过粥，继续喂郑雅柔，钟映蓝的眼睛里闪过一丝诧异，但是她没有说什么，又坐了一会儿就起身离开了。

孙之延想，自己不怕她了，她一定很诧异。

他最在乎的是郑雅柔，他不想让郑雅柔知道自己和钟映蓝之间后来发生的事，但这一切的前提是他怕失去郑雅柔。

现在，他不怕了。郑雅柔不知道他的心理变化，还在吃着他喂给她的粥。虽然身心受伤，但现在也是温暖的，因为她的男人还心疼着她，不枉她原谅了他曾经的绝情。

“你最近工作还是很忙吗？”喂完粥，孙之延拿起手机和璐璐发微信。郑雅柔不习惯被他冷落，就找了个话题。

“是啊，从你怀孕起就在忙。”孙之延的眼睛一直盯着手机。

“可是……你现在能不能多陪陪我？”郑雅柔有点儿委屈，她觉得孙之延好像跟以前不一样了。

“好。”孙之延简短地回答道。

“你……你不想知道是怎么回事吗？你怎么一直都没问我？”郑雅柔又问道。

孙之延有点儿不耐烦地抬起头，但看着她苍白的脸，心里还是涌起了一阵疼痛，虽然这心疼转瞬即逝。他把手机放在一边道：“我当然想知道，但是我不敢问，怕你伤心。”

话音刚落，郑雅柔的眼泪又落了下来，孙之延只得拍着她的肩膀，说了一些安慰的话。

等她不哭了，孙之延才开口道：“你到底要不要我问啊？我不问你不高兴，问了你又这样。”

“我……我看到了小婷的脸……我吓坏了，转身要跑，结果从楼梯上滑了下来……当时就流了好多血。”

“你看到她的脸了？！”孙之延惊了一下，他脑海里立刻浮现出那张恐怖的脸，那张连他都不敢直视的脸。

“嗯……而且那天我迷迷糊糊地听到了你和小婷的对话，她说她要让你下地狱……老公，小婷她……是什么人？”

她一问出这句话，孙之延就下定决心再也不要见到她了。随后几天中，郑雅柔仍在住院，他回家收拾了自己所有的东西离开了，只给郑雅柔留了一封信。他在信中说了钟映蓝的身份以及曾经的种种，还表示自己非常无奈。

这次他离开郑雅柔，和他离开钟映蓝时一样决绝，不同的是，这次的他没有一丝愧疚，反而非常庆幸，庆幸自己终于摆脱了这个奇怪的三角关系——每天夹在郑雅柔和钟映蓝中间演戏实在太痛苦了！他在外面租了房子，和璐璐确定了男女朋友关系。

12

他和璐璐的工作室签了约，两个人天天腻在一起，还一起出去接活。璐璐的才气让他十分欣赏，但他并没有过多地夸奖璐璐，他不想让璐璐知道她的天分远远地超过了他。

璐璐对这些不以为然，她每天都过得很开心。她觉得自己的工作室越来越红火是因为孙之延的加入，便对孙之延越发地崇拜。有时候，两个人一起拍摄出的作品，孙之延直接署了自己的名字，璐璐也没什么意见，她觉得这些活儿都是靠着孙之延的名气才接来的。

璐璐的绝对信赖和崇拜给了孙之延前所未有的青春活力，他觉得自己似乎回到了二十岁。他对璐璐越发地好，几乎百依百顺，比对怀孕时的郑雅柔还要好。

有一天，摄影家协会要举办一个摄影展，业界很多摄影师都把自己的作品寄了过去，希望能在展览上占一席之地。孙之延也参加了，他寄出的作品是他和璐璐合作拍摄的，但他只写了自己的名字。

“这没什么，我只是不想失去她的崇拜罢了。该给她的钱和爱情，一分都不会少，我只是怕她离开我而已。”

孙之延这么催眠着自己，把作品寄出了。

没几天，璐璐气冲冲地回到家，把一封邀请函摔在桌子上。

“怎么了？”孙之延很奇怪。

“摄影家协会的邀请函！很多业界的大师都会参加，但只给你发了邀请函，没有我的！很多作品都是我们一起拍的，你送去参赛的也是我们两个人的作品，怎么只请你一个人啊？”

“哦，是不是他们名额满了，而我比你入行早，所以——”

“那也不能这样欺负人！”璐璐嘟囔道。

为了哄璐璐开心，孙之延下了血本，又是烛光晚餐，又是金银首饰，花了不少钱才把璐璐哄高兴。他倒不是心疼金钱，毕竟璐璐带给他的比金钱有价值多了。

摄影展当天，他打扮得利利索索、干干净净，璐璐嘟着嘴把他送出去很远，才闷闷不乐地回去。孙之延决定回来之后就带她出去旅游，散散心。

摄影展上精彩的作品非常多，但最出彩的就是孙之延交上去的作品。那是璐璐主拍的一组照片，主题是“他爱谁”，照片上是四个风格完全不同且神情各异的女人。

第一个女人是个中年女子。她的神情很疲惫，头发散乱，衣着朴素，但是脸上写满了温柔。她的手轻轻地抚着自己的脸，她的手曾经很美，现在却布满了老茧，无名指上有一圈白色的痕迹——她戴过戒指。

第二个女人是个精明干练的白领。她那乌黑的头发梳得紧紧的，在脑后盘了一个髻，脸上的妆容精致又利落，身上穿着职业套装，脚下踩着一双足有十厘米高的高跟鞋。她正坐在办公室的椅子上，眼睛望着外面林立的高楼。

第三个女人是个很文艺的少女。她穿着一条白色的亚麻裙子，脚上是软软的棕色学院风皮鞋，头发披散在身后，空气刘海儿有一种随意的美，纤长、白皙的脖颈上挂着一条鱼骨项链，虽然不能让人惊艳，却别有一番味道。

第四个女人也是个少女，十八九岁的样子，剪着普通的童花头，看起来很干净，脸上没有一丝忧虑。她穿着普通的吊带衫和牛仔短裤，正站在阳台上浇花，阳光下，她的笑容灿烂得像一朵盛开的向日葵。

这四个形态各异的女人在璐璐的镜头下表现出了截然不同的魅力，各种各样的表情拼凑在一起，形成一个完美的世界，几乎每一个观众都能从照片里读出一个故事。

这就是璐璐的才华，连孙之延都自叹不如。但是璐璐太优秀了，他不敢给她太多机会来表现自己，因为这样风险太大了，他抛弃郑雅柔换来的美好生活很可能马上就会消失不见，所以他必须提早把这只雏鹰的翅膀折断，把她圈养在自己的小世界里。

这组作品让孙之延在摄影展上名声大震，当即就接到了几个价格不菲的工作，还收到几个一线明星的联系方式。孙之延很得意地离开摄影展，准备带璐璐去庆祝一下。

但他进门的时候，却看到璐璐冷着一张脸，他走过去想搂住她，却被她躲开了。

“怎么了？闹什么脾气呢？”孙之延问道。

“你解释一下。”璐璐拿出手机，找出几张照片给孙之延看。孙之延愣住了，那是璐璐拍摄的那一组照片，上面只有孙之延的署名。

“朋友参加摄影展的时候拍下来给我看的，这是怎么回事？”璐璐再次问道，孙之延张了张嘴，却无话可说。

璐璐抓起一杯水泼在了孙之延的脸上：“垃圾！”说罢转身离去，“砰”的一声关上了门。

孙之延没有解释，也没有再去找璐璐，他了解璐璐的性格。好在他已经有了几个大单可以去拍，还有了不少人脉。这种想法冒出来的时候，他自己也吓一跳，这还是那个原来充满激情和梦想的年轻人吗？究竟是什么让他变得如此功利？

这天他正在给客人拍照片，但是怎么拍对方都不满意，他们觉得孙之延在敷衍他们，因为他拍照的水准比摄影展上的作品差远了，几经解释，对方才答应不撤单，明天再继续。然而第二天他来到摄影棚的时候，却发现所有的人都在怒视他。

“那作品根本就不是你的！骗子！”

孙之延目瞪口呆，他本来还想辩解，但对方拿出了璐璐在网上发的声明，他哑口无言了。璐璐找了很多人做证，包括那些照片上的模特，他根本无可辩驳。他颓然地张了张嘴，什么声音都没发出来，只得慢慢地转身，拿着他的相机离开了摄影棚。

在失去了所有女人之后，他连自己赖以生存的工作也丢了，这件事情一曝光，他就算是臭名昭著了。

今天是他三十岁的生日，他没有女人，没有工作，身败名裂，连一个可以说知心话的人都没有。他又想起郑雅柔，但这个时候他已经没脸给郑雅柔打电话了。他买了几罐啤酒，坐在一栋大楼的楼顶喝了起来。几罐啤酒下肚，他实在是想听听郑雅柔的声音，就拨通了郑雅柔的电话，然而接电话的却是一个男人。

“请问是哪位？小柔现在在洗澡，等她洗完我让她给你回过去。”

“你，你是……”

“我是她老公。”

“哦。”孙之延挂掉了电话。

“果然，该来的总是会来的……”他喃喃道，然后站起身，跨过那道护栏，然后深吸一口气，从天台上一跃而下。

一切归于平静，除了马路上的行人发出的惊叫声。

13

她缓缓地睁开眼，面前是苍白的天花板。她恍惚了一阵，转了一下僵硬的脖子，发出轻微的声响。离婚后，她颓废了一段时间，身体就开始有这样那样的毛病，颈椎病也严重起来。她艰难地坐起身来，活动了一下脖子和肩膀。

萧婉扬给她端了一杯冰镇的柠檬汁，她一口气喝下去，过了很久才回过神来。研究室的空调呼呼地吹着，屋里是很凉爽，她慢慢平静了下来。

刚才的梦并不是孙之延的梦境，而是郑雅柔的梦境。现在的她正面临着艰难的抉择，和钟映蓝分手的孙之延想回到她身边，但是他为何和钟映蓝分手，他们之前发生了什么，郑雅柔统统不知道，孙之延也不告诉她。她还爱着这个男人，却怎么也开不了口同意复婚。

“为什么我的梦里……他是这样的？”郑雅柔看起来很受打击。

“这就是他在你潜意识里的样子，你不停地说服自己，让自己觉得他是个好男人，但其实这些话你自己都不相信。”坐在办公桌前的万东阳在纸上涂抹着什么。

“怎么样？下定决心了吗？”

她犹豫了：“可是……临死前，他还是想到了我……”

“你还是下不了决心啊，尽管你的内心已经不相信这个男人了。”万东阳摇摇头，“算了，我们只管做咨询和催眠的工作，其他的决定还是要你自己来做的。”

郑雅柔一直低着头不说话，付款后匆匆离开，一句话都没有留下。

“陷入爱情中的女人啊……”萧婉扬看着她的背影感叹道，“那个男人真的不可信吗？”

“孙之延也在我们这里做咨询，我只不过把他做过的梦再给郑雅柔演一遍罢了，他一辈子都认识不到自身的问题，女人是他遇到困境时的唯一救赎，不管遇到什么挫折，只要有新的女人出现在他身边，他就恢复活力，勇往直前地继续坑人。”

“渣男……”萧婉扬撇撇嘴，“你就该让他继续做噩梦，一直做到死算了。”

“他现在已经顾不上做噩梦了，但是比天天做噩梦还痛苦。”

“为什么？”

“他爱上了自己梦中遇到的璐璐，坚持认为璐璐是真实存在的，所以现在在拼命寻找她，所以郑雅柔纠结是否复婚没什么意义了，对方已经改变了主意。”

“梦里的人怎么可能真的存在呢？”萧婉扬不止一次听万东阳说起这个话题，她一直以为这是在开玩笑。

然而万东阳却认真地看着她：“我就在梦中见过一个女孩，她救了我一命，从此把我拖进了无尽的深渊……我一直在找她。”

萧婉扬不说话了，她转过头不想看万东阳，但是万东阳突然一把拉住她的手，把脸凑了过来。他完美的五官越贴越近，长长的睫毛几乎要扫到萧婉扬的皮肤，萧婉扬的脸瞬间就红了。

万东阳只是对她说：“你摸摸我的手，冷吗？”

万东阳的手冰凉冰凉的，和那天萧婉扬不小心摸到的一模一样，像个死人。为什么会这样？她的大脑没有思考，就下意识伸手抱住了万东阳。

万东阳愣了一下，但是他没有挣脱，他的身体很冷，似乎也需要一个人来温暖他。

“我每天晚上都会在冰天雪地里醒来……”万东阳说道，“很冷……很黑……我的身体在流血……”

萧婉扬只觉得心疼。

房间里气氛正好，但这气氛很快就变了味道。

“我在梦里寻找一个人，找了很多年，还是没有找到，夏夏和我一样，也在找她。”

又是胡夏夏，她根本就不是单纯的助理吧？

萧婉扬想着，猛地松开了手，后退了一步。

万东阳有点儿没回过神来，他转头看着萧婉扬，好像想要问什么，萧婉扬慌忙岔开了话题。

“找人，天天在这里怎么找，那……不是应该登寻人启事，或者和夏夏一样出去找吗？”

“无所谓的，因为她只存在于我的梦里，就像孙之延的璐璐一样。”

几天后，报纸和网络上出现了孙之延的死讯，如同梦中一般，他选择了结束自己的生命，因为郑雅柔拒绝了他的复婚请求，而他最终也没有找到他的璐璐。

“他只是去梦里找璐璐了。”万东阳只说了这么一句话。

萧婉扬突然很担心，她有点儿害怕，怕有一天万东阳也迷失在他自己的梦中，结束他的生命去寻找梦中的人。

“发什么呆，煮咖啡去。”万东阳敲敲桌子，惊醒了一直盯着他发呆的萧婉扬，萧婉扬红着脸跑了出去。

窗外阳光正好，也许一切没那么糟糕，看着对她微笑的万东阳，萧婉扬这样想。

不久后，他们收到了郑雅柔送来的喜糖和喜帖，喜帖上有她和一个男子的照片，两个人笑得很温柔。她终究还是摆脱了前夫带给她的噩梦，走向了新的生活。

然而，陷入噩梦的人还有很多很多……

死而复生（上）

那个安静的雪夜，一双冰冷的手，把我从地狱拉回了现实。

然而，我却还想回到那个夜晚。

因为我已经分不清噩梦与现实。

——万东阳

1

周六一大早，睡梦中的萧婉扬就接到了万东阳的电话。她强撑着身体往窗外看，天刚蒙蒙亮，外面只有一些早起跑步的健身人士。宿舍里其他人也都蒙着被子睡得死死的，连电话铃声都没有惊醒她们。

“你干吗……想我过劳死吗？我昨天刚刚通宵……”

“今天大扫除啊！”万东阳的声音从电话那边传过来，还时不时有搬动东西的声音，这动静确实像在大扫除。但是谁知道今天要大扫除啊？萧婉扬崩溃地想，也没人通知她。

“老大……下次大扫除能不能提前通知一声……”萧婉扬抱怨道。

“一年一度的大扫除，你应该把日子记好了，不用我提前通知。”万东阳理直气壮。

“一年一度……我怎么不知道，你从来没说过……”萧婉扬迅速搜索自己的记忆。

“啊，我昨天才定下来的，夏夏都来了，你也赶快来。”万东阳说完就挂掉了电话。

萧婉扬看着自己的手机，恨不得痛骂一场，可是既然已经醒了，就不想再睡了，而且万东阳声音中的坚决让她无法反抗，毕竟他是自己的老板，这段时间对她多有照顾。

不过胡夏夏不是走了吗，怎么又来了！

萧婉扬刚一进门，就感受到了大扫除的氛围，尤其是万东阳和胡夏夏那一身装扮，似乎刚刚从街对面的中学毕业回来，一人穿了一套高中生的校服，还戴着口罩、扎着头巾。研究室被搞得乱七八糟的，他们似乎只是把东西全都丢出来了，并没有收纳起来的能力。所以当萧婉扬到达的时候，他们正蹲在垃圾海里面试图分辨出哪些东西有用，哪些东西没用。

萧婉扬一阵头疼，虽说她才是富家千金出身，但是收拾房间和做家务这种事，她却比这两位熟练多了，尤其是万东阳，简直是一个生活白痴，除了会从冰箱里拿东西吃，其他的基本不会，冰箱里的食物还是萧婉扬每周一次给他补齐的，不然估计他早就饿死了。

这两位穿得煞有介事，一出手却在瞎搅和，萧婉扬很无奈，她把买来的早餐放在房间里唯一干净的办公桌上，示意两个人去吃。

“哎呀，饿得我头昏眼花啊……”胡夏夏嘀嘀咕咕地抱着油条、豆浆开始吃，万东阳也开始剥茶叶蛋，两个人瞬间从清洁工模式切换为包工头模式，盘着腿坐在了沙发上。

“哎哎，婉扬，那个东西等会儿晒一下再收起来。”

“一把破水笔，有什么好晒的！”萧婉扬无力地摇摇头。

“那等下把这个抽屉用水刷一下再放东西进去吧。”

“你这抽屉可不是实木的，水一刷就起皮。”

被胡乱指挥着的萧婉扬在垃圾海中奋战，旁边的两位却吃得很开心，萧婉扬很无语，但是她已经习惯了他们的生活习惯，默默地低下头，先从笔记本开始整理。

她拿起一个破得快要散页的笔记本，一张照片从里面飘了下来，萧婉扬一时好奇，就拿起来看。照片上站着七个笑盈盈的人，其中一个是万东阳，剩下的一男五女，萧婉扬不认得。奇怪的是，这照片看起来有些年头了，上面的万东阳的长相竟然和现在没什么区别。

“难道这是万东阳的爸爸？”萧婉扬嘀咕着，翻开笔记本想把照片夹回去，但是笔记本里的一行字吸引了她的视线。

那一天，我死了，是她复活了我，从此，我就生活在了无尽的噩梦中。

萧婉扬愣住了，她还以为这是万东阳记录的某个咨询者的噩梦，便翻到开头看了起来。

我叫万东阳，今天高考结束了，我和父母决定一起去旅游。我是一个民间秘术的爱好者，听很多人说湘西有神奇的复活术，便说服了父母陪我一起去看看。

我们踏上了去湘西的旅程，其实我很希望自助游，可以随心所欲地去自己想去的地方，探查所有自己想探查的事情。但是父母怕麻烦，在他们的坚持下，我们报了一个旅游团。车上除了导游安小姐，还有四个女孩，一个单身的略年长，叫胡夏夏，剩下三个女大学生是一个寝室的，趁着暑假出来玩儿，我没有记住她们的名字。

车发动之后，我迷迷糊糊地睡了一会儿，再次醒来时，车已经开进了一片茂密的森林，三个女大学生趴在窗户前兴奋地叽叽喳喳起来，我的父母也饶有兴致地拍着照片。

这个时候，导游安小姐开始讲述湘西的特色，我听了一会儿，就问她对湘西的秘术有没有了解，她迟疑了一下，还是详细地讲给我听，车上的人明显也对这个话题感兴趣。

自古以来，湘西地区盛行巫傩之风。逢年过节、祈福消灾、丧葬祭祖，甚至修桥建楼都要举行各种祭祀活动。祭祀活动中一般都会有一个传统的仪式，那就是神秘的湘西巫师让穿钉、割喉、劈头的公鸡死而复活。穿钉、割喉、劈头之后，公鸡就死了，怎么碰都不再动了，但巫师作法之后，那公鸡却死而复生了。

“真复活了？当时死透了吗？”其中一个大学生问道。

安小姐笑道：“当然了，等到了现场，你们可以当场检验。”

三个女生惊讶了一阵，又凑在一起嘀咕起来。

之后，因为旅途太长，我又迷迷糊糊地睡着了，其他人也陆续进入了梦乡。过了一会儿，我突然觉得很冷，以为是空调开得太足了，就想从旅行包里拿件衣服，但就在睁开眼睛的瞬间，我惊呆了。外面竟然下起了大雪，路上也已经堆积起了不少雪。现在明明是夏天，刚才还艳阳高照，怎么转眼间就下大雪了？我身边的人都还在昏睡中，完全没有意识到外面的异样。

我猛地站起身来，想问问司机是怎么回事，却发现司机也睡了过去，整辆车现在是静止状态。我转身想把父母摇醒，但很快就发现整辆车似乎缓慢地动起来了。

我忙趴到车窗上往外看，发现车现在在一个陡峭的悬崖边上，正在缓缓地下滑，周围也没有可以阻拦的物体，掉下去是迟早的事情。这个时候我如果从车窗跳出去，也许还有一丝生机，但是我不能丢下父母。我赶忙转身摇晃他们，但他们好像睡死了，我怎么叫都叫不起来。

这个时候，车终于撑不住了，从悬崖上滑了下去，带着巨大的轰鸣声坠入了悬崖下的树林，我感到一阵剧烈的撞击和疼痛，瞬间不省人事。

不知道过了多久，一只冰凉的手放在了我的额头上，舒适的温度让我微微睁开了眼睛，我隐约看到面前站着一个少女，她皮肤白皙，头发长长的，一直拖到脚踝处。不可思议的是，她的头发竟然是银白色的，几乎和雪地融为一体了。

她温柔地看着我，然后伸手指指我的胸口和头。

我本想抬头看个清楚，却发现自己动弹不得，只得用余光瞥旁边的后视镜，这才发现我的身体和头被两条坚硬的钢条穿透了，死死地钉在车上。

这时，撕心裂肺的疼痛才从身上传来。在后视镜里，我看到我的血在洁白的雪地上蔓延着。

看来我要死了。

那个少女突然对我说："我不会让你死的。"她伸出手盖住了我的双眼，开始在我耳边呢喃一些我听不懂的语言，我瞬间失去了意识，再次醒来时，发现自己躺在一个陌生的房间里，而我的父母和旅游团其他人也在。有人告诉我，我们乘坐的大巴发生了危险，好在我们都没事，只是现场有一摊血，不知道是谁的，因为我们谁都没有那么大的外伤。

我以为那是做了一个梦，但是从那天起，我的身体就发生了奇怪的变化……

2

萧婉扬看得入神，完全没发现他们俩已经吃完饭，正在一旁费力地拖地。直到胡夏夏从身后拍了她一下，她才反应过来，忙把笔记本合上。

“看什么呢？这么入神。”胡夏夏没有注意到笔记本的内容，还是一脸兴奋，“来来，年轻人，打扫打扫卫生，活动活动筋骨。”

萧婉扬看着胡夏夏的脸，突然发现一件事，万东阳的笔记里提到一个叫胡夏夏的女人，但是说她略微年长，难道是眼前这个胡夏夏吗？还是只是同名？

满脑子都是笔记本内容的萧婉扬没心情和胡夏夏聊天儿，埋头开始整理东西，胡夏夏见萧婉扬不搭理她，自己絮叨了一会儿觉得没意思，转身跟万东阳待着去了。

大扫除进行了整整一天，萧婉扬累得腰都快断了，东西全都收拾好了，还煮了一壶咖啡，而一天除了指手画脚，什么都没干的万东阳还对萧婉扬的劳动成果评头论足：“嗯，其实大扫除之后跟之前效果差不多啊！”

“你知道你这看似整齐的屋子里堆了多少垃圾吗？”萧婉扬很崩溃。

三人刚刚坐下喝了几口咖啡，研究室就来了人。

来人是一个身材瘦弱的女孩子，看样子应该还在读大学，戴着一副黑框眼镜，穿着普通的T恤、牛仔裤，背着一个很常见的包。整体看起来没什么特色，属于丢到人堆里就找不到的类型。

“我听说这里是专门研究梦的……不知道你们能让我做我想做的梦吗？”

萧婉扬翻着白眼，心道，你还是乖乖地回家做白日梦吧。

万东阳听到女孩的话就走了过来，很职业地问：“你想梦到什么？”

“我父亲上个月去世了，但是我没来得及见他最后一面，他去世之后，家里所有人都梦到过他，唯独我没有，我很想再见见他……我去了其他的心理咨询室，他们都建议我放松心情，多出去走走，可这不是我想要的，我想见我的父亲。”女孩说着眼圈就红了，她掏出一张纸巾擦了擦眼泪，尽管很少，依然让人动容。

萧婉扬不说话了，她本想戳破这个女孩的幻想，但现在她又觉得这么做很冷血，干脆就什么都不说，把咖啡杯收拾好就走了。

在出去的那一刻，她听到万东阳对那个女孩说：“我们可以试试。”

女孩立刻停止哭泣，满脸期待地看着万东阳。根据他的提示，女孩很快躺下，万东阳给她做了催眠，她静静地进入了梦乡。过了一会儿，睡梦中的她开始有反应，身体剧烈地摇晃，突然喊了一句：“爸爸！”

萧婉扬惊愕地转头看着万东阳，他竟然做到了？究竟用了什么办法？

可如果真有那样的方法，他应该早就见到他想见到的人了啊！想到这里，萧婉扬突然觉得心里有点儿不舒服，她摆了摆头，转身去倒咖啡。

这个女孩虽然长相平平，但看起来应该是很孝顺的，这赢得了萧婉扬不少好感，为此她专门给女孩换了一个大杯子，把咖啡装得满满的，又拿了两块草莓蛋糕。

但是她端着咖啡进屋的时候，听到女孩突然大喊了一句：“爸，你别走！把你存折放在哪里？还有密码多少？告诉我呀！”

这下，萧婉扬、万东阳和胡夏夏都傻了，三个人目瞪口呆了半天，屋内安静地让人窒息。萧婉扬反应过来后端起咖啡一饮而尽，然后把草莓蛋糕塞进嘴里，转身出门去了。再进来时，杯子里装的是矿泉水，而且不是冰镇的。

女孩醒来时垂头丧气，嘀咕了半天才说：“我爸和以前一样，骂了我半天，我想知道的一样都没告诉我。”

在场的两人觉得她活该，但是谁都没说出口，心照不宣地互相交换了一下目光。

女孩离开后，万东阳收拾了一下东西，萧婉扬很好奇地凑了过去。

“你是怎么做到的？竟然真的让她梦到了死去的亲人。”

“一点儿心理暗示罢了。”万东阳收起了桌上的东西，但是萧婉扬突然一把抓住他的手腕，目光灼灼地看着他。

“你能让我也梦到自己的亲人吗？拜托了！”

“……你想见谁？”

“我姥姥，我是被她带大的，但我上学的时候她突发疾病走了，我没来得及见她最后一面，我很想念她……很想再和她说说话……所以，你能不能……”萧婉扬的话还未说完，万东阳就猛地站起身来。

“不行。”万东阳他拒绝得很彻底。

“为什么啊？”萧婉扬很不解，“你能让她看见，就能让我看见啊！”

“我哪有那么神啊？你干脆别看你姥姥了，直接看我好了。”万东阳睁大眼睛看着萧婉扬，嘴角有掩饰不住的笑意。

“我看你干什么！”萧婉扬脸红了，磕磕巴巴地说道。

“你老是偷看我，我早就知道了。”万东阳看似无所谓地说。萧婉扬羞得想找个地缝钻进去，谁知万东阳紧接着说道：“虽然我早上经常忘记洗脸，但也没这么引人注目吧。”

他说完就转身出去了，留萧婉扬一个人在研究室里发呆。半晌，她才反应过来，万东阳根本就是在转移话题！

3

深夜，萧婉扬辗转反侧，她思索再三，才从包里掏出一本破旧的日记，就是万东阳的那个日记本。她本来觉得看别人的日记不太好，但又觉得这不像万东阳的日记，倒像某个病人的自述，也许只是和万东阳同名而已。

这个故事确实非常吸引她，反正现在就她一个人，她翻开日记继续看了起来。

我的身体发生了变化，体温变低，摸起来冰凉冰凉的，像死人一样。而且，不管我吃不吃东西，精神活力都不会受到影响。

有时候我以为我死了，但是我的心脏还在缓缓地跳动，我想，也许我是得了一种病，一种低温症，体温就是那么低，但又觉得这是自欺欺人。

我似乎变成了电影里的僵尸，然而我的肢体柔软，还可以活动。要是那天真的只是一场梦，为什么所有人都告诉我大巴出了事故？

而且那天的经历那么真实，那种被钢筋戳穿的痛苦，我现在还能回想起来。

这一切其实早就有答案——湘西的复活术。

事故之后下了一场暴雨，山路被堵了，我们出不去，父母只好带我回到了那个村庄，继续其他的旅游项目。

那里的村民很朴实，旅游项目也和其他景点相似，我们到处转了转，看了看风土人情，吃了点儿特色小吃，还参加了篝火晚会。

头两天，我过得浑浑噩噩，父母以为我只是身体不适，就让我在房间休息。我躺在房间里，却怎么也睡不着。正在床上翻腾的时候，门被轻轻地叩响了，还没等我去开门，一个女孩就推门进来了。

那是我第一次见到唯雪。

她身材纤瘦、皮肤雪白，又黑又长的头发用一根简单的簪子绾在脑后，身上穿着一件肥大的玫红色长裙，一直裹到脚踝。她赤着脚踩在地板上，慢慢向我走来，眼睛一直盯着我。那双眼睛我一辈子都忘不了。她的眼睛是单眼皮，眼角微微上挑，睫毛又黑又长，黑眼珠很大。被这双眼睛看着的时候，你就会觉得它有一种魔力，会把你带进去沉浸其中，无法自拔。

她看了我一会儿，转身出去了。在肥大的裙子的衬托下，她的身体显得越发纤细且楚楚动人。我鬼使神差地跟了出去，打开门却发现门口什么人都没有。

父母回来时，我跟他们说起这件事，他们一直认为这是事故的后遗症，我只是迷迷糊糊地做了一个梦而已。

当时的我也这么认为，但是第三天晚上，我真的见到了唯雪。那天的篝火晚会上，湘西人现场表演了复活术。我看着一只活蹦乱跳的鸡被割喉、穿脑、放血，从挣扎到一动不动，还上去摸了一把。那鸡确实不动了，羽毛上沾满了血，我觉得很不舒服。表演的人把鸡高高地抛向空中，鸡直直地摔到地上也没有动，所有人都确认它是死透了。然后唯雪出来了，她没有穿那条玫红色的裙子，而是穿了一套巫师一样的服饰，细看就会发现上面绣满了奇怪的符文。

她赤着脚走到场地中央，脚腕上的银铃叮当作响，她捧起那只死鸡，念起了奇怪的咒语。

我呆住了，因为在那个冰冷的雪地里，那个白发女孩呢喃的也是这种语言。

篝火的映照中，我看着唯雪的脸，突然发现她和雪中出现的那个少女长得一模一样。不同的是她的头发是黑的，而那个少女的左嘴角有一颗痣。

唯雪念完咒语，那只鸡很快就开始蹬腿，活了过来，周围的人都惊叹不已。只有我内心一片冰凉，因为我也和那只鸡一样，是复活的。

我已经不是正常的人类了。

萧婉扬吓了一跳，她想起了万东阳冰冷的皮肤，她一向不相信这些东西，然而故事写得却那么真实恐怖。

难道这世界上真的存在复活术？

4

“啪——”萧婉扬回过神来，发现杯子被自己摔碎了，这是她今天摔坏的第二个杯子了，自从看了那个故事，她就一直心不在焉，脑子里都是复活术的事。

“哎呀，这是失恋了啊？”胡夏夏突然端着一杯茶从她身后冒出来，感慨道，“还是太年轻，不就是个男人吗？”说完从冰箱里抓了一块蛋糕叼着走了。

对于她，萧婉扬一直都是无语的，不过很快，万东阳就一脸心痛的表情出现在了茶水间。

“我这茶具是一套的，而且用了很多年了，你一下子给我打破两个，我以后怎么用啊……”万东阳痛心疾首地说道。

萧婉扬窘迫万分，只得说：“实在抱歉，多少钱？我赔。”

“这个钱很难说，不如买套新的赔给我吧。”万东阳笑道，“这个星期六有没有空？”

“没有。你要干吗？”

“一起去国际广场买茶具吧。”万东阳笑着说。

这次萧婉扬笑不出来了，国际广场的东西太贵了！但毁坏东西的是她，只能默默地认了。

周六，萧婉扬迟到了，因为她在周五晚上突然意识到，这可能是她第一次单独和万东阳外出，激动得一晚上睡不着觉。她已经敏感地觉察到了，自己可能喜欢上了万东阳，可以抓住这个机会好好试探一下。

她起得很早，认真仔细地洗漱打扮之后就试衣服，虽然没有钱买新衣服，但她之前的旧衣服也是不错的，尽管过季了，毕竟都是高档货色，还是很能撑得住场面的。

她突然对着试衣镜前的自己发起了呆，她已经不再是那个无忧无虑的大小姐了，虽然五官未曾改变，但她脸上已经没有曾经的神采了，现在的她跟一个普通上班族没什么两样。

她不再高傲，也不再矜持，也因此变成了随处可见、一抓一大把的人。有的东西，一旦失去就不会再回来。

当她气喘吁吁地赶到万东阳面前时，万东阳正蹲在地铁口吃煎饼果子。他穿着普通的背心和牛仔裤，阳光照在他好看的侧脸上，睫毛根根分明。他一看到萧婉扬，就嚷嚷起来：“你怎么才来？”

萧婉扬脸上一红，没说什么，万东阳见她这样子也没有再说什么，只是夸了一句：“衣服不错。”

萧婉扬对这突然的夸奖有些害羞，低下了头，眼睛也不敢直视他。

万东阳没有带萧婉扬去商场买茶具，而是在超市里随便选了一套，也没有让萧婉扬付钱，还带着她去吃饭。

萧婉扬有些不好意思：“应该是我赔的，结果还让你请我吃饭。”

“主要是我不喜欢一个人吃饭。”万东阳的话让萧婉扬彻底没了胃口，这人会不会说话啊？

两人沉默了一会儿，萧婉扬觉得有点儿尴尬，就问了一句：“你为什么不让我在梦里见我姥姥？”

万东阳似笑非笑：“我就知道你会问这个问题。”

“我不明白，那只是一个梦而已……”

“有时候……梦也能让人迷失方向，一旦跟现实混淆，这辈子就完了。”万东阳语重心长地说。

“什么意思？难道我还分不清现实和梦境？”萧婉扬不解。

万东阳没再说话，目光移到了其他地方，萧婉扬也不说话了，她从未在万东阳脸上看到这样的表情，带着些许的绝望和疲惫。

萧婉扬隐隐觉得这跟她看到的那个故事有关系，那个故事也许有一部分是真的。

她一边不停地回想日记里的场景，一边默默地看着万东阳。万东阳感受到了她的目光，也回过头看着她，阳光很好，饭菜很好，一切都很好，只有万东阳冷冰冰的，虽然萧婉扬知道这种冷冰冰不是针对她。

“我有个日记本找不到了，你看到了吗？”万东阳突然发问。

“没有吧。”萧婉扬不知道自己为什么说谎，她很快意识到了自己的错误，想跟万东阳解释，他却起身去前台埋单了。

“那就算了。”万东阳说。

萧婉扬很想问他，那是你的真实经历吗？还是只是一个同名同姓的客人的日记？但她没有问出口，她怕万东阳生气。

两人一起回了研究室，下午没什么人，萧婉扬一个人待在茶水间很无聊。万东阳在研究室里玩儿电脑，萧婉扬几次想进去，最后还是放弃了，只是站在门口发呆。等她回过神来的时候，发现万东阳又睡着了。

萧婉扬叹了口气，拿了一条毯子准备给他盖上，万东阳突然说话了。

“冷……”万东阳喃喃道，萧婉扬没有听清，就俯下身去听。结果万东阳突然伸手抱住了她，把头抵在她的颈窝处，低声道：“妈妈……好冷……”

萧婉扬还没来得及脸红，就因为他话里的无助而无比心酸，本来想把他推开的手收了回来，转而轻轻地抱住了他。

静谧的午后，安静的房间，两个人紧紧地拥抱在一起，哪怕一个人只是在睡梦里，也无损当时的美好气氛。很多年之后，萧婉扬回想起那个场景，也认为那一刻美好到让她觉得此生无憾。

良久，万东阳没再吭声了，萧婉扬以为他睡沉了，刚想松开，就听到颈窝处的他闷闷地说了一句：“流氓。”

他什么时候醒的？萧婉扬大惊，满脸通红地推开了万东阳，转身就跑了出去，背后传来了万东阳的叫声：“喂，你别走啊！”

萧婉扬没有停留，一直跑到了小巷口才停下脚步，捂着自己狂跳的心，这才发觉自己的脸烫得吓人。

她捧着脸站在原地半天没动，觉得尴尬无比，正想着接下来的日子怎么和万东阳相处，身后却响起了万东阳的声音。

“走，下班了，我送你回家。”

万东阳走在前面，萧婉扬跟在后面，中间隔着一米左右的距离，看起来像两个完全无关的路人。萧婉扬一直想着刚才的场景，万东阳也一直不吭声，一直到萧婉扬家楼下。

“回见。”万东阳笑着挥了挥手，他好看的五官和带点儿慵懒的气质让萧婉扬产生了一种自己是韩剧女主的感觉。

“回见……”萧婉扬也挥挥手。

万东阳转身离开了，没有丝毫停留。

5

回到家，萧婉扬再次翻开日记本看了起来。

唯雪是村里大祭司的徒弟。大祭司收徒有个古怪的规矩，要在孩子三岁前带走他，并把他带在身边教导，等他成年，就可以接替大祭司的位置。以往他收的都是男孩，但很多徒弟成年后没几年就离开了村子，所以这次他收了一个女孩，就是唯雪。

唯雪今年十七岁，马上就可以接替他的位置了，但她得了一种很奇怪的病，经常恍恍惚惚的，去医院检查过，精神方面没有任何问题。祭司的工作她做得很好，现在村里很少用活鸡祭祀了，旅游团来的时候才会出来表演一下。

复活术就这样没落了？这是多么神奇的一种法术啊！

活动结束之后，我去找了唯雪，然而结果令我失望，唯雪告诉我，那只是一种障眼法，鸡根本就没有被杀死，穿头的穴位是有讲究的，加上人为催眠，才会让人看到那种效果。

她没有问我为什么对复活术感兴趣，大概是遇到过太多这样的客人了。我犹豫着跟她讲了我的经历，我以为她会告诉我那只是一场梦，她却笑了起来。

“你真幸运。”她这么说，“不过对某些人来说，这不算是幸运。”

“为什么这么说？”

她没有回答，而是笑着看我。她长得真像那个雪地里的女孩。

“你真像她。”我说。

“有人这么说过。”她回答道。

“谁？”我问。

她又不说话了，而是给了我一个笑容。

我很失望，准备离开时，她突然说了一句话：“如果你能遇到我的姐姐，也许一切就会有答案。”过了一会儿，又突兀地加上了一句：“在梦里。”

我本想再问她，她却起身离开了，我想明天再去找她，然而第二天，她失踪了。

从此我就陷入了噩梦中……我经常梦到那晚的雪地，黑暗中潜伏着很多东西，像是在谋划什么可怕的事情。我却不知道它们是什么，它们想做什么。

未知的东西是最可怕的。

我在这种可怕的阴谋中无法自拔，我找不到唯雪，也找不到那个女孩。唯雪说过，如果在梦里遇到她的姐姐，也许一切都会有答案的。

我期待遇到她。

我在噩梦中等着她。

……

日记到这里并没有结束，但是后面的几页被撕掉了，不知道有什么内容。萧婉扬合上了日记本，她大概知道万东阳为什么会有只听噩梦的习惯了。

复活术真的存在吗？也许那只是万东阳的一个梦吧。既然是梦，就只能在梦里找答案。万东阳一定是这么想的。

萧婉扬想跟万东阳聊聊，却不知道聊什么。万东阳全身都散发着需要被安慰的气息，她却无从下手，也许胡夏夏做得到，所以他们俩才有那样的融洽感吧。

她给万东阳发了一条微信。

“你在干吗？”

“在想要不要睡觉。”万东阳回复她。

“别睡了，出来看星星吧。”

万东阳回答说：“等我回来吧。”

萧婉扬不明白什么意思，打电话过去，对方已经关机了。

“你要去哪里？”萧婉扬给他发消息，等了一夜，万东阳也没有回复她。第二天一大早，萧婉扬就跑去研究室，却发现研究室锁门了，万东阳和胡夏夏都不在了。她打万东阳的手机，号码已经变成了空号。她拉着马路边的清洁阿姨，刚想问，阿姨一听是那边的研究室，翻了个白眼就走了，根本不搭理她。萧婉扬只得作罢，整个上午，她都试图寻找万东阳和胡夏夏，但是毫无进展。

万东阳不见了。

萧婉扬站在究室门口，想起第一次来时看到的满院子郁郁葱葱的绿植和小花，还有站在房间里板着一张脸的万东阳……

她一个人站在空荡荡的院子，竟然哭了出来。

6

萧婉扬回到家，对着墙发了一会儿呆，才想起下午还有一份兼职。她勉强起身，进地铁站的时候都还没回过神，迷迷糊糊地坐反了车，被咖啡店的老板训斥了一顿。

萧婉扬还是迷迷糊糊的，一下午把咖啡送错了两次，还摔了一个咖啡杯，老板刚开始还训她，后来都懒得训了。

“萧婉扬，你还想不想干了？”老板最后很无奈地问。

“想……”萧婉扬有气无力地答道。

“要不放你一下午假吧。”老板挥挥手。

“好。”萧婉扬像是得到特赦般转身飘出了咖啡厅，没一会儿又回来了。本以为她良心发现的老板正准备接受她的忏悔，却发现她只是回来拿自己的包，然后又跟鬼魂一样飘走了。

萧婉扬的父母最近一直在外面奔波，一周才回来一天，所以即使她回到家，大部分时间也都是一个人。

这个房间很小，摆了两张单人床就满满的了，再加上饭桌、衣柜，几乎没什么多余的空间。她和父母的房间隔断不过是拉了一个帘子，那帘子是以前萧婉扬出去野餐时铺在草地上的餐布，后来她不喜欢，想丢掉，结果忘记了，就放在角落里，现在竟然承担了这样的重任，让她感慨不已。住进来的那天晚上，萧婉扬躲在被窝里偷偷哭了一夜，第二天一大早，趁父母还没起床，就顶着红肿的眼睛去了学校。

但现在她一点儿都不觉得这个家拥挤了，反而空落落的。她想了一会儿，决定回学校，于是起身收拾了一下。刚打开门，一个茶杯就砸在了她的脚底下，发出清脆的碎裂声。

萧婉扬吓了一跳，往回缩了一步，躲到自己家门后露头张望。

摔杯子的是个彪形大汉，萧婉扬隐约记得他姓王，但这个时候她可不敢出去确定对方到底姓不姓王，免得被爆头。她决定悄悄关上门，装作没出来过的样子，可她刚要关上门，对方就冲了过来，一把抓住了门把手。

“说，你是不是那个女人派来监视我的！她现在过得好吗？”

“啊？”萧婉扬有点儿傻眼。

“说！她现在在哪里？那个女人在哪里？！”大汉像琼瑶剧里的男

主角一样咆哮着，今天一直魂不守舍的萧婉扬瞬间被吼清醒了，战战兢兢地掏出手机想报警，结果大汉看到手机，却异常开心，顿时一脸温柔。

“你要给她打电话吗？快！快打！我想跟她说说话。”

萧婉扬懵了，呆站着不知所措，对方看她不动了，一把夺过她手里的手机，低头看到“110”三个数字，愣了一会儿，问萧婉扬：“这是联系龙宫的暗号吗？”

“你是谁啊？什么意思啊？”被他弄得一头雾水的萧婉扬终于爆发了，“你胡说八道什么？说点儿我能听懂的！”

萧婉扬话音刚落，邻居家冲出一个中年女子，一把拉住大汉的胳膊，手里还挥舞着一张照片。萧婉扬看不清照片上的人长什么样，只能隐约看出是个女人，只听中年女子大喊道：“你不是找她吗？她就在家呢！快跟我回来！”

大汉很委屈地缩着头：“你骗我，那是照片，根本不会动，她应该是在海里游着的美人鱼……”

“别再胡言乱语了！”女子一脸鄙夷，萧婉扬更是茫然。在对方连哄带骗地把大汉拉回房间里时，萧婉扬问了一句：“您是他家人？”

“什么家人？我才不是这疯子的家人，我是他保姆！一个月三千，天天跟一个疯子斗智斗勇，我也要疯了！干完这个月我就不干了！”保姆骂骂咧咧地嚷着。

大汉委屈地看着萧婉扬：“你让她联系我啊，一定联系我啊，我等她！”

萧婉扬对保姆感叹道：“您真是不容易，吃饭了吗？我这里有蛋糕，吃点儿吧。”

保姆的脸色顿时好看多了，她把大汉推回房间，接过蛋糕，站在楼道里跟萧婉扬聊了起来。这大汉确实姓王，叫王康，自小被父母抛弃，跟养父母过苦日子长大。后来养父去世了，养母重病，他就早早辍学去挣钱，但最后养母还是走了。他苦了几年，亲生父母来认他，他渴望家庭的温暖，就跟着父母回了家。但是家里已经有了一个弟弟和一个妹妹，两个人都是众星捧月般长大的孩子，五大三粗的他和他们站在一起，完全看不出是一个爹妈生的。

父母也看出了这种差距，心里很愧疚，就拼命想让他挤入上流社会，给他买昂贵的衣服，让他出入上流场合，还给他找了一个貌美又高学历的未婚妻。他的人生应该圆满了。可是他虽然拥有了一切，却并不被圈子所接受，所有的聚会场所，他都是坐在角落里那个，他那美貌的未婚妻也不愿意理他。他生活在华丽的城堡里，看着所有人尽情迷醉，独自坐在角落里不知所措。

后来有一天，未婚妻和他解除了婚约，出国了。他连这个城市都没出过，却跑到国外去找她，回来之后就有点儿神志不清了，谁也不知道发生了什么。他坚持说自己的未婚妻是被龙王接过去做神仙了，每天像美人鱼一样在海里游来游去，并坚持要去找她，甚至数次跳河。刚开始，父母为了治他的病花了不少钱，但每次他看到酷似未婚妻的女孩就又会犯病，时间久了，父母没了耐心，就雇了保姆，把他丢在一套房子里不管了，只是定期把钱打到保姆账户上。

“又是一个可怜人。”萧婉扬听完感叹道。

“每天晚上都做噩梦哭醒了，看见水就说胡话，有时候我觉得烦透了，有时候看着这么个大男人哭，真有点儿可怜。”保姆叹息道。

又是噩梦？

7

噩梦里到底有什么？

万东阳失踪后，萧婉扬第一次对噩梦产生了兴趣，她想听听这个男人的噩梦，但她不知道怎样让这个精神失常的人讲述自己的噩梦。

保姆天天守着王康，哪里都去不了，只能在屋里看看电视，连买菜都得趁王康睡着了跑着去，买完赶紧回来。萧婉扬自告奋勇帮她去菜市场买了一趟菜，把她的冰箱塞得满满的，保姆顿时对萧婉扬前所未有地热情起来。

“是这样的，姐姐，我父母今天晚上不回来，我自己睡害怕，能跟你一起睡吗？”萧婉扬趁机提出要求。

“好好好，没问题。”保姆很痛快地答应了，她巴不得有人来跟她聊天儿。于是萧婉扬没有回学校，卷着一床被子住到了邻居家里。

王康家里很简单，只摆着普通的家具，家电也只有电视、冰箱、空调，其他的都没有。按保姆说的来看，他父母应该很有钱，把他丢到这个旧小区的一栋普通单元房里，应该是放弃了这个儿子吧。

房间有两个卧室，王康睡一间，保姆睡一间，不过每次都是保姆先把王康哄睡着，自己再去睡的。今天的王康有点儿兴奋，迟迟不肯睡，拉着保姆絮絮叨叨：“我找到她了，你看，这女孩就是她的朋友，我早就知道这女孩总在门口看我，一定是她让这个女孩来的。她后悔了，要回来找我，但是又不好意思，才叫这孩子来的，我就知道，我就知道。”

“是是是，她一直都在咱们屋呢，不然你晚上怎么会老是梦到她啊？”保姆随口附和道。

一提到梦，王康就不说话了，马上缩在床上不动了，一直看着萧婉扬和保姆，脸上满是恐惧。

“他怎么了？”萧婉扬很奇怪。

“他晚上老是做噩梦，醒了就老实一阵，晚上闹着不肯睡的时候，我一说他做的梦，他就老实了。”保姆说道。

“你就这么吓他啊？”萧婉扬惊愕。

“不吓怎么办，他能念叨三天三夜不睡觉，我不睡觉哪有力气照顾他？”保姆有点儿不高兴。萧婉扬沉默了半晌，试探性地问道：“要不，姐姐，你去睡觉，我来照顾他？”

“你照顾？”保姆一脸疑惑地看着萧婉扬，开始怀疑这个女孩突然跑过来献殷勤的目的。

萧婉扬笑道：“你大可放心，我就是很同情他，我家里遇到一些变故，能体会被人抛弃的感受。我对他现在的状态很好奇，我是搞心理学的，所以……”

“哦，行，那交给你了。”保姆对眼前的这个女孩充满了好感，听到这样的解释就完全放下猜疑，打了个哈欠准备睡觉，但是保险起见，她拿钥匙把门锁上了。萧婉扬倒是不在意，换了自己也会这样。

保姆的鼾声响起时，王康不再缩在角落里，而是抱膝坐在了床边，看着墙上贴着的一张照片。照片上是一个打扮很优雅的女性，剪着利落的短发，身穿一袭浅灰色长裙，脚上是一双白色高跟鞋，披着一个民族风的披肩，皮肤白皙，笑容浅浅的，带着客套的疏离。她旁边站着的就是王康，他穿着一套看起来很高档的西装，身高和身材倒是没问题，但看起来很别扭，可能是气质不相符，脑袋像是PS上去的。他的表情怯生生的，离照片中的女性很远，而且眼神里带着畏惧。

不过这照片现在有点儿诡异，上面用水彩笔画了水的波纹，还有各种各样的小鱼，又被涂上了大片的蓝色，好像是在海里。但即使照片被涂成了这样，也无法掩盖王康那一脸又爱又怕的神情。

谁会对自己的未婚妻产生这样的情绪呢？这是有爱情的婚姻吗？萧婉扬叹了一口气。

王康突然发出一声长叹："我看见她了！"

"哪里？"萧婉扬慌忙问。

"在你背后。"王康说。

萧婉扬撇撇嘴，这种话根本吓不到她。

"听说你晚上总是做噩梦，我能治好你。"萧婉扬直截了当地说。

王康对萧婉扬突如其来的话语有点儿反应不过来。

"你都做过什么梦？能给我说说吗？"

"我没做过梦，我没有……"王康颤抖着说，"都是真实发生的，我都看到了，她被大鱼吞下去了……大鱼说龙王要带她去龙宫做仙女，她那么美，那么美，海里那么多美人鱼，她是最美的一个……"

萧婉扬听不明白，只得坐在那里听王康絮叨。

"第一次见到她时，她穿着一条橘红色的长裙，裙摆像鱼尾一样摇来摇去，看起来那么美。我看到她的第一眼就知道她不是这世间的人，是海里来的仙女，是为了拯救我而来的。我生活在一个废弃、污浊的下水道里，她来自蔚蓝的大海，我知道我配不上她，但是我舍不得……我必须把她留在身边……但是上天惩罚我，把她带走了，她又回到了属于她的地方，那片蔚蓝的大海……海里有很多鱼，但是最美的一定是她……她被大鱼吞了，那大鱼真美……然后大鱼变成了她……"

萧婉扬坐在椅子上听王康絮叨了一晚上海里的故事，却连女主角的名字都没听着，这时她才发现万东阳工作的不容易，尤其是面对精神失常的人时，格外不容易。

一晚上过去了，萧婉扬没拿到任何线索，她觉得自己从万东阳那儿学到的那点儿东西根本不够用。别说噩梦里找线索了，连心理问题都找不到。

萧婉扬几乎要崩溃了。

8

小巷里静悄悄的，晚上十点，一个黑影出现在巷口，来到了研究室大门前。

曾经整夜亮着的红灯笼现在已经熄灭，灯笼罩子在夜风的吹动下显得有点儿颓败。原本在夜晚灯火通明的房间现在黑漆漆的，萧婉扬心里有点儿不舒服，她已经习惯了在这里上夜班的感觉。

她慢慢地走到研究室门口，推了推门，门锁着，她又来到窗户旁边推了一把，窗户虽然锁着，但她看到窗户下面的花盆里有一点儿银色的亮光，她拿手电筒一照，发现一把钥匙插在花盆的泥土里，只露出了一点点。萧婉扬把钥匙拔出来，走到门口试了试，门开了。

谁留下的钥匙？萧婉扬有些疑惑，她轻轻推开门，走了进去。

熟悉的气息扑面而来，萧婉扬打开灯，看着这个熟悉得不能再熟悉的房间，心里酸酸的。

穿过走廊，路过茶水间，她走进了万东阳的咨询室。屋里一切如旧，万东阳惯用的茶杯就放在桌子上，旁边摆着胡夏夏的杯子。萧婉扬一撇嘴，走过去把两个挨得很近的茶杯分开，拿起万东阳茶杯的时候，她看到杯子下面有一张小纸条。

“这是什么？”萧婉扬好奇地拿起纸条。

纸条上是熟悉的笔迹。

婉扬，来咨询室不用爬窗户，钥匙在窗户下的花盆里。

“你把纸条放在这里，我得进来之后才能看到吧！”萧婉扬哭笑不得，很快她又笑不出来了。她看着万东阳搭在椅子上的白大褂，竟然觉得前所未有的怀念。她对万东阳并不是只有男女之间的好感，在她最无助、最狼狈的时候，是万东阳给了她最大限度的包容和温暖，这里安逸的工作和薪水是她安身立命的根本，不然她迟早要在劳碌的工作中崩溃，成为研究室的客人之一。

她重新振作起来，来到万东阳的书柜前翻找着自己想要的资料，万东阳的书柜里没什么关于心理学的书，倒是有许多记载顾客噩梦的本子。萧婉扬找了半天也没找到自己需要的东西，叹了一口气，随便拿了一个本子翻了几下，里面掉出了几页写满字的纸。

萧婉扬俯身捡起，夹回本子之前，她随意扫了一眼，这一下让她的眼睛彻底移不开了。她猛地低头把手里的纸张全看了一遍，又打开书柜在其他的本子里翻找了起来。很快，她又找到了几页同样的纸，坐在万东阳经常坐的椅子上看了起来。

这些竟然是她之前看到的复活术故事的后续！

噩梦依旧缠绕着我，我迫切想找到唯雪说的姐姐，但我连唯雪都找不到。后来我几次来到这个村落，到处询问唯雪的消息，得知她竟然是个孤儿，被人丢弃在村口的一棵大树下，村长把她养到三岁，又被大祭司带走了。没人知道她有没有姐姐，因为被丢弃的只有她一个人。

她哪儿来的姐姐？

我的噩梦反反复复，总是梦到自己走在冰冷的雪地里，周围安静得可怕，几乎可以听到雪花落地的声音，天空是诡异的血红色，我身后跟着一些潜伏在黑暗中的东西。

它们想要告诉我，我已经不属于这个世界了。

我收到了大学录取通知书，但是不想去上，找不到唯雪我没有心思上学，为此和父母发生了激烈的争吵，我离家出走了。

几个月后，我再回来，发现他们搬走了。我被我的亲生父母抛弃了。

大学因为我的迟来拒绝接收我，我无处容身。这时，我遇到一个年轻女子，大概二十五岁上下，但是说话口气很老成。她说她叫胡夏夏，跟着旅游团一起来的。

可我记得胡夏夏是一个三十五岁左右的女性，而且也不是现在的样子。

她告诉我，那天她也遇到了同样的事情。那次事故中，受重伤的不只是我，她也险些在车轮下丧生，而她再次醒来后，身体却没有伤口。她以为是做了个梦，结果离开村子之后，她的身体就发生了奇怪的变化，她变得越来越年轻，而且这种变化她无法停止。

她也见到了那个满头白发的身影，那个雪夜的梦，她也做过。

她选择和我一起寻找那个梦中的女孩，但梦中的人要去哪里寻找呢？

……

后面的话萧婉扬不用看都知道，梦中的人就到梦中去找，噩梦中的人就到噩梦中去找。

也许万东阳只是在寻找一个答案吧，但他突然消失是为了什么？他找到线索了吗？萧婉扬满脑袋问号。她抚摩着万东阳留下来的东西，心里一阵彷徨。

她想帮他，却不知道怎么办。她低头摆弄着手里的这几张纸，也不知道做点儿什么，这时，她看到了纸张背面写了一句话。

所有的现象都有根源。

萧婉扬突然想到了邱凝，想到了张筱雨，想到了很多来咨询的客户。他们的心理问题虽然各不相同，但确实都有根源。

9

“你……第一次在哪里看到她的？”萧婉扬再次坐在了王康面前，有点儿磕磕巴巴地问道。

“是在大海上……一次宴会上，那里花红柳绿的很漂亮，男的女的都是鱼，穿着锦缎一样的衣服，像鱼鳞一样闪闪发光，每个人都很耀眼……她是其中最耀眼的一个……”

王康的眼神飘过萧婉扬的肩膀，落在墙上那张照片上。

“她……她叫什么？”

“夏晚渔……”王康动情地说道，萧婉扬突然就松了口气，好歹有点儿了进展，知道女主角的名字了。

“那你喜欢她什么？”

“她美啊，不像我这个世界的人，她就是海里的仙女……”

萧婉扬转头看着照片上的女子，女子很优雅，看起来很有气质，但也说不上有多漂亮，说得再直白些，能让人赞一句漂亮都比较难。萧婉扬想，也许王康的前半段人生中根本就没有接触过这样的女性，所以才被迷成这样。

“那你最后一次看到她是什么时候？”萧婉扬琢磨了很久，决定还是慢慢地询问，这次她要自己破解这个谜团。

“在国外。我在海边等她，我是晚上八点的飞机，但我等到七点她才来，穿着一条深蓝色像海水一样的裙子。那天风很大，她的裙角被吹起来，好像鱼尾一样……我一直说她是我美丽的小金鱼……”

萧婉扬肉麻得鸡皮疙瘩都起来了，但还是忍着继续听。

“然后呢？”

“然后她说带我去水里，我们在水里结合……我就跳了下去，可是我看到她被一条大鱼吞了下去，大鱼也来吞我，但又把我吐了出来……我就一个人在水里漂着……”

萧婉扬吓了一跳，这是啥意思，人死了吗？

“直到现在，我还一个人在水里漂着……那大鱼不要我，她也不要我了……你是不是她派来的？你让她带我走好吗……”王康说着说着就泪流满面。

萧婉扬这才明白，这是失恋造成的妄想症。亏她还这么紧张，从噩梦里找什么……萧婉扬觉得自己真是个傻瓜，转头回到客厅沙发上，一头栽倒就睡觉了。王康的哭声还在她耳边回响着，萧婉扬怎么都睡不着，最后还是从沙发上坐起来了。她犹豫了很久，给一个朋友打了个电话，请朋友查一下夏晚渔的资料。

家里破产后，她就不再联系以前的朋友了，这次她决定破个例，好在朋友痛快地答应帮忙，很快查阅了资料并发了过来。

夏晚渔，二十四岁，出身贫困之家，但工作能力很强，并且善于交往，所以很快爬上了公司高层，进入了高端圈子。后来她成了王康的未婚妻，但一直推迟婚期，最后跑到国外留学，结果没有考上，旅游了几个月就回来了。最后和王康解除婚约了，傍上了公司董事长的儿子。

萧婉扬无语了，本来以为是个富家千金，没想到也是个贫困家庭出来的，那怎么还瞧不上王康？就算真的瞧不上，答应人家婚约又不肯举行婚礼，也太不厚道了。萧婉扬为自己的同阶层战友感到羞愧，她已经把自己划进了贫困阶层的人士，并为了摆脱贫困努力着。

不过，事件也算是有进展吧。萧婉扬这么想着，拿着手机睡着了。

依旧是一夜无梦，其实萧婉扬很想梦一下万东阳，看看梦里的他跟现实中的他是不是一个样。

10

萧婉扬来到了夏晚渔所在的公司，找到了夏晚渔。现在的夏晚渔和照片上有些不同，她留了长发，穿着颜色鲜艳的衣服，显得更时尚了一些，没有照片里那么浓的文艺气息。

“你是哪位？”夏晚渔一脸疑惑地看着萧婉扬。

“我……我是王康的……心理咨询师，为了他的病情，我希望了解一下……了解一下你们之间的……事情。”很少说谎的萧婉扬磕磕巴巴地说道。夏晚渔嗤笑一声，随手从自己的包里拿出一盒女士香烟。

“来一支？”

“不了。”萧婉扬连连摆手。

夏晚渔点燃一支烟，抽了一口：“说吧，你想知道什么？像你这样的咨询师，之前来了不知道有多少，想问什么就问吧，我全告诉你。”

“我……我想知道你既然不想嫁给王康，为什么答应和他订婚？”

“这事你应该问问王总，”夏晚渔扫了一眼一脸茫然的萧婉扬，“就是王康的父亲，当初说好了，订婚只是炒作，是为了推进他的新公司上市，结果最后他想用舆论逼我真的嫁给他那个儿子。我又不傻，才不会就范，结果他儿子疯了。但那是他自己的问题，跟我有什么关系？”

“炒作？！”

“我和王康相识在一艘游轮的晚会上，那天我的男伴没有来，我自己无聊，看他一个人站在角落里看海，想着找个人说说话也不错，就过去跟他聊了一会儿，结果他就对我穷追不舍，什么玫瑰、钻戒都往我这里送，那些东西我全都给他退了回去。不久后，王总找到我，说想让我做他儿媳妇，我不同意，他话锋一转，表示这是一场炒作，并许诺我，新公司的股份会给我百分之五，我就同意了。”夏晚渔一副悔不当初的模样，把烟蒂丢进了垃圾桶，又点了一支。

“后来我和王康人前人后地装作情侣上了几次新闻，王康对我的态度越来越过分，好像真的把我当成他的未婚妻了。有一次我们吃了晚饭，他送我回去，非要跟我一起上楼，赖死赖活地不肯走，要不是我离门口近，自己跑了出去，会发生什么事情我都不敢说。我找到王总，要求取消约定，他却翻脸不认账，说我想悔婚，如果我坚持不嫁给他儿子，就要搞臭我。我不得不一直推迟婚期，最后被王康缠得没办法，就借口出国留学，想躲躲他，结果他竟然追来了。”

“他经常说你被鱼吃了是怎么回事？”萧婉扬问。

“那是因为我说，想让我嫁给你是不可能的，除非你能让我变成仙女，不然我宁可跳下海被鱼吃了，也不愿意嫁给你。”夏晚渔说道。

“后来呢？”萧婉扬追问道，她感觉自己离真相越来越近了。

“他还是不肯罢休，还说我见异思迁，一定是遇到更好的了。我很生气，就把他父亲和我的约定全告诉他了，说完我就回去了。”夏晚渔摆摆手，“之后我就没再搭理他，听说他疯了，治不好了，我就从国外回来了。这件事虽然我有不对的地方，但是我也是受害者，你想谴责就谴责吧，我都习惯了。”

“我觉得有钱人有点儿可怕……”萧婉扬喃喃道，虽然她也曾是个有钱人。

“他的父亲丢弃了他，所以对他心有愧疚，想拿金钱和美女给他造一个梦，却不想想，这梦不醒还好，一旦醒了，这残酷的现实他怎么可能承受得了？还不如不做梦，踏踏实实活着才好。”夏晚渔说完叹了口气，“我不讨厌王康这个人，但是不打算嫁给他，他不符合我的择偶标准，就是这样。”

从夏晚渔的公司出来，萧婉扬陷入了沉思。

她本以为找出王康发疯的原因就能救他，但是她错了。她拯救不了任何人，包括万东阳，这是她非常不想承认的事实。并不是接近对方就能够走进对方的心，因为接近未必了解。

王康的噩梦其实未必是噩梦，也许对他来说，残酷的现实才是噩梦，就这么活在梦里也不错。

那么万东阳呢？他的雪夜之梦到底是现实还是梦境？

萧婉扬不敢想，她怕万东阳终其一生追寻的真相是他潜意识里已经掩埋的伤，那么真相揭晓的那一刻，就是万东阳崩溃的一刻。她不想看到这样的事发生，她宁可万东阳一生都在追求真相，也不愿意他看到一个无法接受的现实。

但是真相到底是什么？她也无法判断。

死而复生（下）

我们热衷于拯救他人，又期待被拯救。

人天生就是矛盾的。

——萧婉扬

1

前往湘西的大巴开动了，萧婉扬坐在车上，一脸茫然，似乎没有意识到自己为什么会坐上这辆大巴。事实上，这的确是她选择的结果。她决定去万东阳噩梦的起源之地看看，她要亲自到那个神秘的地方走一趟。要是能接触到真相就好了，虽然这种可能性并不大。

那个村落并不难找，因为几个古老村落都有自己的特色旅游项目。“复活术”是一个经久不衰的项目，非常受欢迎。萧婉扬交了钱就上了大巴，但坐上大巴之后，她却不知道下一步应该做什么。

大巴行驶起来，刚开始还有乘客兴高采烈地聊天，但是随着时间的流逝，大家都昏昏欲睡，萧婉扬也一样。她困得睁不开眼睛，却也不敢睡。虽然她未必会遇到万东阳那样的事，但她还是尽量让自己保持清醒。

萧婉扬旁边坐着的是一个看上去朴实的女孩，长得很有个性，一双细长的丹凤眼，睫毛很长，黑眼珠很大，萧婉扬不由得想起了万东阳日记里的唯雪。

她试探着跟女孩搭讪，女孩也回应了她，两个人随便聊了几句，萧婉扬知道她是来旅游的，两个人是一样的旅游路线。

“那我们可以结个伴，你叫什么？”

“你呢？”女孩反问道。

“萧婉扬。”萧婉扬回答。

女孩突然笑了，对萧婉扬说：“我叫唯雨。”

“你的名字很好听。”萧婉扬客套道。

“我妹妹的名字更好听，她叫唯雪。”唯雨说道。萧婉扬一愣，随即猛地站起身来，脑袋直接磕在行李架上，疼得她“哎哟”了一声。

她还坐在大巴上，并没有站起来，身边坐着的也不是那个眼睛细长的女孩，而是一个中年男人，他正仰面呼呼睡着，身边放着一个巨大的麻袋，麻袋上满是尘土。刚才她的头突然疼了一下，是因为行李架上掉下来一个小包，正砸在她的头上，包的主人正满脸歉意地跟她道歉。

“我刚才睡着了？”萧婉扬喃喃道，她确定自己一直在努力保持清醒的，怎么会睡着呢？怎么会做梦呢？

她明明已经很久没有做过梦了。

她低头看手机，距离她上车竟然已经过了六个小时。

“我们的目的地到了。”车门处响起了导游的声音，“请大家带好随身物品，有秩序地排队下车。”

萧婉扬拿着随身物品跟在其他游客身后下了车，导游带大家来到一个造型古朴的民居式旅馆，给大家分配房间。萧婉扬和一个慈眉善目的老太太在一个房间，对方大概六十岁，穿着一件深蓝色的旗袍，脚上穿着一双绣花布鞋，戴着一条很漂亮的珍珠项链，头发在脑后绾成一个髻，别着一根成色极好的玉石簪子。

“姑娘，你一个人旅游吗？”对方很和善地问道。

“是啊，我叫萧婉扬，阿姨您怎么称呼啊？”萧婉扬热情地问道。

“你叫我单阿姨好了，我也是一个人来的，以后我们一起搭个伴儿吧。”老人说。

萧婉扬也就客气地给了回应，没想到单阿姨真的一直都跟着她，晚上吃饭时，她还特意给萧婉扬占了座位。在大巴上颠簸了一天的萧婉扬没什么胃口，只想找点儿饮料喝，可是看到餐桌前兴奋挥手的单阿姨，她很无奈地坐在了桌前塞了几口饭。

晚上，聊天儿欲望强烈的单阿姨买了一堆瓜子和花生，一副要和萧婉扬互诉衷肠的样子，吓得萧婉扬一头栽在床上，连呼噜声都打出来了，单阿姨才作罢。

萧婉扬听着单阿姨的呼吸声，自己也慢慢地睡着了。

突然，她似乎了听到一个女人的声音：“你听到门口有人吗？”

萧婉扬吓了一跳，猛地睁开眼睛，她以为自己又进入了那个梦境，没想到眼前的人是单阿姨，她一副瑟瑟发抖的样子，指着门口。

“你听，有脚步声，有人敲门了。”

然而萧婉扬什么都没听到，在她一直盯着门口的时候，没有注意到窗外闪过了一个纤细的身影。

2

萧婉扬顶着两个黑眼圈走出房间，心里暗暗道，一定要让导游调房间，这么下去怎么得了，真相没找到，自己先被吓成精神病了。

昨天晚上，单阿姨总是不停地走过来问她有没有听到敲门声，还要去开门。但是每次打开门，门口都没有人，萧婉扬毛骨悚然，就算是彻彻底底的无神论者，遇到这事也够闹心的。

单阿姨紧跟着萧婉扬出来，亲热地去挽萧婉扬的手，萧婉扬慌忙避开，单阿姨疑惑地看着她，她很无奈。

她又心软了，于是陪着单阿姨转了一天，晚上继续饱受折磨，这天晚上比前一天晚上更过分，单阿姨不光是问萧婉扬有没有听到脚步声，还不停地开门确认。看门口没人，她竟然还到楼道里喊两声，而且不是正常的那种喊人，而是小心翼翼地，让人感觉阴森森的。单阿姨完全不觉得自己的行为有什么不好，闹了整整一晚上，最后隔壁房间的人被她吵得受不了，开门骂了几句，她才老老实实地回床上睡觉。但是她躺在床上也不睡，而是嘀嘀咕咕的，好像在跟人聊天儿。萧婉扬简直要疯了，但是每次她想换房间，单阿姨都用一种被抛弃的眼神盯着她，她不得不妥协，晚上再为自己的心软埋单，整宿没法睡。

就这么折腾了两天，终于迎来了第三天，今天有她期待复活术表演。

结果白天下起了大雨，他们哪里都去不成，只好在宾馆里待着。萧婉扬本来想装睡，但是单阿姨这次笑眯眯地抢先坐在了她的床上，她很无奈，只好强挤出笑容看着对方。

“阿姨你要聊什么？”

单阿姨笑眯眯道：“婉扬啊，有对象了吗？”

又来了！萧婉扬崩溃了，家里败落之前，几乎每见到一个长辈，人家就要问一句，她本来对恋爱还挺憧憬的，后来被问得都不想谈恋爱了。谈了那么多场恋爱，一个都没往家里领，就是被那些人问出逆反心理了。

“有。”萧婉扬没好气地回答道。

“有啦，干什么的啊？”阿姨对于这种事情好奇程度丝毫不亚于宿舍里爱八卦的姐妹。

“死了。”萧婉扬翻了个白眼。

单阿姨一脸惊愕，随即一脸同情地伸手抚摩着萧婉扬的头发：“真可怜，姑娘，你是出来散心的吧？没事，心里不舒服，就跟阿姨讲，阿姨会尽可能帮你的。”

可我什么都不想说啊！萧婉扬在心中呐喊道。

单阿姨突然就抹起了眼泪：“要是我儿子活着，对象应该和你一样大了。”

她的突然变化实在太快，萧婉扬不知道是真是假，一时也不知道是安慰还是吐槽，只能看着她手足无措。好在单阿姨哭了几声就不哭了，开始说自己的故事，萧婉扬只得塞给她一包纸巾听她诉说。

“当年我生他的时候，下着大雪，他爸在回来的路上出车祸死了，我一个人带着他，没有办法上班，就在家带着他打零工，好不容易把他拉扯大，等着他娶妻生子，对他爸就有个交代了，我也能享享福。结果有一天，他告诉我，他要出国去……和他心爱的女人一起，不回来了。他给我留下一大笔钱，足够我这半辈子用了，他要带我走，我不肯，我哭着求他留下，他却说他的人生要自己把握，然后就和那个女人上了飞机。”

“后来呢？”对于这样的故事萧婉扬还是非常喜欢听的。

单阿姨的语气有些变化，本来慈祥的表情有些狰狞：“他后来幡然悔悟，知道我的好，所以每天晚上来敲我的门，可我不给他开，我要等着他像小时候一样，哭着说妈妈我错了，我才会原谅他，只要他肯道歉，他就还是我的好儿子，只可惜后来他死了。”

萧婉扬不说话了，她看着眼前这个慈眉善目却满心不甘的老妇人，百感交集。父母是孩子的天，但孩子长大后，就不再是父母的附属品了，他是一个独立的人，一旦他有了独立生活的能力，分离是必然的结果。

萧婉扬想起了她的姥姥，那个总是笑眯眯地说“没关系呀”的老太太。

萧婉扬小时候，父母太忙了，都姥姥带着她。她尿床了，惶恐不安的时候，姥姥跟她说“没关系呀”，然后温柔地为她换下湿掉的衣服。

她摔倒了，把新衣服弄脏了，姥姥跟她说“没关系呀”，然后给她拿出一套新衣服来，那衣服一定是洗得干干净净，散发着好闻的肥皂香味。

她长大了去上学，舍不得离开姥姥，哭着不愿走，姥姥伸手抚摩着她的头说“没关系呀”，然后拉着她的手把她送进教室。

她考上父母所在城市的大学，但不想去，就把录取通知书藏起来，躲在被子里哭，是姥姥把她的被子轻轻掀开，把她抱在怀里跟她说“没关系呀”。

后来姥姥得了重病，骗她说是小病，她不相信，请假跑回老家，姥姥那双曾经温暖的大手已经瘦得脱了形，却还用那双枯槁的双手轻轻拉着她的手说“没关系呀”。

萧婉扬守了姥姥一夜，在凌晨时忍不住睡着了，再次醒来时，姥姥已经走了。那双伴随着她长大的手里还抓着一条毛毯，伸向她的方向，想要给她盖上。姥姥生命中做的最后一件事竟然是给自己熟睡的外孙女盖上一条毯子，萧婉扬看着那条毯子，泣不成声。

她很想念那个慈祥又善良的老太太。

要是姥姥还活着，也许跟单阿姨差不多年纪吧，她看着那个老妇人，心里突然涌起一阵柔软。算了，还是不要计较太多了。

萧婉扬给单阿姨擦了眼泪，给她倒了一杯水，她本想出言安慰一下单阿姨，单阿姨却突然一脸神秘地凑过来："你知道吗？复活术也许可以复活人类。"

3

萧婉扬看着广场上的篝火，有点儿恍惚，大家都玩得不亦乐乎，手拉着手在篝火前转圈，萧婉扬却一直没有参与，她本来也不是来玩儿的。

单阿姨的话一直在她耳边回荡，难道还有其他人知道复活术背后的秘密吗？她想得太入神，以至于祭司出来时，她都没注意。等她回过神的时候，那鸡已经活过来了。篝火前那些看到了整个过程的游客们都在鼓掌欢呼，萧婉扬只看到地上的一摊鸡血和活蹦乱跳的大公鸡，重头戏已经过去了。

单阿姨异常兴奋，她一直在盯着刚才表演的祭司，嘴里念念有词："没错，就是这个，死而复生，死而复生！"

萧婉扬吃了一惊，她一把抓住单阿姨的手，单阿姨却并没有什么大的反应，而是转头一脸诡异的表情，她的眼睛瞪得特别大，脸上出现了一种狰狞的笑容。

"太好了，这样我儿子就能活过来了！"

萧婉扬不知道该说什么，因为对于这种复活术，她也是半信半疑，所以才来求证的。她正想着，一个身材纤细的少女突然走了出来，她个子不高，赤着脚，脚腕上戴着两串铃铛，穿着一件很有民族特色的黑红色大袍，长长的头发绾成一个发髻盘在脑后，眼睛是漂亮的丹凤眼，又细又长。

"唯雪？"一看到那个女孩，萧婉扬就脱口而出了这个名字，虽然她马上捂住了嘴，那女孩还是听到了，她往萧婉扬的方向看了一眼，俯身拎起地上的鸡给大家讲解复活术的玄机。

其实整个过程都是人为的，切鸡头、穿头而过，只要找准穴位，鸡是不会死的，而它一动不动是因为受了祭司的催眠，只要解开催眠，鸡就会"复活"，对不了解其中奥妙的人来说，这实在太神奇了。

事实上，聪明且手快的人都能学会这种表演，就像变魔术一样，没什么特别之处。

单阿姨应该很失望吧。

萧婉扬转头看了一眼单阿姨，却发现单阿姨满脸兴奋地盯着唯雪，嘴里念念有词："她、她能救我儿子，一定能！"单阿姨说着就扑了上去，一把抓住唯雪的衣袖，脸上的皱纹瞬间扭曲了。

"求你了，救救我儿子！我不能没有他！"

"阿姨，您儿子怎么了？"唯雪倒是一脸平静，估计是见多了这样的事情。

"我知道你们的复活术没那么简单，我儿子死了很久了，我求你把他救活，多少钱都可以，我有很多钱，可以全都给你们！"

萧婉扬本以为唯雪会说复活术根本就没那么玄妙，然后把单阿姨劝走，然而唯雪什么都没说，只是拉着单阿姨微笑道："请跟我来。"

萧婉扬也想跟去，被跟唯雪一起的人拦住了。

“我和她是一起的。”萧婉扬忙说。

“不好意思，请你回去等吧。”拦住她的人说着生硬的普通话，目光有点儿呆滞，但是态度很坚决，萧婉扬只得作罢。

那一夜，单阿姨没有回来。

第二天早上，单阿姨走了，被救护车带走的。她在唯雪的房间里待了一夜，第二天出来时一脸的心满意足。她的左手弯曲着，微微前伸，好像正拉着另外一个人的手。

“走，和妈妈一起回家，妈妈什么都听你的，只要你不再离开。”她一脸痴迷地说道，然后上了救护车。萧婉扬很诧异，单阿姨之前虽然也有点儿神神叨叨的，但也从没像现在这样，昨天晚上在唯雪房间里到底发生了什么？

旅游团的人在一旁窃窃私语：“早就看出这老太太精神有点儿不正常，一路上都没人搭理她，幸好没和她住在一个房间。”

“她们一起睡了这么几天，难道她就没发现什么异常？”也有人对萧婉扬的迟钝表示怀疑。萧婉扬很尴尬，她在研究室看过各种各样的客户，单阿姨的状态根本就不值一提，所以她压根儿就没当回事。

“据说她们昨天晚上还聊天了，那小姑娘不会精神也有问题吧。”讨论开始往不可控制的方向发展，萧婉扬很想过去解释一下，但是她忍住了，她知道这个时候去解释根本就是徒劳，反而会让其他人更有话题聊。而且她也没时间去了，因为她看到唯雪站在门口，正静静地看向自己。萧婉扬没有丝毫犹豫，向唯雪跑去。唯雪始终没有动，似乎在等着她的到来。萧婉扬跑到她面前时，她反而先说话了，声音很平静：“你找我有什么事？”

“你怎么确定我找你一定有事？”萧婉扬被看穿心事，又不想这么快就露底，就反问道。

“从你看见我的那一刻开始，你的眼睛基本就没离开过我。你不用太紧张，我没什么恶意，你是不是也对复活术感兴趣？”唯雪笑了笑，她的笑容不是很美，却有一种神秘又蛊惑的感觉。萧婉扬不敢轻易回答，她不知道唯雪对单阿姨做了什么，对她来说，唯雪这个人太陌生，又充满危险性，她不得不防着，以免自己也落入噩梦深渊。

“你在想我对那个阿姨做了什么，是吗？”唯雪问。

萧婉扬下意识地点点头，马上又觉得自己好像被牵着鼻子走了，好像面对着万东阳一样。这个时候她突然意识到，唯雪给她一种很奇怪的感觉，和万东阳给她的感觉很像。

“那个阿姨的儿子没有死，只是受不了她的掌控欲望，所以出国了，并且在她每天数十次查岗的重压下跟她断绝了联系，她不愿意接受这个事实，所以脑补出儿子死了的假象。她拒绝承认被儿子抛弃的事实，我只是让她认识到这个事实而已。”唯雪平静地说，那样子让萧婉扬忍不住怀疑她是不是和万东阳有某种联系。

“你干吗要做这种事情？”萧婉扬觉得无法接受。对比单阿姨刚才的状态和昨天晚上的状态，她更喜欢昨晚的单阿姨，起码不会让她感到心酸。

“是她一直求我让她的儿子活过来，我只是应了她的要求而已。我看了她提供的资料，她的儿子活得很好，婚姻幸福，已经有一儿一女，但是他们拒绝和她联系，只是定期寄钱来。”唯雪说。

“这就是你的复活术吗？”

“复活术又不是对活人用的。”唯雪说着笑了起来，眼睛弯弯的，带着点儿戏谑。

“那……‘复活术’是真的吗？”萧婉扬喃喃道。

“看你怎么理解了，我们是无法让医学上确认死亡的人复活的。”

唯雪的表情告诉萧婉扬，她说的是真话。

“那万东阳呢？他是怎么活下来的？”萧婉扬下意识问了出来。

“万东阳？那是谁？”唯雪笑着问她，表情没有丝毫改变，很礼貌的疏离。

“他很多年前来过这里，他见过你，那个时候你还是大祭司的弟子，他遇到了一场事故，差点儿死了——”萧婉扬急切地说，但是唯雪却打断了她的话。

“你说的事情我一点儿印象都没有，是不是记错人了？”唯雪说，“大祭司可不只有我一个弟子。”

“不可能，你的外貌明明跟他说的一模一样。”萧婉扬不相信唯雪的话，但唯雪还是一副淡漠的态度，全然不顾萧婉扬的焦急。

“我真的不知道。既然你是来旅游的，玩得开心最重要，就不要在别的地方费心思了，免得跟那位阿姨一样。”唯雪笑了笑，转身离开了。

萧婉扬愣在原地回味唯雪的话，她分辨不出最后一句是警告还是威胁，但她觉得这里面一定有秘密，内心的好奇正让她越来越勇敢。

4

已经深夜了，萧婉扬还是睡不着。现在宾馆的两人间只有她一个人，没有了单阿姨，她反而有点儿不习惯了，或许她一直都不太习惯一个人睡，房间太安静的话她就睡不着。为了第二天有体力继续跟唯雪耗下去，她开始给自己催眠，但她知道的唯一方法就是数绵羊，当她数到第八百六十七只的时候，实在数不下去了，猛地坐起来，看着窗外发呆。

整个村子静悄悄的，为了维持村子古色古香的味道，外面的灯都是仿制的灯笼，彻夜亮着。虽然不能让每个角落都看得清清楚楚，但视野还是很广阔的。萧婉扬无聊地打量着村里的格局，手指头在玻璃上一下一下地划着。

突然，她看到外面闪过一个玫红色的身影，这身影很纤细，一看就是个年轻女孩。萧婉扬看到玫红色，再看那到纤细的身材，马上就想到了万东阳日记里的唯雪。她赶紧起身抓了一件外套，穿着睡衣就跑了出去。

深夜，村子的小路上很安静，只是偶尔有两声蛙鸣，那个穿着玫红色长裙的身影不紧不慢地走在前面，跟在后面的萧婉扬大气都不敢出，唯恐被发现。

那身影慢慢地出了村子，走上了前往后山的小路。萧婉扬依旧跟着，走了一会儿，周围的一切就模糊起来，路变得越来越窄，前面的身影也看不太清楚了。萧婉扬有点儿害怕，要是待会儿跟丢了，她自己还能回去吗？

她最后还是决定要跟着，这可能就是万东阳一直追寻的真相。她咬咬牙，深吸了一口气，继续跟上。

好在前面的人很快就停住了，不知道从哪里拿出来一盏小巧的灯笼，朦胧的光照亮了周围一小片区域，萧婉扬这才发现，她已经跟着这个身影来到了一片树林的边缘。

那身影拿出灯后就站在原地不动了。萧婉扬刚开始还耐心地等着，但是那身影一直不动，僵在原地。那人不动，萧婉扬也不动，就这么过了二十多分钟，萧婉扬有点儿等不及了。

“这是在干吗啊？”萧婉扬心里嘀咕着，“难道是梦游？”

话音刚落，就听到那个身影轻轻地叹了一口气，刚想继续往前走，萧婉扬突然大叫一声：

“别走！”

那身影转过头来，果然是唯雪。她脚踝上的铃铛被裙摆遮住，若隐若现，在深夜里看起来有一种别样的美。

“你果然跟着我。”唯雪和白天一样的平静。

萧婉扬却紧张地跟她说：“你千万别动！”

唯雪有点儿奇怪，顺着萧婉扬的眼光望去，才看到一旁的树枝上缠着一条彩色的蛇，已经对她摆出了攻击的姿态，可唯雪的脸上没有丝毫惊慌失措，也并没有理会身旁的蛇，而是转过头望着萧婉扬。

“你跟着我，是想找到万东阳寻找的真相吗？”唯雪问。

萧婉扬很焦急：“你别问了，那蛇盯着你呢，先想办法吧。”

唯雪不说话，从身上掏出一样东西，但是那东西太小，灯笼的光线根本就没法让她看清那是什么。

“这就是你想要的真相。”唯雪说着，把那东西丢向了蛇，灯笼的光照亮了那棵树，树后竟然是一个深深的悬崖！

眼看着那东西就要落下悬崖，萧婉扬惊叫一声扑了过去，虽然没有落下悬崖，却惊动了那条蛇，蛇张开嘴，吐着芯子向萧婉扬扑过来。

萧婉扬惨叫一声，满头大汗地坐了起来，才发现自己躺在宾馆里，全身已经被汗湿透了，半晌她才回过神来，自己竟然又做了一个梦。

但是那个梦太真实了，简直就是身临其境。

这时她发现身上有一个小纸条，上面写了一句话。

想知道真相，就去根源的所在找一样东西，它能解开你的疑惑。

那纸条没有落款。萧婉扬抓起纸条跑到唯雪的房间，唯雪刚刚起床，正在梳头，乌黑的长发在木梳的梳理下散发着神秘的光泽。

“你说的那样东西是什么？那个地方是哪里？”萧婉扬问。

“梦从哪里来，你就到哪里去。”唯雪说。

“那我找什么东西？”萧婉扬问。

“你看到就知道了。”

说了等于没说，萧婉扬抓狂了，但唯雪不再理会她，很快就起身离开了。

5

深山中，萧婉扬一个人艰难地前行着。这里就是万东阳出事的地方，但是已经很久没有人来了。本该是道路的地方也长满了齐腰深的杂草和灌木，几乎无法下脚。

她找了很多人问这个地方，得知前些年确实有一起大巴出事了，萧婉扬就赶紧跑来了。尽管不知道会遇到什么危险，但她来的目的就是找到谜底，这样也许就能结束万东阳的噩梦了。

那个在噩梦里不停发抖，还伸手抱住她的万东阳，让她心疼。

萧婉扬在灌木丛中徘徊，经过一处偏僻的地方时，一阵疼痛突然从小腿上袭来。她无法弯腰察看伤情，只能咬了咬牙，继续走下去。那应该是被某种边缘锋利的叶子划伤的，但没有任何野营经验的她根本不知道做什么防护措施，一路走下来，她身上被划破了好多地方，还被各种不知名的虫子叮咬，有的地方红肿得厉害，而且奇痒难耐。

这里真的好大啊！萧婉扬不知道要找什么，就这么漫无目的地在丛林里穿行，很快她就撑不住了，整个人几乎崩溃。

走了一个下午，她把看起来稍微有点儿奇怪的东西都收集了起来，包括一些被游客丢弃的垃圾，带的包很快就装满了。她还觉得不够，依然在四处寻找。

又过了很久，萧婉扬累得筋疲力尽，也没找到唯雪说的东西，或许她已经找到了，只是不知道是哪一个。天色开始变暗，她有点儿害怕，恐惧和无助慢慢爬满了她的全身。

赶紧回去吧，明天趁早再来。她这么想着，转身想离开，就在这个时候，她看到不远处的树上挂着一条项链。那是一条很普通的白色金属项链，下面是一颗深蓝色的吊坠。因为距离太远，看不清楚到底是银的还是白金的，但隐约可以看到上面有一些深红色，不知道是锈迹还是血迹。萧婉扬心里一震，这难道就是唯雪说的线索？

她几步冲到树下，想把项链拿下来，但项链挂得有点儿高，她够不到，试图爬上去却几次滑了下来，膝盖被蹭掉好几层皮。最后她放弃爬树，决定在周围找找有什么可以垫脚的东西。

然而就在转身的一刹那，她觉得脚下一空，幸好她反应很快，一把抓住身旁的一棵植物才没滑下去。她脚下有一个洞，因为天色太暗，又被植物遮挡，她根本就没发现。那棵不知名的植物上布满了锋利的锯齿，瞬间就把她的手心划破了，鲜血顺着手腕流了下来。尽管她没有滑下去，但现在她的手心和胳膊剧痛无比，根本就支撑不住，不得已松开了手。

“完了，”她想，“我要死了。”

就在掉下去的一瞬间，她的手却被一把拉住了。

“谁？”萧婉扬大声喊道，还带着哭腔，她真是累坏了，也吓坏了。

伴随着她的叫喊声，她被拉了出来，拉她上来的人坐在一旁大口喘气。

萧婉扬全身都软了，缓了一会儿才觉得好一些。她赶紧转过头看，那是一张她此生见过最美的脸。尽管这张脸她见过无数次了。

“别怕！老板来了。”那人调皮地笑道，“不过你确实应该减肥了，差点儿把我也拖下去。”

“去你的老板来了！”萧婉扬大喊一声，猛地扑进了万东阳怀里大哭起来，似乎要把这些天所有的委屈和情绪全都发泄出来。万东阳有些不知所措，但并不特别意外，轻轻把她搂在怀里，拍着她的背柔声道：“别怕，我在。”

萧婉扬哭得更大声了，除了哭，她什么事都忘了，以至于回到宾馆依然没有想起来要问万东阳为什么消失。

她只庆幸万东阳回来了。

6

“说吧，去哪里了？”萧婉扬终于回过神来，毫不客气地开始盘问万东阳。

万东阳一脸委屈地说道：“就是来这里啊，我本来想去我出事的地方看看有没有什么线索，结果就遇到了你。”

“我找到唯雪了。”萧婉扬说，“她还在村里当祭司。”

万东阳一脸疑惑：“不会吧，这里的人都说她出去打工了，好几年没回来了。”

“我明明见到她了，是她让我去那里的！”萧婉扬急切地说道，“旅游团的人可以做证。”

但是萧婉扬很快想到旅游团的人已经走了，没有人能帮她做证。她找到了那天晚上表演复活术的人，但是大家都纷纷表示没见到过，萧婉扬彻底没了招儿，大家都说她认错人了，把现任的祭司认成了唯雪，但是那个祭司萧婉扬根本没见到过。

这一切究竟是怎么回事？

最后万东阳很无奈地对她说：“我来了好些天了都没见到唯雪，而且什么线索都没找到，你来这里旅游一趟就什么都找到了？这让我情何以堪。”

萧婉扬看着他认真的样子，只好作罢，但她心中的疑团始终没有解开。

“为什么你一看见我就往我怀里扑啊？”万东阳坏笑着看着身旁的萧婉扬。

“因为天气太冷了！”萧婉扬赶紧找个理由搪塞。

他们又逗留了一天，准备第二天回去，梦境研究室的一些客户已经给万东阳打了好几个电话了，他们已经停业很长时间了。

晚上萧婉扬做了一个梦。

她梦到唯雪站在一棵树下，就是挂着项链的那棵树，树下盘着一条像人的大腿那么粗的蟒蛇，吐着猩红的芯子，对她虎视眈眈。

“爬上去，或者放弃。”唯雪说。

萧婉扬很怕蛇，但不知道为什么，这时她却毫不犹豫地走了过去。项链到手的瞬间，那蟒蛇舒展身体将她紧紧缠绕起来，她越发喘不过气，很快就醒了，才发现自己正躺在宾馆的房间里，身体被被子紧紧缠绕着。

萧婉扬坐起来，在空荡荡且漆黑的房间里胡思乱想。她已经很久不做梦了，因为她从心底里不愿回想过去那些美好画面，那会让她软弱、流泪。现在她又开始做梦了，只不过梦的内容是另外一个人罢了。

她想起有一天万东阳站在研究室里，捧着一本书低头看着，她端着咖啡走进来，他抬起头向她微笑，那笑容那么温柔，那么美好。

萧婉扬知道，她已经无法把万东阳从她的生命中抹去了，她长这么大，还没遇到过万东阳这样的人，似乎也没遇到过能让她如此付出的陌生人。虽然女孩的娇羞和矜持让她不太想承认自己喜欢上了他，但现在回想起从研究室到这个地方来的每一个细节，她才对自己的所作所为大为吃惊。她很明白这不是一时冲动，她是真的很想帮助万东阳。

第二天天一亮，他们就决定回研究室，这地方散发着诡异，而且研究室内还有很多事等着他们。

7

研究室重新开业，萧婉扬继续她的打工生涯，胡夏夏没有回来，每天除了客户依旧是她和万东阳两个人，只是这相处多了一些暧昧的气息——这是萧婉扬的直观感受，当然也可能是她少女情怀在作祟。

白天有课的时候，萧婉扬就去学校上课，闲暇时间就去研究室。这天她在教室里收拾东西，快递员送来一个包裹，包裹很小、很精致，上面画着一个小小的鸡头。

萧婉扬心里一震，忙打开了包裹，发现里面有一封信。

萧婉扬：

你好，不要惊讶我为什么知道你的名字，问问旅游团就知道了，我写这封信给你，是因为你来找我的目的让我很诧异。

你想知道万东阳当年遭遇事故的真相，是吗？我现在就告诉你吧，其实我不叫唯雪，我叫万东雪，是万东阳的亲姐姐。当年我们一起去湘西旅游的时候，因为道路塌方，发生了很严重的事故，我父母在这次事故中丧生，我双腿骨折，只有东阳很幸运，只受了点儿轻微的擦伤。但是当他哭着扑向我时，我崩溃了，都是因为他，我才失去了疼爱我的父母。这次旅行是他坚持要求的，他在电视上看到了湘西神秘的赶尸术和复活术，就非常感兴趣，一直嚷着要去。父母被缠得没办法，就许诺，要是他考上理想的大学之后，就带他去。结果他真的很努力学习，考上了那所大学。暑假的时候，父母履行承诺要带他去，我本来是不愿意的，因为我有别的计划和安排，可是一家人难得出去旅游，最后还是陪他们一起去了。

没想到这个家一去就再也无法完整，当时的我认为一切都是他的错，于是用最恶毒的语言谴责、咒骂这个曾经和我亲密无间、以后会和我相依为命的弟弟。他当时愣住了，没有再哭，转身出去了，而我沉浸在自己的痛苦里无法自拔。

第二天，他疯了。他把自己锁在病房里拼命地嘶喊、吼叫，最后医生没办法，砸开了门，发现他躺在床下面，紧缩着颤抖不已的身体，满脸泪水和无助。

“我害死了他们！我害死了他们！”他反反复复地说这句话，我这才发现，我一时的情感宣泄竟然导致了他的精神崩溃。

后来我用了各种方法也没有让他恢复原样，他在精神病院住了三年，病情总是反反复复。我心里很愧疚，但我无法弥补他，更不可能让他恢复原样。我也听说过湘西的复活术，就前去寻找，希望有一线生机，可在知道复活术的真相后，我觉得一切希望都破灭了。这时，大祭司教了我另外一个方法——催眠。

为了把东阳从重大打击中带出来，我对他用了催眠术，他记忆里那些奇怪的场景——那个白发女孩，那场事故的发生，全都是我催眠出来的。那场事故虽然已经上了新闻，但并没有登载遇害者的真实姓名。而他的身份，我也托人做了修改，除了万东阳这个名字没有变，一切都变了。

他的记忆里不会再有我的存在，因为我是他一切噩梦的根源，他将永远活在我为他编织的梦中，唯一的痛苦就是他以为父母抛弃了他，搬家离开了。

我因为欠了大祭司一个人情，就留在了这里，为他做力所能及的一切，但是我不能让东阳看到我，我怕他会回忆起关于我的一切。

和他一样找我的还有胡夏夏，其实她只是我找到的催眠师，她需要定期去给东阳催眠，以免他的记忆恢复，真正的胡夏夏并不是她。为了不让他恢复记忆，我做足了一切准备，没想到他却执着地寻找真相。

我不能让这世界上唯一的亲人活在那样的噩梦中，所以我决定离开。你们不用再来找我，这个世界上不会再有唯雪，也不会再有万东雪，我会从你们的人生中彻底消失。也许有一天，真相终会揭晓，但我既然已经把他拉出了噩梦，就不会再让他坠落回去。而你，萧婉扬，我知道你是喜欢东阳的，寻找线索和梦中的蟒蛇都是我对你的考验，你做得很好。我不想让他回到噩梦中，但是如果他坚持寻找真相，甚至因此影响了他的人生，那还是给他一个机会吧。那条项链就是他恢复记忆的关键，最终的决定权在你手里，我相信你会做出正确的选择，因为你和我一样，深深地爱着他。

信到此为止，萧婉扬轻轻抖了抖包裹，一条沾满暗红色血迹的银色项链掉了出来。

萧婉扬小心翼翼地拿起项链，回想之前关于万东阳的点点滴滴，心酸不已。拿到这个决定万东阳人生的钥匙，她一时不知道该如何面对，就决定先把项链收起来。但在心底里，她觉得她这辈子大概不会把它拿给万东阳看了。

萧婉扬不知道万冬雪到底去了哪里，她只知道万东雪是个很好的姐姐。

她正对着包裹发呆，手机突然响了。万东阳发来了一条微信：我好困，想喝咖啡。萧婉扬的嘴角扬起一丝笑容，转身向研究室的方向走去，万东阳正在等着她。

血色红线

我们定下了三生三世的盟约，决定在一起。

却不知道死亡早已把我们分离。

——阮希非

闷……

很闷……

喘不过气来……

好像有什么紧紧束缚着他。

阮希非缓缓地睁开眼睛，惨叫了起来。他看到自己脚下有许多巨大的白底蓝条纹蜘蛛，它们正忙碌地结着网，但它们吐出的不是蛛丝，而是一根根黏腻的红线，那丝线不断缠绕结成奇形怪状的网，而他就躺在网中央，被那些红线紧紧缠绕着，只剩下一个头露在外面。

那些蜘蛛都长着同一个人的脸，那个深夜中在医院哭泣的少女，他的初恋女友。

可是她已经死了三年了。

1

阮希非长得很帅，而且打扮得非常时尚，他坐在万东阳对面，目光有点儿忧郁，看上去倒像是哪个公司跑出来的视觉系艺人。

萧婉扬在外面看得很开心，还不时拿出手机拍照，两个帅哥坐在一起还是很养眼的，萧婉扬一边想，一边看着屋内两个人的嘴一张一合，还不时打着手势，忍不住笑出声来。好在屋内的人正在很认真地谈话，全然没看到外面的她。

阮希非姿态优雅地喝了几口咖啡，开始说自己的梦。

“我们上高中时就在一起了，可她后来得了绝症，刚开始我还总跑去医院看她，但是我的父母反对我和她交往过深，说如果她突然去世，对我的影响会很深大。我不听，我父母就开始监视我，并限制我的自由。我去医院的次数越来越少，有时候除了上学连门都出不了。就这样过了两个月，我终于能偷着跑去看她，但是她并不欢迎我。

“她变得非常虚弱，头发也全都剃光了。脸水肿严重，一点儿都不像我印象中的那个少女，她全身插满了各种管子，额头上露出可怕的青筋，看到我过来，她突然喊叫起来。

“‘阮希非，你不要我了是不是！你不要我了？！’

“我当时吓呆了，站在那里一时不知道说什么，她挣扎着想起来，可是插在身上的管子险些被她拽掉，我忙转身出门找护士，想帮她重新整理一下，却听到身后传来剧烈的哭声。她哭着说我不要她了，嫌她难看了，越说越激动。她身边家属又都没在，我不知道怎么办才好，于是赶紧出门去找护士，想着等她情绪稳定了再说。结果我刚刚叫完人，我妈就打电话过来，逼问我在哪里，我只好回家，想着过几天再来看她。

“然而当天晚上，我就接到了报丧的电话，她姐姐打电话给我，说她走了。

“我哭了整整一个晚上，后来去参加她的葬礼了，她父母不愿意看到我，他们觉得是我没有在她生病后好好安慰她，她心情抑郁，才会这么快离开人世的。她住院的时候天天都在说我的事情，每天都在盼着我来。”

阮希非说完，擦了擦眼角的泪水，把头转到一边。

“她去世之后，发生过什么事情吗？”万东阳没有理会他的眼泪，他已经习以为常。他现在迫切想知道接下来发生的事。

“严重的事情倒也没有。之后三年我都没有再谈过恋爱，我无法从那个阴影中走出来。直到我遇到了现在的女友，她抚平了我心里的伤口，我慢慢地被她吸引，最后我们走到一起，确定了恋爱关系。”阮希非的表情开始变化，眼睛里闪着光。

“在那之后你就开始做梦了吗？”

阮希非犹豫了一会儿，才艰难地开口：“不是。”

“那是什么时候？”

“从现在这个女朋友也得了重病，住进医院时起……我开始做梦，梦到她——我的前女友。我不敢去医院看女朋友，我生怕这是她对我的惩罚，她不让我谈恋爱，她觉得当初是我背弃了她。”

“你再描述一下你的梦吧。”万东阳将话题引到了他的梦上。

“我在一个很深很黑的洞穴里，隐约能听到一些吵闹声，我刚开始睁不开眼睛，觉得有东西捂着我的眼睛。过了很久，捂着我眼睛的东西不见了，我慢慢睁开眼，就在这时，我听到一种窸窸窣窣的声音从脚下传来。我低头一看，脚下全是白色的大蜘蛛，每只都有一米多长，它们身上有深蓝色的条纹，正趴在下面吐丝，但它们吐出来的不是普通的蜘蛛丝，而是一条条红线。我这才发现自己全身都动弹不得，已经被这红线裹成了一个蛹。我想大声呼喊求救，可是什么声音都发不出。”阮希非回忆起噩梦依然心有余悸。

“你觉得你现在的恋爱对你的初恋女友是一种背叛吗？”

“怎么会？！”阮希非像是被激怒了，猛地站起来，“她已经死了，难道要我为她愧疚一辈子吗？”

“没有人这样说，你激动什么？”万东阳一脸诧异，“我好奇你心里是怎么想的，当然就要问一下，不然难道要我猜吗？”

阮希非的脸红了，一声不吭地坐了下来。

“所以你来是不想再做噩梦吗？”万东阳问，这个问题似乎有点儿多余。

“我想……你们帮我看看，我是不是被死去的初恋女友缠上了……”

他说这句话时，萧婉扬正端着盘子进来，听到这句话忙转身出去了，到了没人看到的地方才笑了起来。

“都什么年代了。”她一直在笑，但很快想到了之前对“复活术”的半信半疑，又笑不出来了。想到此，她吐了吐舌头。

萧婉扬再次回到研究室时，阮希非还在讲述他和初恋女友的种种有爱的画面，一边讲一边哭。萧婉扬却没有什么同情心，放下东西就出去了。阮希非走后，她才再次进来。

“有意思，他还是蛮痴情的嘛！”万东阳看着刚才记录的笔记本，认真地说道。

“我才不信，看他像是演艺圈的艺人吧，表情很到位。”萧婉扬撇撇嘴。

“不会，他的梦说明他潜意识里一直在束缚自己，虽然他可能自己没有察觉到。红线在中国代表的是姻缘，月下老人牵红线的故事你听过吧，他被这段姻缘裹得无法动弹，他心里是惧怕这种姻缘的。他对前女友应该除了内疚，还有害怕，还有一点点庆幸——幸好她去世了，不然他将陷入进退两难的地步。”

“不觉得。”萧婉扬很不认同万东阳的意见。

“你好像对这个人有成见？”万东阳有点儿疑惑。

“没有，我只是说出我的真实想法而已。”萧婉扬说。

“那我们赌一把好了，怎么样？”万东阳挠挠自己的下巴，露出了意味深长的表情。

“好啊，赌什么？”萧婉扬问。要是万东阳输了，她一定要去市中心那个最贵的餐厅大吃一顿，然而万东阳一开口就把她说懵了。

“赌初吻吧，你觉得呢？”万东阳满脸真诚地看着萧婉扬。

“啥……初，初吻？”萧婉扬结结巴巴地问，脸已涨得通红。

“是啊。”万东阳一本正经。

“可，可我的早没了……”萧婉扬干咳一声。

“没关系，我的还有。”万东阳无比认真地说道。

萧婉扬一怔，抬头看向万东阳，她觉得自己的脸直发烫，放上纸一定会燃烧起来，而双脚像生了根似的无法动弹。

2

萧婉扬从研究室出来时已经是下午五点半了，她准备坐地铁回学校吃点儿东西就去上晚自习，结果刚拐了个弯儿，就看到阮希非站在不远处看着她，见她走近了，他就走了过来。

“婉扬，好久不见。”阮希非说道。

“我倒是希望永远不见，我忙得很。”萧婉扬随意答了一句，转身进了地铁站。

阮希非跟了进来，萧婉扬加快了脚步，阮希非也加快了脚步，在等地铁进站的时候，阮希非伸手拉住了萧婉扬的胳膊。

“婉扬，我有事情问你。”

萧婉扬一把甩开他的手，冲进了一列已经滴滴作响的地铁里，门关上了，萧婉扬松了口气，但是看了指示牌，瞬间又郁闷了——车坐反了。

万东阳的猜测是对的，她和阮希非已经认识很久了。两个人高中的时候就认识了，还经常在一起玩儿，那个时候的萧婉扬是天之骄女，所有人都围着她转。她很清楚那些人为了什么跟着自己，所以对所有人都不远不近，就和一个叫冯莹莹的女孩玩得最好。这个女孩刚开始并不知道萧婉扬家有钱，是一个非常单纯的女孩子。

冯莹莹很喜欢阮希非，萧婉扬心里明白，就经常叫阮希非和他们一起玩，然后有意让冯莹莹和阮希非独处。

冯莹莹和阮希非很快就熟络起来，经常一起吃饭、一起跑操，所有人都以为两个人谈恋爱了，老师还特意找冯莹莹谈话，结果一向软弱没主见的冯莹莹很强硬地表示，她就是喜欢他，但不会影响学习。因为冯莹莹学习还不错，老师也没有说得太过分，只是劝了几句就让她回去了。

这件事传开后，所有人都称赞冯莹莹的勇敢。然而阮希非并没有领冯莹莹的情，不久后，他就和学校里另一个女孩谈起了恋爱，并且大秀恩爱。

冯莹莹很伤心，学习成绩一落千丈，她几次想找阮希非谈谈，阮希非却避而不见。冯莹莹彻底伤心，转学走了，之后音信全无，也没有再联系过萧婉扬。后来阮希非女朋友得重病了，也没见他去探望，高考之后，阮希非选择了去影视学院学表演，身边更是美女无数。所以萧婉扬对阮希非的成见是很深的，她觉得阮希非就是一个花花公子，懒得搭理他。然而当她走到学校的时候，却看到阮希非蹲在学校门口，死死盯着进出的每一个人。

“婉扬，跟我谈谈好不好？我请你吃饭，饭店随便你点。”看样子阮希非是要一直纠缠下去了。

萧婉扬还是不搭理他，阮希非急得都冒汗了。

“要不你跟我去看看我女朋友。”他急切地说道。

“没兴趣。”萧婉扬不想理他。

阮希非一屁股坐在地上，抱住萧婉扬的大腿号了起来：“你不能就这么始乱终弃啊！我对你那么好，所有工资都给你花了，你怎么可以……呜呜！”

萧婉扬一把拎起他的领子，捂着他的嘴把他拖到了角落里，怒斥：“你想不想活了？姑奶奶我是吓大的？”

萧婉扬看起来气势汹汹，事实上却被阮希非掐住了软肋，她特别要面子，人越多越要面子。刚才他那一闹，萧婉扬连撕了他的心都有了。为了防止他故伎重演，萧婉扬只得跟着他走了。

当她在医院看到阮希非的女朋友时，她惊呆了。

“冯莹莹？”

3

冯莹莹和阮希非是在一次演出中再次相遇的，阮希非的样子基本没有什么变化，而冯莹莹则从羞涩乖巧的少女变成了轻熟女，她个子高挑、穿着时尚，头发是长长的大波浪卷，看起来非常有女人味。两个人再次相遇之后，很快就坠入了爱河。

可惜好景不长，冯莹莹也病了，阮希非这次倒是没有像高中那样彻底消失，而是每天都去看她。生病后的冯莹莹的脾气变得很不好，每天都在哭和吵闹。刚开始阮希非还有耐心哄，后来干脆就任她闹，自己该送花送花，该打饭打饭。这样持续了一段时间后，冯莹莹又开始痛诉他冷暴力。阮希非心力交瘁，这次见到萧婉扬，他想到两个人高中时感情很好，就想让萧婉扬开解她。

“好久不见啊。”萧婉扬有点儿无措，冯莹莹却冷冰冰的，理都不理萧婉扬，而是盯着阮希非质问：“你们怎么会在一起？”

“他求我来开导开导你，别动不动就发脾气了，对身体不好。”萧婉扬翻个白眼，心里很不爽，本来还想叙叙旧，结果冯莹莹竟然对自己摆了一张臭脸，那她也别想看到自己有什么好脸色。

冯莹莹满脸铁青地转头看着阮希非：“你怎么找到她的？”

“碰巧遇到的，她正好在我去的地方打工。”阮希非说的是实话，但萧婉扬很奇怪，他是怎么知道自己学校的？她本来还想问一下，但看了看这两个人之间的紧张气氛，她决定不说话了，免得遭受已经化身为醋坛子的冯莹莹的攻击。

冯莹莹确实变了不少，五官比上学的时候精致多了，而且皮肤白皙，要不是因为生病显得憔悴些，她绝对算得上美女了，难怪阮希非后来会和她在一起。

看她这样子，病魔把她折磨得够呛吧，看着她的脸，刚才还气呼呼的萧婉扬又不自觉地心软了。“我去给你买点儿东西吧。”萧婉扬转身向外走去，还没出门，就听冯莹莹喊道：“婉扬，对不起，我不是故意的……我，我控制不了我自己……”她的声音柔软了很多，“你别走，坐一会儿，我其实特别想你。”

“我不走，我就买点儿东西，很快就回来。”萧婉扬说，结果阮希非在旁边干咳了一声，萧婉扬回头一看，阮希非面色很尴尬，冯莹莹的脸色又不好看了。

萧婉扬瞬间明白了，看来阮希非经常用这个借口开溜啊。既然来了，那就陪一会儿吧，东西待会儿再买也行，于是转身坐到了床边。

“我去给你打点儿水。”阮希非抱着一个暖水瓶溜走了，看样子一时半会儿是回不来了。冯莹莹看着他的背影半晌才叹了口气：“每次都是这样，来是来了，但是根本不愿意和我多待，总是找个借口往外面跑，觉得时间差不多了，就走了。我爸妈倒是觉得他很好，但是好不好只有我心里清楚。”

“别想太多，好好养病。”面对多年未见、已经陌生的昔日好友，萧婉扬不知道说些什么才好，何况是在这样的情况下，只得简单安慰几句。

冯莹莹的气色确实不怎么好，脸水肿得很严重，但是精神还不错。

“身体怎么样？感觉你精神还不错。”两个人沉默了很久，萧婉扬极力地想找话题。

冯莹莹却露出狡黠的笑容，见周围的病人没注意她，便凑到萧婉扬的耳边，压低声音道：“没事，你别怕，我没病，我就是试试他而已。”

“你有病啊你！”萧婉扬猛地站起来。

“我刚告诉你没病啊。”冯莹莹一脸得逞的笑。

萧婉扬瞬间炸了：“我说你脑子有问题啊！没病住什么医院，折腾谁呢？住院好玩儿啊？”说完转身要走，却被冯莹莹一把抱住了。

“你别走，希非要是知道我没病，一定会离开我的。”冯莹莹的语气心酸极了。

萧婉扬被哭鼻子的冯莹莹弄得很无奈，想暴力挣脱，又怕别人以为她在虐待病人。虽然冯莹莹根本就没病，但她总不能一边和冯莹莹扯来扯去，一边跟其他人说她没病吧。她不得不坐下来，但对冯莹莹还是满腔的怒火。

冯莹莹这个时候倒是没有太激动，也不为她的所作所为而感到羞耻，反倒拉着萧婉扬的袖子可怜兮兮地道：“婉扬，你别生气，我好久没见你了，你过得好吗？”

吃软不吃硬的萧婉扬被冯莹莹的“柔情似水”搞得生不起气了，坐在那里也不知道说什么，只得低着头玩手机，倒是冯莹莹主动凑过来说起了她这些年的事情。

她转学其实并不只是因为阮希非，主要是她父母的婚变。转学后不久，她父母离婚，她大受打击，大学就没有考上。后来父母又各自再婚，她在家里实在待不下去了，就出来工作。凭借着良好的外形和身高，她走上了模特的道路，时间久了，也做了一些微整形，形象越来越好，渐渐在圈里小有名气。一次活动中，她意外遇到了阮希非，过去的感情一下子就涌了上来，好在阮希非也是单身，两个人很快就在一起了。

刚开始两个人如胶似漆，爱得难舍难分。阮希非跟她说，自己单身很久了，因为一直对初恋女友心有愧疚。冯莹莹很心疼他，就对他更加好。两个人好了一阵，冯莹莹治愈了他的伤痛，他的事业也一天天好了起来。时间久了，两个人都很忙，见面的时间也越来越少。他们的圈子里诱惑太多了，阮希非渐渐出现了出轨的征兆，电话不接，短信不回，问急了就说太忙。

冯莹莹不想失去这个喜欢了很多年的人，她想起阮希非初恋女友的事，决定用装病这个办法挽回阮希非的心。她找到了在医院的亲戚，伪造了诊断书，住了院，阮希非信以为真，果然回来了。

“只是不知道这个方法能用多久，所以我很焦躁……”冯莹莹对自己设的这个局可能产生的后果没有任何考量，完全是由着性子来。

“可是你的脸真的肿得像病了啊！”萧婉扬很诧异。

“我前段时间打美白针有点儿过敏，很快就好了。”冯莹莹抚摩着自己白白的皮肤，很得意地说道。

萧婉扬没有说话，她不想评价冯莹莹的行为，但是她想，也许万东阳是正确的，阮希非对初恋女友还是很有感情的。

4

萧婉扬从医院离开时，阮希非也跟着走了。两个人走在马路上默默无语，一直到萧婉扬的学校门口。

“我走了，再见。”萧婉扬礼貌性地打完招呼，但是阮希非拉住了萧婉扬。

“我请你吃个饭吧，哪里都行。”阮希非的语气中有种不容置疑，感觉不像是邀请，倒像是命令。萧婉扬感觉到他有很多话要说。

萧婉扬本来想拒绝，但是看到阮希非的眼神，她又有点儿心软，一想到他被骗了，她心里就涌起一阵莫名其妙的愧疚感，于是点头答应了。

说实话，萧婉扬上学时跟阮希非没什么交集，虽然经常喊他一起玩儿，但每次都是把他和冯莹莹丢在一起，自己闪人，所以也没什么值得回忆的地方，不知道阮希非要聊什么。阮希非有很多话要说，但不知道从何说起，就拿筷子划拉碗里的饭，好好一碗饭被他划拉得乱七八糟，看得萧婉扬很倒胃口。

“你到底要干吗？”萧婉扬忍不住了。

“我也不知道……我就是觉得遇到你很亲切，想跟你多待一会儿……”阮希非的语气真诚得让她不敢相信，她不知道该怎么接话，只好低头专心吃饭。

“你说莹莹她能好吗？”阮希非突然问道。

“嗯……啊，能吧。”萧婉扬应道。

“我觉得她好不了了，除非我离开她，但是我知道她需要我，我又没法离开，我……”阮希非叹息地低下头，眼睛无神。

“你到底想怎么样？”萧婉扬有些忍无可忍，她想赶紧结束这样无聊的对话，更何况这是他们两个人的事，和她无关。

“我不知道，我每天晚上闭上眼睛就是那铺天盖地的红线……我快疯了。她可能真的不想让我再谈恋爱，但是我又怕离开莹莹，莹莹会跟她一样……”阮希非一脸痛苦。

“你想多了……”萧婉扬也不忍心看着他痛苦，一直在考虑要不要把真相告诉他。

“不是，你知道吗？这不是病，这是诅咒。”阮希非眼睛睁得特别大，惊恐地望着萧婉扬。

“跟我说有什么用……”萧婉扬对这样的说辞很反感，她可不信什么诅咒，更何况冯莹莹根本就没病。

阮希非笑了笑，无懈可击的外形带着点儿忧郁，就算是心有所属的萧婉扬也有点儿心动，但是她很快就恢复了正常。

“我的初恋女友肖红葭你们都认识，她是学校里经常考年级第一的女孩子，我认识冯莹莹比认识她早得多，但是不知道为什么，我对冯莹莹就是没有对她那样的感觉。她长得确实不如冯莹莹漂亮，但她有一种独特的味道。我见到她的时候是在学校图书馆，当时冯莹莹陪我看书，还给我准备了水果，然而她进来的那一瞬间，我的眼睛就只看着她了……”阮希非陷入了回忆中，眼神也变得温柔了很多。

阮希非在学校是很受欢迎的，他出众的外表在高中时就很吸引人，身边总是围绕着很多女孩子，冯莹莹就是其中一个。冯莹莹除了乖巧没什么特别的地方，所以阮希非很快喜欢上了学霸肖红葭。肖红葭的外表不算出众，个头小小的，单眼皮，鼻子长得很好看，瓜子脸，下巴很尖，经常梳个马尾辫，穿着朴素，但是干净利索，身上总是散发着好闻的肥皂香味；她不爱说话，总是独来独往，喜欢看书，喜欢一个人静静待着。不知道为什么，阮希非第一眼看到她就喜欢上了她，天天抱着书去她面前晃悠，大概两个月后，阮希非表白了。

“我喜欢你。”阮希非很羞涩但是很自信地跟她说。

“没时间谈恋爱。”肖红葭简短地拒绝了阮希非。

阮希非不是知难而退的人，他径直走过去一把抱住肖红葭，吻了她。没有任何经验的肖红葭不知所措，恋爱的感觉让她忘了所有的顾忌。两人确定了恋爱关系，开始成双成对地进进出出，肖红葭头脑确实好，学习不仅没有因此下滑，还能抽空帮阮希非补课，所以肖红葭和阮希非的班主任就睁一只眼闭一只眼了。然而好景不长，肖红葭得了重病，刚开始阮希非还经常给她打电话，两人在电话里一聊就是一个多小时。

肖红葭这个人很怪，她不喜欢听甜言蜜语，也不喜欢什么山盟海誓，她喜欢一些奇奇怪怪的东西，比如红线盟约。她曾找来一捆红线把她和阮希非的手捆在了一起，对阮希非说：“被红线缠绕的人会有三生三世的姻缘，谁都拆不走。”

“要是一方死了呢？”阮希非被肖红葭认真的表情逗笑了，他觉得这个女孩无比可爱。

“那另一方也会死，会被红线缠绕而死。三生三世，不论生死，他们会都被红线紧紧缠绕着。”夏红葭含情脉脉地说道。

阮希非没有把肖红葭的话当一回事，性格再奇怪也是女孩子，喜欢这些关于爱情的奇怪传说是很正常的，但他没想到，肖红葭的话在她死后应验了。

肖红葭的死讯传来后，他也去参加了葬礼，却被肖红葭的父亲狠狠打了一顿：“要不是你！她不会这么早就去世的！都是你的错！”对于这样的委屈，阮希非并未放在心上。拳脚雨滴般落在他的身上，他却没有多少感觉，他满脑子里反反复复出现肖红葭那个关于红线的传说。

肖红葭的父亲留下了一句恶狠狠的话：“你这种人，一辈子都不可能得到幸福，你就一个人孤独终老吧！”

阮希非跌跌撞撞地离开，找了个地方喝得烂醉，被家人找到后带回了家。他躺在床上，轻轻地呢喃着肖红葭的名字。

他开始做梦，梦到自己被红线紧紧地缠绕，又被蜘蛛慢慢地拉了下去，那群蜘蛛流着口水，目光狰狞，等待着这顿美味的人肉大餐。他惨叫着惊醒，发现全身已经被汗湿透了。他下了床，拼命地翻着抽屉，里面放着很多肖红葭送给他的东西。一些水笔、笔记本、钥匙扣，还有手工编织的围巾等。这些东西他之前看着心里还暖洋洋的，但现在他只觉得可怕。他把房间搞得一片狼藉，才找到了要找的东西。

那是一张肖红葭的照片，他把照片放在桌面上，静静地看着。梦带来的恐惧感渐渐消失，他突然觉得眼前这张脸无比让人怀念。他很想念肖红葭，也很后悔没有经常去医院看她，但是一切都晚了，肖红葭不会再回来了。他对肖红葭一直很认真，只是没想到肖红葭会变成那个样子。

他觉得心口有点儿疼，往常在这个时间，即便不去医院看她，也会在电话交流的，现在……

客厅里的父母一直在说着什么，刻意压低声音，想必是怕他听到。渐渐地，声音越来越大，最终，他趴在门口听到母亲带着哭腔说：“真怕他会恨我……但我就怕他跟那女孩感情深了，她病重一走，非非也跟着去了，这我怎么能承受得了……我不如也跟着去了……”

阮希非全身一震，没有再说什么，默默地退了回去。他坐在床上，静静地看着肖红葭的照片，轻轻地哀求道：“你放过我吧，我还不想死……我可以一辈子不谈恋爱，心里只有你一个人……”

之后三年，他都没有再做那个梦。

5

冯莹莹的出现是阮希非没有料到的。他已经单身了三年，虽然跟一些女孩关系亲近过，但他始终记得和肖红葭的约定，没有谈恋爱。

那天他帮一个朋友走T台，坐在舞台旁边休息的时候，就看到一个身材高挑的美女过来跟他搭讪，他笑着敷衍了几句，没有放在心上，那女孩突然说道：“你不认识我了？我是冯莹莹啊！”

阮希非很诧异，老同学见面，又是在这样的场合，确实很难得。两个人一起去吃了晚饭，然后他就送冯莹莹回家。

走到一个光线较暗的小巷时，冯莹莹突然转过身问他：“我们在一起好吗？”

“……不好意思，我……”阮希非刚开口说话，就被冯莹莹湿软香甜的嘴唇堵住了，他没想到现在的冯莹莹竟然会如此直接主动。

“你的事情，我全都听说了，你也过得很辛苦吧。”冯莹莹满脸娇羞地将身体靠了过来，阮希非没有推开她，虽然他一直坚守着对肖红葭的承诺，但是他也渴望爱情很久了，更何况是如此美丽的女孩子。

晚上，他没有梦到肖红葭。

第二天，冯莹莹来找他，第三天，冯莹莹又来了。两个人虽然都没有开口，但周围人已经默认他们是情侣了。但阮希非纠结了很久，心里总觉得对不起肖红葭，于是决定慢慢地冷淡冯莹莹。

没想到冯莹莹和肖红葭一样得了重病，想到肖红葭的事情，他不得不去照顾冯莹莹，但是又觉得对不起肖红葭。

就这样，他开始做噩梦，还依稀听到人的吵嚷声，那是肖红葭父母对他的咒骂——“你这辈子都不配得到幸福！”没错，他根本没有资格得到幸福，就算对方不是冯莹莹，而是其他女孩，一样会病倒，然后在医院里像过去的肖红葭一样对他咒骂不已。

他知道肖红葭是不会原谅他的，因为他再次背弃了诺言。

这天，阮希非再次来到研究室，但不管万东阳问什么，他都答非所问，不太愿意回答。最后离开的时候，他疲惫地说道：“一切都是定数……人是逃不掉的。”

阮希非离开之后，万东阳认真地对萧婉扬说：“他可能会自杀……”

萧婉扬当场就吓了一跳，还没等万东阳说完，转身就追了出去。

阮希非还没走远，正站在马路边发呆，盯着路上的车来车往。萧婉扬一个箭步冲过来，一把抱住他的腰就往回拖，着实把阮希非吓了一跳。

“别动不动就想死，我家穷成现在这个德行，也没说不活了，你不就是做了个噩梦吗？！”萧婉扬一边抱住他往人行道上拖，一边大声咆哮道。

“你家很穷，你家什么时候很穷了？”阮希非完全没听到重点。

“你不要轻易求死好吗？”萧婉扬近乎哀求道。

阮希非震惊了，显然没想到萧婉扬会说中他的心事：“你怎么知道？”

“我老板告诉我的。”萧婉扬真诚地说，同时一直紧紧抱住他，害怕他突然溜走，再也不会回来。虽然她对阮希非有偏见，但是也算是她的朋友。

“既然他能看出我想自杀，那他能救我吗？”阮希非显然是不想寻死的，他只是被噩梦逼上了绝路。

萧婉扬不说话了，她想，只要说出冯莹莹没有生病的真相，一切就能够解决了吧，但这种话她要如何说出口呢？

“她一直缠着我，因为我背弃了我们之间的约定，所以……我应该下去陪她……因为我承诺过的……”阮希非现在的状态极差，萧婉扬觉得他这么下去会出问题，但一时之间又没有办法帮他。

萧婉扬陷入了纠结中，看着阮希非的背影，她突然觉得有些事情还是不知道比较好，比如万东阳一直在寻找的真相。

6

萧婉扬又来到医院里，准备好好和冯莹莹谈谈。对面的冯莹莹正在狂啃萧婉扬带来的辣翅，那一直是她的最爱。说实话，她的变化实在太大，只有现在啃鸡翅的样子能让萧婉扬找到她过去的影子。

“我觉得……还是告诉他比较好，这种事情也瞒不了一辈子。”萧婉扬迟疑着开口道。

“多瞒一会儿是一会儿。”冯莹莹不以为然，将一根翅骨吐了出来，拿起另一根继续吃，全然顾不上身旁的萧婉扬。

萧婉扬不知道为什么冯莹莹会变成这样，那个单纯善良的女孩哪里去了？现在的冯莹莹满心算计，而且控制欲很强，为达目的不顾后果，萧婉扬很想知道这些年她都经历了什么。

看到萧婉扬的表情，冯莹莹好像知道她的心思。她苦笑了一声，问萧婉扬：“你以为我愿意变成这样吗？如果我不多点儿心眼儿，那么小的年纪就出来混，得吃多少亏？”

萧婉扬不说话了，她明白这个道理，但她不明白这个道理放在现在是什么意思，因为多点儿心眼儿和算计别人根本就是两种概念。她看着冯莹莹精致而姣好的脸，却觉得这个她远不如上学时的她漂亮。人心的美跟脸没有任何关系，内心宽容隐忍的人长不出一张精明算计的脸。冯莹莹就是这样，她的脸越来越僵硬，已经看不出什么表情来了。

最终，萧婉扬说服失败。临走前，她坦诚地说：“如果你真的爱他，就不会这么对他了。”

冯莹莹笑道：“没错，从我父母离婚那天起，我就只爱我自己了。”

冯莹莹一直是父母的掌上明珠，从小到大过得顺风顺水，她想要的东西，从来没有得不到的。然而她第一次求而不得的就是阮希非，她喜欢阮希非，觉得他就像那些少女漫画中的男主角。她用尽一切方法对阮希非好，送饭、送水、送水果，恨不得一天二十四小时都围着阮希非转。她的父母就是这么对待她的，她觉得爱一个人就是要这样，全身心地付出，才能够得到回应。

然而她的付出没有丝毫回应，阮希非和肖红葭在一起了。她还没来得及难过，父母就离婚了，母亲带着她转学离开，没多久也再婚了。

再次遇到阮希非，她觉得是上天给她的机会，和他在一起，她就觉得好像有力气拿回自己拥有过的幸福，所以她绝对不会放手。

阮希非平时很少跟她提起肖红葭，但有一次两个人出去吃饭，阮希非喝了点儿酒，在睡梦中叫了肖红葭的名字。冯莹莹旁敲侧击，阮希非就全都告诉了她，因为愧疚还落下了眼泪。

阮希非对肖红葭的愧疚是真的，但冯莹莹的病是假的。

假的终究是假的，总有一天会暴露的，冯莹莹明白这个道理，但是她已经停不下来了。她就像一个疯狂的赌徒，等待着转动的骰子停下来的那一刻，即使她已经知道了答案，还是觉得自己肯定会赢。

7

“阮希非梦中的蜘蛛其实不是肖红葭，而是冯莹莹。他觉得被冯莹莹束缚了，而自己因为肖红葭的事情无法挣脱，那红线就是他对肖红葭的愧疚，而那蓝条纹的白色蜘蛛象征着医院的病号服。他一直以为这个噩梦是肖红葭对他的讨伐，事实上，肖红葭对他的影响并没有那么大，他心中的阴影是冯莹莹，可惜他自己还未意识到。”当萧婉扬把她知道的事情都告诉万东阳的时候，他沉思一会儿，这么分析道。

“那你为什么不告诉他？”萧婉扬反问道。

“他现在非说肖红葭的鬼魂缠着他，我能有什么办法？”万东阳很无奈。

“要不你就做个法事，超度亡魂。”萧婉扬异想天开。

万东阳反问：“你觉得我这里是心理研究室还是摆摊算卦的？”

萧婉扬理直气壮地表示：“这完全是为了病人的心理健康。”

万东阳沉思了一会儿，竟然从柜子里拿出一套道士服，萧婉扬当时就目瞪口呆，不敢相信他这里竟然有这种东西。

“供香、符纸、蜡烛、贡品……”万东阳一边对着电脑念叨，一边顺手拿起当作贡品的苹果啃了一口。

“是你让我做做样子安慰他的。”万东阳看着满脸惊恐和疑惑的萧婉扬说道。

“演戏”的那天，阮希非再次来到梦境研究室，他的精神状态更差了，佝偻着背，眼睛下面是浓重的黑眼圈，重逢时看到他的惊艳感也没了，他现在就像个打了一个礼拜通宵游戏的宅男，连身上的T恤都是皱巴巴的。看到万东阳的装扮，阮希非吓了一跳，不知道他们要做什么。

“帮你驱鬼。”万东阳说道。

可是阮希非摇了摇头：“我现在只想见见她，和她说说话。”

“好，那就见见她。”万东阳倒是会随机应变，阮希非乖乖地躺在了沙发上，万东阳拿着一把桃木剑站在阮希非面前。

“睡吧，闭上眼睛，醒来的时候一切都好了。”万东阳语气温柔地安慰道。

阮希非刚开始还想吐槽万东阳那身打扮，但是很快，他闻到一股淡淡的香味，眼皮就沉了起来，耳边隐隐地响起了熟悉的吵闹声，那是什么声音，阮希非皱着眉极力地回想，是肖红葭的父亲咒骂的声音——“你这种人，一辈子都不会幸福的，你会一个人孤独终老的！”

是的，我是个胆小懦弱的人……连履行承诺都不敢……耳边的咒骂声小了，然后慢慢消失不见，阮希非缓缓睁开眼睛，发现万东阳和萧婉扬不见了，自己一个人躺在研究室里，是睡了一觉。

“婉扬？”他喊了一声，没有回应。他站起身来，四处张望了一下，研究室里很安静，完全不像有人的样子。

他正犹豫是坐在屋里等，还是出去找找看，门突然开了。进来的人是冯莹莹，但是此时的她不是病房里那个苍白水肿的冯莹莹，而是两个人重逢时的那个肤白貌美又有点儿傲气的冯莹莹。她满脸心疼地看着阮希非。

“你怎么在这里？”阮希非不敢相信地惊讶道。

“我想了很久还是决定告诉你，其实我没有病。”冯莹莹动情地说，“我所做的一切都是为了留住你，我不想让你走，你的离去带走了我拥有的一切，现在我终于把你找了回来，不想再把你放走了。”她的双眼已经蓄满了泪水。

“什么？”阮希非惊愕道，“你没病？”

冯莹莹点点头，并递给阮希非一份诊断书。

阮希非愣了很久，才站起身来，长舒一口气：“没病就好。”

“你会因为我没病离开我吗？”冯莹莹担心地问。

阮希非不说话了，他在犹豫，他还以为自己被束缚在肖红葭的承诺中，但是看着冯莹莹期待的眼睛，他觉得也许应该试试。

冯莹莹从自己身上掏出一根红色的丝线，笑着说：“如果你决定了，那么我们也立一个三生三世的誓约吧。”

话音刚落，丝线就像有了生命一样，向他缠绕延伸过来。阮希非想呼救，却什么声音都发不出来，他想转身逃走，脚却像生根了一样，动弹不得。那红线越变越多，几乎要将他整个人淹没了。

这不是噩梦的延续吗？

阮希非看着冯莹莹，冯莹莹也看着他，然后她的身体变成了白色，渐变出一条条蓝色的条纹。

他的噩梦竟然在这里，阮希非绝望地闭上了眼睛。

“叮——”

随着一声清脆的铃铛响，阮希非睁开了双眼，映入眼帘的是道士打扮的万东阳和一旁拿着符纸的萧婉扬。

“驱鬼结束了，你觉得怎么样？”万东阳满脸自信。阮希非松了一口气，原来他只是在沙发上做了一个梦。

直到离开研究室时，阮希非脑袋还是晕乎乎的。萧婉扬一直没说话，而是静静地看着他的背影，感觉有很多话要对他说，却又不知如何开口。虽然不知道刚才的“演戏”有没有成功，但他似乎明白了一些事，束缚他的人从来都不是肖红葭，而是冯莹莹，或许，也不全是冯莹莹，而是他自己。他对肖红葭的愧疚束缚了自己，他有心挣扎，却又无力挣脱，也许这就应了肖红葭父亲对他说的那句话。

也许这是真的吧，他疲惫地想。

8

看着阮希非离去的背影，萧婉扬心想，也许他愿意被红线束缚着，痛苦又甜蜜，无论如何，好歹这世界上有个女孩是如此真切地爱着他。

万东阳收拾好装备，看着一旁的萧婉扬："你自己告诉他不就好了吗？非让我在梦里暗示他。"

"这种话我没办法说出口，说了就毁了冯莹莹的幸福，不说阮希非就会精神崩溃。这样办最好了。让他自己明白，自己选择。"萧婉扬始终希望所有的人都能幸福。

"你觉得阮希非爱的是肖红葭还是冯莹莹？"万东阳问。

"肖红葭吧，自始至终都是肖红葭，莹莹根本就没走进他的心里。"萧婉扬不由替冯莹莹惋惜，虽然现在已经不是好朋友了，但是还是希望她能过得好。

"阮希非是个专一的人吗？"万东阳又问。

"嗯……算是，他心肠软又没什么主见，很容易纠结，但是他确实一直深深爱着肖红葭。"萧婉扬说。

"那么我赢了。"万东阳的声音带着顽皮的笑意。

萧婉扬不解，她转头看着万东阳，而万东阳则在她转头的瞬间凑过来吻住了她，萧婉扬愣住了，她还来不及反应，万东阳的嘴唇已经离开了。

"初吻啊，你赚到了。"万东阳刚说完，又吻了上来。

夕阳的余晖透过窗户照了进来，给两个相拥的身影镀上了一层金边，静谧而美好。

很快，冯莹莹出院了，她给萧婉扬打了一个电话，萧婉扬却沉默了，不知道该对这个昔日的好友说些什么，说什么都是错，还不如不说。

冯莹莹似乎也不知道说什么，两人沉默了很久，冯莹莹才迟疑地开口："你……"

萧婉扬知道她想问什么，就说道："我什么都没说，你应该了解我的为人。"

"我知道……我是想……有时间，出来一起喝个咖啡吧，我请客……我们好久没有好好说话了。"冯莹莹的语气变得脆弱极了。

萧婉扬还是答应了，两个人又良久无话。萧婉扬很想问问她和阮希非怎么样了，可又问不出口。

"我们分手了，我提出来的。"冯莹莹语带伤感地说，这让萧婉扬很惊讶，同时又在意料之中，因为那天看到阮希非孤独的背影，她便知道他们不会再在一起的。

"我那天做了一个梦，梦到我变成了一只狰狞的大蜘蛛，结着巨大的网，就为了束缚住阮希非。醒来之后我觉得很可怕，真的很吓人，我为了这段爱情什么都不顾，变得面目狰狞，我大概错了。所以我和他分手了。有些人终究不属于自己。"萧婉扬感觉到她已经在哭了。

挂掉电话，萧婉扬久久不能平静，她脑子里乱七八糟的，总是回想起三个人在一起的时光，没想到最后会发展成现在这样。

她现在似乎还能回想起，高中时那个乖巧可爱的冯莹莹从远处跑过来，一手拿着一支雪糕，大声地喊着她的名字："婉扬，快来吃啊，都要化了！"萧婉扬迎上去接过雪糕，吃得很开心。冯莹莹的选择没有错，红线确实能够束缚一个人，但自己也同样被束缚住了。

那么她和万东阳呢？她转头看着坐在研究室里的万东阳，心里涌起一阵甜蜜。

我们永远都不会有那样的时刻，永远都不会有的。

虽然她坚信，但是内心深处始终在害怕……

蔷薇森林

我来到一片美丽的森林，只是它正在凋零，
同样凋零的还有我在人世间伤痕累累的心。

——郑艳艳

1

郑艳艳有一个土气的名字和一张普普通通的脸。她眼睛不大，单眼皮，鼻子也不够挺，唯一长得漂亮的是她的嘴巴，但是被略显宽大的脸型拖累了。好在她皮肤白而细腻，所以也算不上难看，只能说还可以。这样的女孩走到哪里都不会引得人们注意，没有任何特殊的魅力可言。

但郑艳艳是个例外，出席各种正式场合的她从来都是光彩照人、引人注目。因为她的化妆技术非常好，无论什么奇形怪状的人到了她手里都会绽放出属于自己的魅力。

郑艳艳是个资深化妆师，凭着高超的化妆技巧和独特的穿衣品位赢得了不少人的赞誉。她在圈子里小有名气，很多明星都会找她做造型和化妆。多年来，她攒了不少钱，没有任何背景的她在这个大城市里算是个成功的典范了。

知道郑艳艳身世的人，一定都会说一句“这姑娘不容易”。郑艳艳出生在一个贫困的农村家庭，她的父母为了生儿子，连生了四个女儿，她是最大的那个。在这种家庭里，老大要承担很多责任，郑艳艳也是如此。她五岁的时候就开始替父母照看妹妹，做简单的家务。放学后也是回家就忙，忙到大家都睡下了才能在昏暗的灯光下写作业，有时候她甚至要背着年幼的弟弟妹妹去学校上课。她就一直这样忙忙碌碌，直到离开家。

因为家里没有多少钱，她只读到了高一，而且还是读一年、休一年，断断续续读完的。上到高一的时候，她已经十八岁了，可是家里事情太多，她没时间读书，成绩不是很好，没有考上大学的希望，家里就让她辍学回家，开始安排她相亲。刚满十八岁的郑艳艳受不了了，她不想让自己的人生就这么结束在这个穷地方——相完亲就结婚，结完婚就生子，然后她就要继续做家务、带孩子，直到慢慢老去，这是多么可怕的事情！但是迫于父母的压力，她还是强忍着一个一个地见，再一个一个地拒绝。等到第五个陌生男人来到家里肆无忌惮地盯着她看时，她终于受不了了，一向乖巧听话的她和父母大吵一架。

“我是你爹，我生了你、养了你，你就得听我的！”对外老实巴交的父亲，对着她的时候却如此理直气壮。

郑艳艳没有顶嘴，只是满脸不服地瞪着父亲，然后被打了一顿，晚上甚至没让她吃饭。

郑艳艳不动声色地受罚，等家人都睡熟了，她偷了家里两百块钱，带了几件旧衣服就离开了家。

她用这两百块钱买了车票，决定再也不回来了。车缓缓开动时，她兴奋得睡不着，一直趴在车窗上往外看。眼前的景色慢慢地陌生起来，她的心情难以形容。

车到站的那一刻，她兴奋地跑下车，被大城市的繁华惊呆了。但大城市的住宿费太贵了，她找了最破的招待所，一晚上也要五十块钱，她只得在车站附近找了一个洗碗的工作，一个月只有八百块钱，还好管吃管住。

闲暇时她就坐在店里看着街边来来往往的人，看得最多的就是那些打扮时尚的美丽女子。大城市真好啊，这么多漂亮的东西，随便走过一个姑娘都那么好看，各种风格的都有，看得她眼花缭乱。

她想成为这些人中的一员，这种感觉异常强烈。

于是她存了钱，去学了化妆，从最底层干起。七年过去，她终于站住了脚，成了小有名气的化妆师。

本来因为她的出走而气急败坏的父母在她带着钱和礼物回来了几趟之后，态度发生一百八十度的大转弯，开始向邻里夸赞自己的女儿多么争气、多么优秀，年幼的弟妹也怯生生地看着这个有些陌生的打扮时髦的姐姐。

“大城市，听起来多厉害啊！”“从那里回来的姐姐好漂亮，她身上穿的裙子和电视里那些明星穿的一样漂亮。”村里的人对郑艳艳议论纷纷，她的衣服的料子他们从来没见过，连摸一下都不敢。

“我的女儿最棒了，全家都是她撑起来的。”她的母亲经常穿着郑艳艳买的高档衣服，对着邻居大声炫耀。郑艳艳开心极了。这是她一生中最值得纪念的时刻。从小到大，她从来没得到过父母半句夸奖，她做得再多，都被认为是理所当然。

我现在是一个多么幸福的人啊，郑艳艳想。

她越发对家里人好，攒回来的钱几乎全花在了家里。没几年，家里盖了新楼房，大妹、二妹陆续出嫁，都带了不少嫁妆；三妹和小弟读书差，花钱找人送进了重点初中，为未来打好基础。郑艳艳家成了村里过得最好的人家。

每次郑艳艳回家，家人都跑到村口去接她，连出嫁的大妹、二妹都会来，一家人热热闹闹地把她迎下车，手拉手回家，围着桌子吃饭，桌上全是她爱吃的菜。小妹、小弟也爱亲近她，这一切是多么幸福啊！

但是，突然有一天，她回不去了。三妹年纪到了，家里托人给她介绍了一个对象，男孩家里条件不错，长得也不错，眉清目秀、斯斯文文的。他在外地上过大学，回来做老师。两家人约在女方家里吃饭，结果男孩进门就看上了郑艳艳，尽管郑艳艳比他大四岁。

这也难怪，从小在农村长大的三妹当然比不上早早就去城市发展还学会了化妆打扮的大姐，尽管那天郑艳艳只是化了个淡妆，穿了一条普通的连衣裙。男孩对郑艳艳一见钟情，开始追郑艳艳，并请求父母来给郑艳艳提亲。郑艳艳的父母本来还想答应，结果三妹又哭又闹，还闹起了绝食，父母只得委婉拒绝了。郑艳艳觉得自己很无辜，她只是站在旁边听他们聊天儿，却被父母劝回了城里，因为三妹看到她就会哭。

回到城里，她很快交了一个男朋友，希望以此摆脱对三妹的影响，但这是徒劳，三妹很喜欢那个男孩，无法接受自己被拒绝的事实，并怪到了郑艳艳头上，觉得是她破坏了自己的幸福。郑艳艳百口莫辩，只好暂时不回家，想等三妹的火气消了再说，然而三妹的火气一直下不去，导致父母接郑艳艳的电话时都得背着三妹。

刚开始她还打电话回去问三妹怎么样，父母总是敷衍她，说还不行，等好一点儿了就让她回来，但是一年多过去了，三妹的情绪还没好，郑艳艳慢慢地也不爱回家了。

她只是默默地定期打钱给家里，定期给父母打电话，听父母说想念她的话。

“妈真想你……”在电话里，母亲总是这么说，郑艳艳明白母亲爱她，正是因为这种爱，她才一直无私地照看家里。

2

这天她接了一场模特秀的化妆，从早上五点一直忙到了下午两点，她累得摊在椅子上不愿意起来。这时，她看到化妆台上放着一个花瓶，花瓶里插着几朵蔷薇花，盈绿的叶子上几朵花静静地开着，她的心情瞬间变得美好了。

她俯身闻了闻。可随即就感觉脸上一阵奇痒。

“郑露姐，你怎么了？”看着手持腮红刷却表情扭曲的郑艳艳，小模特诧异地问道。郑艳艳不喜欢自己的名字，就改名郑露，大家都这么叫她，没有人知道她的真名字。

自从那天闻了那朵蔷薇花，她身上就开始起大片的红斑，红斑里带着小水疱，奇痒无比，一抓就破，脓水流到哪里，哪里就会起大片的小水疱。红斑越长越多，郑艳艳被折磨得生不如死，她本想去医院看看，但是家里打来电话说弟弟要上重点班，需要钱。她咬咬牙，把刚拿到手里的钱先寄给了家里，自己则去药店买药膏擦。

但是红斑并没有好转，反而越来越厉害了，刚开始只是后背有，现在已经发展到了前胸和肚子，连大腿上都是。她不得不穿高领衣服遮挡这些红斑，然而红斑越长越多，越来越痒，甚至影响到了她的工作。她给模特画眼线的时候，身上钻心地痒，手一抖，眼线就画歪了，如此反复几次，活动主办方就不太高兴，他们是看中郑艳艳化妆技术才叫她来的，结果现在她一直出问题，活动时间眼看就要到了。

郑艳艳没办法，她全身都痒得难受，活动却不能耽误。她忙给自己的朋友打了电话，朋友打车过来救了场，她在旁边才松了一口气。她想等活动结束和朋友一起走，请她吃个饭，就站在旁边等着，结果身边的一个小助理指着她惊呼道："郑露姐，你的脸！"

几乎是在同时，郑露感觉自己脸上钻心地痒，那种痒简直无法忍受，像几千只蚂蚁在她皮肤下面爬一样，她下意识转头看了一下镜子，发现脸上已经布满了红斑和小水疱。她捂着脸尖叫起来，仓皇逃出了会场。

医院里，男友朱云谦陪着她坐着，她戴着大大的口罩，全身裹得严严实实的，一直在哭。

朱云谦搂着她的肩膀安慰道："好了好了，怕什么，我又不会嫌弃你，医生一定能把你治好的。大不了治好之前不出门了，只有我能看到，没事的。"两人已经同居了一段时间，朱云谦还算是一个体贴的男朋友，这次表现得也不错，除了带她来医院，还主动包揽了所有的家务，外带陪她谈心。

"没什么事，是过敏。"医生仔细查看了她身上的红斑，"但是你这种过敏不太好治。"

"没关系，多少钱都行。"朱云谦说道，郑艳艳没说话，因为她没钱，她的钱都寄给家里了，就留了点儿生活费和房租。

医生开了药方，让郑艳艳拿着卡去补钱取药，郑艳艳问："补多少钱？"

"三百。"医生说。

郑艳艳松了一口气，拿着卡出去了。

回家之后，郑艳艳擦了医生开的药膏，痒感似乎有所缓解，她松了一口气，躺下准备睡觉，朱云谦还在看电视，她问朱云谦：“你怎么还不来睡？”

“你先睡吧，我马上来。”朱云谦像往常一样说道。

郑艳艳听完后就躺下睡了，半夜她起来上厕所，看到电视已经关了，但是朱云谦没有上床，而是躺在了沙发上，连被子都没有盖。是看电视看累了，就在沙发上睡着了吧，郑艳艳想。

客厅里只插着一盏小夜灯，防止晚上上厕所摔倒。灯光很昏暗，借着昏暗的灯光，郑艳艳仔细地端详男友的脸，朱云谦长得不错，浓眉大眼，五官端正，个子也高，走到哪里都算得上出众，而且为人处世很周道。她当初答应朱云谦的追求是因为三妹的事情，但是慢慢地也和朱云谦处出了感情，这次她生病，朱云谦的不离不弃也让她很是感动，她决定以后好好对他。

郑艳艳转身拿了一床被子想给朱云谦盖上，没想到被子碰到朱云谦身体的一瞬间，他突然弹跳了起来，大喊一声：“别碰我！”

郑艳艳吓了一跳，以为朱云谦做噩梦了，但下一瞬她就明白了，朱云谦是怕被传染！

看到郑艳艳的脸色瞬变，朱云谦也慌了，他忙解释道：“不是，我刚才是做梦了，有点儿迷糊。”然而他的解释并不能打消郑艳艳的疑虑，她刚想说些什么，那种难忍的奇痒又开始了，她尖叫一声，跑到卫生间。

红斑和水疱更严重了，已经遍布她的全身，连指甲缝里都是细细的小水疱。奇痒里混杂着疼痛感，一阵一阵袭来，郑艳艳痛苦地抓挠，小水疱很快被挠破了，渗出了血，她的身上更加可怕。她尖叫着冲出了卫生间，举着沾满血渍双手向男友求助。

“云谦，云谦，帮帮我！”她痛苦地叫喊着。

朱云谦听到她的呼叫立刻起身，却看到满身是血、惊恐万分的怪物。朱云谦倒吸一口冷气，不断倒退，害怕郑艳艳靠近。无助的郑艳艳向朱云谦靠过来，哭喊着他的名字，朱云谦赶紧拿出手机打了 120，然后推门跑了。

他走了？！郑艳艳愤怒极了，她本来想追出去把这个胆小的男人拉回来，让他带自己去医院，但紧接着她的愤怒就被身上的奇痒压了过去，她继续痛苦地抓挠着身体，面对这些恼人的小水疱，郑艳艳无能为力，只能等待着救护车的到来。

朱云谦从此就再也没有出现在郑艳艳的视线里，他消失得很彻底，就像从来没出现过。

3

郑艳艳坐在镜子前，全身上下都包着纱布，因为忍不住痒，她抓破了自己身上很多处，破溃处很快就感染了。医院不得不让她住院，以免病情恶化。但是她的皮肤过敏很奇怪，治好了又会马上复发，来来回回，反反复复，医院只能想办法先抑制住病情的恶化，再考虑如何治愈。

郑艳艳在医院待了一个星期，身上终于不痒了，被挠破的地方结了痂，虽然比之前的小水疱好一些，但还是很可怕，乍一看像一严重的烧伤病人。

“不好意思，我现在在医院，活动可能接不了了，等我出院可以吗？抱歉。”郑艳艳再次拒绝了一个客户，心里滴着血，那都是钱啊！

“17 床，补交一下住院费，你预交的用完了。”郑艳艳躺在床上，正觉得自己生活要绝望的时候，护士通知她去缴费，然而她的钱包里一分钱都没有了，连这个礼拜的住院费都是找同事们借的，她已经不好意思开口了。

她拿起手机给母亲打了一个电话：“妈，我住院了，你给我打点儿钱吧。”

然而母亲连她什么病都没有问，反而说道：“我还说呢，你怎么就打了那么一点儿钱就没下文了，那这么着吧，下个月的钱就先不要给我们了，好好养病吧。”

说完就挂了电话，快到让她没时间说出下一句话。

她又给自己的妹妹们一一打了电话，然而她们的行为都出奇的一致，是只关心她的病情，却不接借钱的话茬儿。她又给朱云谦打电话，朱云谦的手机号变成了空号，这个相识不久的男人彻底消失了，他这样做彻底伤了郑艳艳的心，但更让郑艳艳伤心的是家人的态度，她病了，家人却一分钱都不肯拿出来。

没有钱交住院费，她只能申请出院，但她的病情根本还没抑制住，现在出院等于前功尽弃，好心的医生和护士给她捐了点儿钱，她好歹又治了两天，最终还是出院了。

这几年，她把所有的钱都寄回了家里，为的就是听母亲一句夸奖，然而现在她需要钱的时候，母亲却一分钱都不给她。她的存折和银行卡里全都是空的，幸好刚刚交了三个月的房租，不然连住都是问题。

在家待了两天，冰箱里的东西都吃完了，连饮水机都空了，她身上一点儿钱都没有，身上的痂皮一动就又痒又疼，她要崩溃了。她觉得无法照顾自己，于是打电话给同事，好说歹说借了一点儿钱，买了车票回家。

回家吧，只要回家就好了，不管是书上还是电影上，家都是温暖的避风港。在失败时、受伤时、受到挫折时，他们只要回家就一定能够重整旗鼓，从头再来。抱着这样的想法，她把自己裹得严严实实，坐上了回家的大巴。

八个小时的颠簸后，她终于到家了，远远地，她看到母亲正在院子里晾衣服，这画面很温暖，这才是家的感觉，是她永远的避风港湾。郑艳艳想着，心里暖洋洋的。

她鼻子一酸，快走了几步，想早点儿过去抱抱母亲。结果母亲抬头一看，第一反应竟然是惊恐的眼神地转身跑回了屋里。

“老大回来了，艳艳回来啦！”母亲喊叫起来，她的嗓门儿听起来很尖，有点儿失声。郑艳艳听得出来，这是母亲紧张害怕的表现。她愣住了，不知道母亲在害怕什么，是怕自己吗？父亲和小弟从屋里了跑出来，三个人站在门口紧张地看着她。

“艳艳啊，你怎么回来了啊？”母亲亲热地问道，但郑艳艳注意到了她不动声色地往后挪了一步，父亲和小弟也在强颜欢笑，站的位置还不如母亲靠前，全都缩在后面。

郑艳艳像被凉水从头泼到脚，一阵冰冷，瞬间明白了家人在怕什么。

“妈，我不是说了，我这是过敏，不传染吗？”她有些绝望地说道。

“我知道啊，我也没说会传染啊！”母亲紧张得脸都哆嗦了。

郑艳艳不说话了，她知道自己说服不了他们，不管医院的诊断书上写了什么，他们早已经认定她会把病传染给他们。

晚上，郑艳艳住的是村里的招待所，父亲说家里乱，没有她睡觉的地方，完全忘记了那栋二层小楼房是郑艳艳出钱盖的，房间足有八九个，还没算客厅。郑艳艳没有拆穿父亲的谎言，而是一言不发地跟着父亲来到了村里的招待所。

“先委屈一晚上，我和你妈收拾收拾。”父亲说话的时候，离她有两米远。

郑艳艳在破旧的招待所睁着眼睛躺了一夜，第二天天刚蒙蒙亮，她就起身离开了。来的时候一个人来，走的时候还是她一个人走，连送的人都没有。

回到那个熟悉的城市，她鼻子一酸，这个城市多美啊，在她的家都不肯接纳她的时候，它接纳了她，不是吗？她可以一个人在这个城市活下来，过去的七年不都是这样的吗？

然而，很快她就发现不是这样的，她的病直接导致她接不到活动，没人愿意让她碰自己的脸，没有活动就没有钱，她就没有办法继续治疗，同事的钱也还不上，她简直要疯了。

都怪那朵蔷薇花。

谁让她去闻那朵花？虽然得了病很难受，但更让人难受的是，原来自己这么多年如此拼命努力，却根本没有一个人把她放在心上。

她走了几步，看着远处高耸入云的电视塔，突然想起一件事。今天好像是她的生日，可是竟然没有一个人记得，她一个电话、一条短信都没有接到。人活到这个份儿上还有什么意思？

回家的路上，她经过一家花店，里面有个眉目清秀的小哥在里面整理花束，她推门进去，低着头，不敢看店员的眼神。

“给我一束蔷薇花，你有多少，我要多少。”郑艳艳的声音冷冰冰的，她想，既然他们都害怕我身上的皮肤病，我干脆就弄得更难看，死缠着他们不放，要死大家一起死。

但这念头只是转瞬间的事，说完她就后悔了，她身上也没有多少钱，这些钱也是找同事借来的，她真的已经山穷水尽了，就算自杀，估计也要选择跳楼这种经济实惠的方式。

“妹妹，你身上已经过敏了，就不要再买花回家了，有的人也对花粉过敏，你得注意，免得再加重病情。”小哥没有丝毫惊愕，很体贴地建议道。

面对这个陌生人的善意，她心里变得暖和一些。

“你能借我点儿钱吗？”这句话脱口而出，连她自己都吓到了。

4

郑艳艳躺在医院里，身上的溃烂正在逐渐好转，旁边坐着那位花店的小哥，正在帮她削苹果。郑艳艳自己都没想到，她一句话，对方竟然真的把她送进了医院，还垫付了一部分医药费。

“等我攒钱了，一定马上还给你。”她对小哥说道。

“没事。”小哥笑着回答道，“这事等你好了再说，现在安心养病吧。”

“你，你为什么帮我？”郑艳艳很惊讶，在职场上奔波了这些年，她不相信有什么陌生人的关心，每个人的靠近都是有目的的。

“因为我……”小哥有点儿难以启齿，“我……”

郑艳艳很奇怪，做好事有什么不能说的？看到他憋红了脸，郑艳艳只得作罢。

“等你好了再说吧。”小哥吞吞吐吐，几次都没说出口，最后用了“拖”字决。

郑艳艳住院这几天，小哥每天都来陪她，还帮她擦药换绷带。周围病床的病友都夸郑艳艳的男朋友体贴，郑艳艳脸红了，他叫什么她都不知道，又怎么可能是自己的男朋友呢？但是小哥还是坚持一天一天来，履行着并不属于自己的职责。郑艳艳刚开始还奇怪，后来从小哥一看她就有点儿羞涩的表现中，她明白了什么，但她没有说出口，而是默默地放在心里。

郑艳艳终于出院了，身上一点儿疤痕都没有留下，恢复得很好。她请花店小哥来家里吃饭，并亲手做了菜给他。

郑艳艳是个非常节俭但又很喜欢装饰品的人，她的房间里有很多自己做的布偶，窗帘桌布也是自己买布做的。窗帘是浅蓝色格子布，和桌布是一套；书柜是捡来的硬木板和包装纸糊成的，白色底上有蓝色的小花，看起来清新可爱。她家虽然只有简单的几件家具，但干净清新，让人感觉很舒服。

郑艳艳做了很多菜，她很擅长烹饪，桌子上也全是她的拿手菜，还放了一瓶香槟，郑艳艳斟了满满两杯。

“全世界只有你一个人肯帮我，这个人情我记住了。”她说完把香槟全都喝了。

花店小哥脸都红了，他踌躇了一阵，才开口说话，声音低得像蚊子一样：“其实……其实我喜欢你很久了……你可能不知道，你每次经过花店的时候，我都偷偷地看你。”

“什么？”郑艳艳惊叫出了声。

“我，我喜欢你……”小哥声音大了点儿。

“什么？我没听到。”这次郑艳艳的惊讶表情消失了，取而代之的是带着羞涩的微笑，花店小哥像受了鼓舞一般，喊道：“我喜欢你！做我女朋友吧！”

郑艳艳当然愿意，在本以为自己被全世界抛弃的时候，有人无私地帮助她，温暖她已经冰冷的心，现在这个人就在眼前，而且还说喜欢自己，所有人都会觉得那是上帝的恩赐。

很快，郑艳艳就得知了一个情况。

花店小哥全名叫章磊，家里非常穷，也许是因为清苦的生活给他留下了很深的阴影，所以他现在极其强烈地追求富足的生活。他之前交了一个很有钱的女朋友，但是不久后就分手了。在此之前他也追求过其他的女生，全都是很有钱的。郑艳艳就住这附近，经常从花店路过，他自然知道郑艳艳平时的消费水平。

这个情况让郑艳艳心灰意懒。原来从天而降的不是幸福，而是早有预谋的丑恶嘴脸。

郑艳艳愤怒了，她直接和章磊分手，然后搬家，彻底地消失。人是可以走，心却留下了。章磊的温柔体贴是朱云谦不能比的，而这次郑艳艳也付出了真心，毕竟她始终认为章磊是真的喜欢她。

这天，郑艳艳一个人回到家，看着空荡荡的房间觉得心里空落落的，她懒得做饭，就喝了点儿牛奶直接躺下睡觉了。

很快，她进入了梦乡。

她梦到了一片粉红色的森林，确切地说是一片开满了蔷薇花的森林。她站在森林中央被粉红色的花包围，周围全都是甜腻的花粉气息。她猛地惊醒，发现自己身上又起了熟悉的红斑。

烦人的皮肤病又来了。

郑艳艳成了医院的常客，以至于那个姓赵的皮肤科医生每次看到她都会招呼一声："又来啦，最近不忙吗？"

病时好时坏倒不是最要紧的，只要不影响她的工作，都可以慢慢治疗，但是她的梦越来越恐怖。那片看起来美丽又诡异的蔷薇森林慢慢变得可怕，甜腻的香气慢慢消散，蔷薇开始凋零，花瓣飘落在泥土里，而在它们凋零的同时，她身上的红斑便会复发，在刺痒中惊醒。

治疗反反复复，又没有什么大的问题，赵医生也很费解，他找了一个专攻皮肤病的朋友帮郑艳艳看了看，开了一些药。郑艳艳很感激赵医生，包了一个大红包跟他道谢，但是赵医生没有收红包，反而握住郑艳艳的手。

“与其给钱谢我，不如做我女朋友。”没想到，平时古板的赵医生说起情话来竟然那么动人。

现在郑艳艳对别人的关心和温暖照单全收，不管他有什么样目的，因为她需要。

之后很久，郑艳艳的皮肤病都没有犯过，和赵医生的感情也越来越好。

赵医生一个同事结婚，她来帮忙化妆，很久不接新娘妆的她做得非常用心。化完妆的新娘简直脱胎换骨，所有人都很满意，就在最后的时候出了点儿意外。

婚礼结束时，赵医生在她耳边轻声夸奖道：“你做得真好。”

一阵甜蜜混杂着成就感的味道从她心底蔓延开来，她转头在赵医生脸上亲了一口，四周瞬间安静了，新娘用一种诧异的目光看着他们。赵医生的脸一阵红、一阵白，一把推开她：“你别这样，又不是很熟。”

现在的赵医生完全变成了另一个人，难道又和之前的几个一样？

郑艳艳有点儿懵，紧接着她被人拖出了婚礼现场，从头到尾都不知道发生了什么事。

5

深夜，她又觉得痒，起身去卫生间，发现很久没复发的红斑又复发了，而且比以往任何一次都严重。但是她好像已经习惯了红斑的突然到来，只要不蔓延到脸上，她都能吃点儿药，坚持着去工作。

因为不再往家里寄钱，她的收入完全可以支撑她看病，但是她觉得很寂寞。以前她觉得自己是风筝，不管走到哪里都能顺着线回到地上；现在她觉她自己是浮萍，水流到哪里，她就漂到哪里，她没得选，因为她没有根，没有家。

客厅的时钟指向一点，她睡不着，也害怕再做那个蔷薇森林的梦。她起身想喝口饮料，打开冰箱，发现什么都没有，横竖也睡不着，干脆就出去转转吧。

她穿上衣服，戴上口罩，下了楼。

深夜的小区里静悄悄的，白天生机勃勃的树木花草都隐藏在黑暗里，随着偶尔吹来的夜风摆动几下，看起来有点儿吓人。两旁的路灯在幽幽地亮着，周围一个人都没有，静得可怕，但郑艳艳反而喜欢这样的安静。

没有人，没有声音，什么都没有，也不会有抛弃，不会有背叛……

她走到了街道上的24小时便利店里买饮料，一个人引起了她的注意。他是个二十岁上下的男人，说是男人有点儿不贴切，因为虽然他穿着一件白大褂，但长着一张充满少年气息的脸。他个子不算太高，大概175cm，有点儿瘦，皮肤很白，五官精致，眼睛很漂亮。

他正拿着一个三明治的盒子看日期，想来一定是个很心细的人。郑艳艳认识的男人买东西从来都不看日期，只会往购物筐里扔。

她拿了要买的饮料去付款，在她付完钱准备离开的时候，那男人突然说了一句话："想停止你的噩梦吗？"

郑艳艳猛地回过头看着他，他的眼睛里有一丝狡黠，嘴角带有笑意。她半晌才说道："你怎么知道我做噩梦？"这件事她跟任何人都没有提过，他是怎么知道的？

“因为你长了一张做噩梦的脸啊。”男人说完递给她一张名片，“有时间可以找我聊聊，第一次来是免费的。”说完就离开了，郑艳艳看着他的背影消失在夜色中。

这是个算命的吗？她本想把名片丢进垃圾桶，但又想，反正也不要钱，去看看也无妨。

对于郑艳艳的到来，万东阳丝毫不觉得意外，他早就做好了准备，一直在等着她。

“跟我说说你的梦。”这是万东阳万年不改的一句开场白。

郑艳艳喝了一口咖啡，香浓的味道让她充满疑问的心情平静了一些，身上也没那么痒了。反正对方也是陌生人，说就说吧，就当是发泄。

“我梦到我在一片空地里走着，很快就闻到一股淡淡的花香，顺着香味走，路就越来越黑暗。路的尽头有一片森林，远远看去是粉红色的，香气弥漫，看起来非常美……再走近一点儿，我看到一片蔷薇花森林，但奇怪的是我只能看到眼前的一部分，其他的都藏在黑暗中。我慢慢地走过去，就在我靠近的瞬间，那些蔷薇花凋零了，粉色的花瓣纷纷扬扬落在我脚下，然后迅速枯萎，变成了泥土一般的黑红色。随着它们的腐败，我的身体也发生了变化，出现大片的红斑，然后我奇痒难忍，就醒了。”

郑艳艳挽起袖子给万东阳看，万东阳倒是没什么反应，但也很感兴趣地看了一会儿。

“你梦里的天空什么样的？”万东阳问。

郑艳艳陷入沉思，想了很久，摇了摇头：“我从来没抬头看天空，一直在那片森林里。”

“那片森林给你的感觉是什么？”万东阳继续问。

“很美。但是让人感到害怕。”郑艳艳说，“每次蔷薇出现的时候，我的皮肤病就会发作，非常痛苦，而且一次比一次严重。”

“每次蔷薇出现都是什么时候？”万东阳紧接着又问。

“都是在……我被命运抛弃的时候……”郑艳艳有些哽咽地说，前阵子发生的事历历在目。但很快她想起了一件事，她和章磊分开后，梦中才开始出现蔷薇森林，那次章磊并没有抛弃她，只不过她觉得自己被背叛了、被欺骗了。

“虽然你看起来很独立，但骨子里还是很依赖别人，你渴望人和人之间的紧密联系，却接受不了一点儿背叛，你渴望爱，却总是怀疑别人的爱，所以你觉得被人爱是一件很难得的事情。”万东阳盯着郑艳艳的眼睛分析道，眼神里充满自信，让人不得不信服他的话。

郑艳艳没说话，默认了。

“你觉得我身上的红斑跟心理有关系吗？”郑艳艳问出了她一直非常困惑的事情。

万东阳皱着眉头看着她身上的红斑，半天才说道：“你这应该是过敏，跟心理有什么关系？”

“可是每次我被人抛弃的时候都会更加严重，即使痊愈了也还是会复发。”郑艳艳委屈地说道。

“有时候你应该想一下是不是自己抛弃了别人。”万东阳眼神凌厉。

“你知道我发生的事？你理解那种感受吗？”郑艳艳几乎是哭喊着说道。

“你果然是那种被说中潜在想法就会失去冷静的人。”万东阳的情绪并未有丝毫变化，“其实大部分人都是这样，我刚开始还以为你很会克制。刚才只是我的试探，可能有点儿过分。不过你不能因为现实世界中不被人喜欢，总是孤身一人，就幻想老天爷格外在意你，这对你的心理影响是很大的。梦里的天空是你对真实世界的映射，你却从来没有抬头看过，这就说明你不敢面对很多事情的真相，宁可自己欺骗自己。”

“胡说八道，你根本就是在胡说！”郑艳艳愤怒道，自己来到这个陌生地方，竟然只听到一些胡言乱语。

“好吧，其实我是在胡说。”万东阳笑着回答。

郑艳艳瞪他一眼，可没打算原谅他，站起身就要走，万东阳没留她，笑道：“你只听自己想听的，只看自己想看的，事实是什么其实不太重要，有时候你应该看清楚真正的现实世界是什么样的。”

郑艳艳没听懂，她觉得也不需要听懂，果断拿包走人。

萧婉扬端着咖啡走进来，正和她撞个正着，手里的盘子没拿稳，就摔在地上，杯子和托盘摔得粉碎，咖啡也洒了一地。郑艳艳随手从包里抽出两百块钱丢在沙发上，开门走了。

萧婉扬窝在原地愣了半天才反应过来，生气地大叫：“什么情况？！”

“她是那种无论在哪里地位都不高的人，所以一旦有了钱和势，就会出现两种情况：一种是不管得到多少，依旧觉得不满足；还有一种就是非常在意自己的地位和钱，一点儿都不能失去，失去就会疯狂。她属于第二种，必须通过外界的认可和追捧才能获得价值，所以患得患失，有个什么变动就受不了。”万东阳认真地分析道。

“那你能帮她吗？”萧婉扬在沙发上坐下，依然在关心郑艳艳，因为她发现对方的化妆技术真的很一流。

“那要看她想不想让我帮，有些人是会自救的，而有些人只看她想看到的东西，完全不顾事实，这叫狭隘。”万东阳喝了一口茶，无奈地说道。

这番话让萧婉扬陷入沉默，她想起了那条藏起来的项链，心里突然一阵忐忑，她在万东阳的心里是不是也是那种人？万东阳该不该回忆起过去这种事本来就不应该由她来决定，而应该由他自己决定才对。

“婉扬，你在想什么？”万东阳看她一个人坐在沙发上出神，关心地问道。

萧婉扬望着万东阳说不出话来，突然转身抱住了他，眼泪顺着脸颊流了下来。

“你怎么了？”万东阳抚摩着她的背，语气温柔地问。

萧婉扬哭着不说话，把他抱得更紧了。

“我都脸红了……”万东阳有点儿害羞，但是萧婉扬不松手，他也就不再说话，任由她静静地抱着。

6

郑艳艳给赵医生打电话，对方关机，她来到赵医生所在的医院，想找他拿点儿药，却发现赵医生的同事们都对她怪怪的。本来婚礼上大家聊得很好，有几个未婚的女医生还想请郑艳艳在她们结婚时帮着化妆，现在却突然变了。

“你来啦，我们还以为你不来了呢！”有个护士阴阳怪气地笑道，郑艳艳很奇怪，因为一路走过来，这么跟她打招呼的人不止一个。

她来到赵医生的办公室，他正好在，但办公室里还有另一个女人，也穿着白大褂，身材高挑，戴着口罩，看不出长什么样，只能看到她露在外面的眼睛，她的眉眼简直就是整容医院拿来做模板的典型，而且绝对是素颜无修饰，跟郑艳艳这种化妆出来的完全不一样。拥有这么一双眼睛，就算其他的五官平平，也绝对算得上美女。

看到郑艳艳进来，赵医生很尴尬地低头咳嗽了一声，那女人转过头来看着她。

“原来是你啊。”她笑着说，声音婉转动听。

“你认识我？请问你是……”郑艳艳有点儿奇怪。

“这不是重点，重点是对一个已经结了婚的男人，你有必要穷追猛打吗？”她的声音很平静，听不出怒意，但是这句话却让郑艳艳非常惊愕。

“什么意思？”郑艳艳摇晃了几下，几乎要倒下去。

“小赵和我结婚已经三年了，要不是我，他也混不到今天，你以为和他搞暧昧就能够破坏我们的婚姻吗？你不是头一个，也不是最后一个，但是能做他妻子的只有我，懂吗？”她说完转身往外走，经过郑艳艳的时候，那双美丽的眼睛用极其鄙夷的目光看了她一会儿，平静地说：“你们聊，我走了。”

赵医生没有看郑艳艳，站起身追了出去，留郑艳艳一个人站在原地发愣。她觉得自己几乎喘不过气，好半天才缓过来，却无暇顾及刚才发生了什么，因为她全身都痒得难受。

红斑更严重了。

果然每次遇到这种情况就会发病。没有一个人是需要她的，那些客户需要她，但一旦她生病了，马上就会有另外一个人代替她；父母喜欢她，但同样有弟弟、妹妹可以取代她；朱云谦不用说，她只是他众多女朋友中的一个；章磊，只要有钱，也不是非她不可；赵医生更是一个大大的笑话。

她突然想起有一次她回家时的场景。那是大年三十的晚上，她为了给父母一个惊喜，告诉家人她不回去了，其实早就提前买好了车票，踏上了回家的路。走到村口的时候，下雪了，雪花一片片打在她身上，特别冷。她穿得薄，又拎了很多东西，到家门口的时候，全身上下已经冻僵了。

她想着父母弟妹的欢声笑语，还有温暖的房间，拼命把东西拎到了门口。屋里看来很热闹的样子，隔着门就能感觉得到，她觉得心里暖和极了，搓搓冻僵的手指敲了敲门。

门打开了，开门的是她的父亲，而就在开门的瞬间，屋里的欢声笑语戛然而止，所有人都在盯着她，半晌，母亲才露出一个笑容，迎了过来。她看着母亲脸上的笑和其他人的表情，觉得她确实是一个多余的人。

现在也是一样。

原来她努力了这么久，还是孤身一人。

7

郑艳艳拿着手中的诊断书有点儿抑郁，上面明明白白地写着她是花粉过敏，反复的原因是第一次治疗就没有对症，导致病情加重，而赵医生给她治疗不彻底，所以才总是复发。为了追求效果，赵医生给她用的是含有激素的违禁药品，所以她才好得那么快，但是一旦停用就会复发，不得不去再找赵医生拿药。

郑艳艳看着诊断书，眼泪就流了下来，她冲出了医院大厅，站在医院门口放声大哭起来。

原来她这一生都没有被人真切地爱过，连一丝怜悯都没有得到过，明白了这个事实的她，突然觉得身体里那一层坚硬的壳被人敲碎了，露出了本来伤痕累累的自己。

她哭的时候，有人悄无声息地走过来递给她一包纸巾，她哭着摇头，那人把她的手拉过来，把纸巾塞到她手心里就离开了。

她没有看到这个人的长相，但是终于停止了哭泣。

同事们来医院看她，留下了一些钱，表示不用着急还，她拉着同事的手说不出话来，在她最艰难的时候，还是有人伸出援手帮她的。

同事临走前，对她说："有个小伙子一直在找你，以前在你家附近的花店工作的，我们这些跟你一起工作过的人都被烦了个遍，你要见他吗？"

是章磊吧，她想。

"让他来吧。"郑艳艳说，"有些事情总要说清楚。"

护士给她打点滴时，一个人走了进来。那人的整体形象糟透了，头发乱七八糟，脸也灰扑扑的，眼睛下面挂着两个大大的黑眼圈，看起来像个流浪汉。尽管这样，郑艳艳还是一眼就认出那人是章磊。

郑艳艳躺在病床上没有说话，只是静静地看着他。

"我终于找到你了！"章磊惊叫道，冲过去抱住了郑艳艳。

郑艳艳没有挣脱开，等章磊平静了，她才开口说："我接受不了你的择偶观，如果我没有钱，你还会和我在一起吗？你要知道，我的病治疗起来是很麻烦的，可能我现有的存款都不够。"

章磊语气坚决地说道："我不在乎。"

郑艳艳说："可是我在乎，如果有一天我没有钱了，我会再次被抛弃的。"

章磊没再说话，而是拿出自己带的饭菜递到郑艳艳手里。郑艳艳沉默了，她看得出，章磊找她找得很辛苦，但是她现在已经不想谈恋爱了。

"你看看我现在的样子，其实我一直都没有安全感，害怕失去拥有的一切，现在我不怕了，因为我已经没什么可失去的了。"郑艳艳感伤地说道。

章磊不再跟郑艳艳说复合的事情，也没有对之前的事情做任何解释，只是每天过来照顾郑艳艳，他的无微不至让很多人都感动了，郑艳艳也一样，但现在的她已经不会为了感动而接受了。

章磊也知道，但他还在努力。

一个月之后，郑艳艳痊愈了，她出院后的第一件事就是去梦境研究室。

“我还是做梦，蔷薇森林在凋零，我的皮肤病却没有再犯过。你说得对，这不是惩罚，只是我的臆想罢了，我不该对你发脾气。”面对万东阳，郑艳艳平静地说。

“我想，也许我真的应该看看事实到底是什么样的。”郑艳艳说完就准备起身离开，并付了之前的诊费，但万东阳没有收。

“我只是想听听你的噩梦而已，我什么都没做。”万东阳因为郑艳艳的醒悟感到欣慰，这才是他开这间研究室的初衷。

郑艳艳没有坚持，笑了笑转身离去了，她的父母得知她的病治好了，又开始打电话嘘寒问暖，但她都是不冷不热地回应。很快，三妹也给她打电话说原谅她了，她也以一样的态度对待，心里并没有多大起伏。现在家里人很希望她回去，她却不想回去了，只是定期打一部分钱过去。

她的家人始终就没爱过她，她第一次直面这个事实时觉得很难接受，但是后来慢慢地觉得，这样反而是一种解脱。她不明白为什么会这样，难道自己真的这么多余吗？她很想大声地质问父母，可是又觉得一切都是徒劳，问到结果又能怎么样呢？她不想再强求，家人反而开始在意她的感受，这是她始料未及的。

郑艳艳走出研究室的大门，章磊就站在门口，看到郑艳艳出来，马上满脸笑意地迎了上去。

“我送你回家吧。”章磊说。

郑艳艳叹了口气，本想说些什么，章磊突然拿出一个存折递给她，郑艳艳有些好奇，打开一看，发现里面存了十五万块钱。

“这是……”郑艳艳满脸诧异地看着他。

“我家虽然没钱，但是我能挣钱，我能照顾你，我不需要你挣那么多钱，我就是喜欢你，所以我们在一起吧，好吗？”章磊语气中的勇敢和果决想必积攒了很久，他的眼里满是爱意和真诚，几乎是所有女人都渴望的眼神。

很久之后，郑艳艳才知道，章磊之所以喜欢她，是因为有一次，她被家人冷落后一个人走回家，可半路下起了大雨，她就站在花店门口哭。那个时候的她看起来非常脆弱，章磊想起了过去的自己，他想找把伞给她，结果就在找伞的工夫里，郑艳艳离开了。他只能站在门前看着外面的大雨，想着雨中的郑艳艳是什么样。

从那个时候起，章磊开始留意她，每次她经过花店，他都偷偷地看她，却从来不敢走上前表白，直到那天她一身伤痕走进店里跟他借钱，他非常开心，同时又涌起了巨大的心酸，她一定是遇到麻烦了。但这一切已经不重要了，现在郑艳艳再次对他露出了笑容，这比什么都重要。

“真好啊，有情人终成眷属。”萧婉扬看着院子里的两个人，捧着脸说道，一旁的万东阳喝了一口咖啡。

“我们也不错。”万东阳语气温柔地说。

萧婉扬又脸红了，但是她没有再说什么，而是转身出去了。

到底该不该告诉万东阳？她依旧没有定论。她不知道该如何处理那条项链，最后把它塞进了自己家的抽屉里，决定暂时不去想这件事。

但是不久之后，万东阳对她说：“我又要走了。”

总会有这一天的，他不会放弃寻找自己的过去。但萧婉扬没想到这一天来得这样快。

8

清早，天就下起了蒙蒙细雨，屋里很闷，湿气严重。萧婉扬觉得全身都不舒服，有气无力地躺在沙发上。一旁的万东阳倒是气定神闲，还泡了一杯茶。

研究室的门打开了，一身旅行装、背着一个巨大登山包的胡夏夏出现了，她笑着打招呼：“嗨，我又回来了，好久不见啊，小婉扬。”她那张娃娃脸上露出愉悦的笑容，萧婉扬却没有什么表情，她对胡夏夏本来就没什么好感。再说，胡夏夏只是定期来给万东阳催眠的，并不是什么和万东阳命运相同的人。胡夏夏倒是没有在乎萧婉扬的态度，她径直走到研究室的沙发上，把登山包丢在地上，跑到冰箱那边拿了一瓶饮料喝起来。

“我走之后，一定会很想念你的。”万东阳突然语气哀伤地说。

萧婉扬皱起眉头不解道：“什么意思？”

“夏夏找到了唯雪的线索，我们要走了。”万东阳认真地说。

“难道就不能放弃吗？”萧婉扬语气激动地说。万东阳表情复杂地看了她一眼，没说什么。萧婉扬不说话了，她从来不对万东阳的行为发表任何意见，这次她确实有点儿反常。

本来萧婉扬晚上要和他们一起吃饭的，却找借口回学校了。当她躺在宿舍床上辗转难眠的时候，收到了万东阳的短信。

好梦，婉扬。

萧婉扬看着这几个字流泪了，她不想让万东阳离开，但也不想把真相告诉万东阳，她怕万东阳接受不了这个事实。前有王康，后有郑艳艳，萧婉扬不敢赌，她决定把这个秘密永远藏起来。

第二天，她来到了研究室，万东阳还没有走，正在屋里翻看一些资料。看到萧婉扬进来，他满脸疲惫地走过来，望着萧婉扬，似乎随时都有可能扑过去。他语气虚弱地说：“婉扬，我好累，一晚上没睡啊。”

萧婉扬径直坐在沙发上，万东阳将头枕在她的腿上，她轻轻地抚摩着万东阳的头发。过了一会儿，万东阳没睡着，萧婉扬却睡着了。

看着熟睡的萧婉扬，万东阳知道她肯定也是一晚上没睡。万东阳悄悄地起身，找出一条毯子盖在萧婉扬的身上，这条毯子是萧婉扬经常给他盖的。

“等我回来。”万东阳轻声说道，然后起身拎起背包，离开了研究室。

在万东阳离开的那一刻，本来在沙发上闭着眼睛的萧婉扬睁开了眼睛。

“好，我等你回来。”萧婉扬对着空荡荡的房间轻声说道，低声哭泣起来。

9

深夜，长长的青砖胡同里，有一家不起眼儿的店，大门和牌匾都是白色的，总是擦得一尘不染。门口不伦不类地挂着一串灯笼，红彤彤的灯笼上写着几个毛笔字——梦境研究室。

一个学生打扮的男孩站在门口犹豫了半天，终于轻轻地推开了门。

院子里，穿着白色长裙的女孩静静地看着他，男孩吓得魂飞魄散，刚要跑，却听到女孩温柔的声音：“你是来咨询的吗？”

“是……我是……”男孩捂着胸口，一副惊魂未定的样子，“你、你们为什么要在半夜开门啊？”

“因为白天我没空。”穿白色长裙的女孩就是萧婉扬，她笑了笑，对男孩招了招手，“来，进来吧。”

男孩迟疑地跟着她走进了研究室，两人面对面坐下。

“这里只有你一个女孩在？”男孩环顾了一下四周，问道。

“不，还有一个人，他现在不在，我在等他回来。”萧婉扬语气轻快地说道，“来，说说你的噩梦吧。”

男孩点点头，开始叙述自己的梦：“我梦到我是古代的将军，马上就要征战沙场，而我又有一个未婚妻。我怕自己死在战场上，就和她约定等我凯旋时再和她成亲。我走的那天，天上下起了花瓣雨，她来送我，撑着一把白色的油纸伞，伞面上画着红色的梅花。她跟我说：‘君此去必败无疑，不如妾身先殉了你，免得黄泉路上寂寞。’然后她就拔出我腰间的长剑，向胸口刺去。我想拦着她，却发现自己根本动不了，只能眼睁睁看着她死……”

萧婉扬低头在笔记本上记录着，研究室里很安静，只有男孩的说话声和笔尖在纸上滑动的沙沙声。

万东阳已经离开两年多了，杳无音信——也许他不会再回来了。

她毕业后就留在了这里，继续万东阳的工作。做着他做过的工作，坐在他之前的椅子上，生活在他一直生活的地方，就好像能够离他近一点儿。

男孩离去后，萧婉扬坐在桌前长吐了一口气，喝了一口咖啡，静静地看着窗外。她已经养成了看窗外的习惯，每天就这么等待着。这是万东阳的选择，也是她的选择，她宁可让万东阳心怀希望一直去寻找根本就不存在的唯雪，也不愿意让残酷的事实成为他一生的噩梦。

“有希望的等待总比活在噩梦里好，不是吗？我等你回来。”萧婉扬喃喃道，对着窗外笑了笑。

窗外，阳光正好。

图书在版编目（CIP）数据

解梦大师 / 羽笙烟著. -- 南昌：百花洲文艺出版社, 2018.1
ISBN 978-7-5500-2320-8

Ⅰ. ①解… Ⅱ. ①羽… Ⅲ. ①长篇小说－中国－当代
Ⅳ. ①I247.5
中国版本图书馆CIP数据核字(2017)第235008号

解梦大师

羽笙烟　著

出 版 人	姚雪雪
责任编辑	刘　云
美术编辑	杨祎妹
制　　作	朱明月
出版发行	百花洲文艺出版社
社　　址	南昌市红谷滩世贸路898号博能中心A座20楼
邮　　编	330038
经　　销	全国新华书店
印　　刷	三河市祥达印刷包装有限公司
开　　本	787mm×1092mm　1/16　　印张　16
版　　次	2018年1月第1版第1次印刷
字　　数	136千字
书　　号	ISBN 978-7-5500-2320-8
定　　价	39.80元

赣版权登字 05-2017-346

邮购联系　0791-86895108
网　　址　http://www.bhzwy.com
图书若有印装错误，影响阅读，可向承印厂联系调换。